KB034819

천년의 지혜

천년의 지혜

《— 오천 년 역사 속에서 얻은 선현들의 가르침 —》

리슈에청 지음 | 이지은 옮김

미래의
서재

가지를 잘 쳐주고 받침대로 받쳐준 나무는 곧게 잘 자라지만
내버려둔 나무는 아무렇게나 자란다.
사람도 이와 마찬가지여서 남이 자신의 잘못을 지적해주는 말을
잘 듣고 고치는 사람은 그만큼 발전한다.

공자

차
례

다름 아닌 자신에게 전력을 다하고 충실하라.
자기를 내버려두고 남의 일에 정신이 팔려 있는 사람은 자신의 갈 길을 잃어버린 사람이다.

공자

1장

나를
높이는
지혜

겸양

몸을 낮출수록
저절로 높아지는 자리

帝曰: "咨, 禹! 惟時有苗弗率, 汝徂征."…… 三旬, 苗民逆命. 益贊於禹曰: "惟德動天, 無
遠弗屆. 滿招損, 謙受益, 時乃天道. 帝初於歷山, 往于田, 日號泣於旻天, 於父母, 負罪引
慝. 祗載見瞽瞍, 夔夔齋栗, 瞽亦允若. 至誠感神, 矧茲有苗." 禹拜昌言曰: "俞!" 班師振旅.
帝乃誕敷文德, 舞幹羽於兩階, 七旬有苗格.

순제(舜帝)께서 말씀하시기를 "아아, 우(禹)여 삼묘(三苗)가 우리의 뜻을 거역
한 채 반란을 일으켰으니 그자들을 물리치시오."…… 30일이 지난 후에도
삼묘가 여전히 소란을 일으키자, 우를 돕기 위해 달려온 백익(伯益)이 한 가
지 의견을 꺼냈다. "고매한 인품을 지녀야만 하늘을 감동시킬 수 있는 것은
물론, 이르지 못할 곳이 없습니다. 자만한 사람은 스스로 화를 불러오지만,
겸손한 사람은 남다른 인품으로 복을 얻게 됩니다. 이는 하늘의 뜻이기도 합
니다. 당초 순제께서 역산(歷山)에서 농사를 짓기 위해 논밭을 바삐 오갈 때,
그 부모께서 불만을 터뜨렸습니다. 순제께서는 부모를 제대로 공경하지 못
하는 자신을 탓하며 날마다 눈물로 하늘에 호소했습니다. 아버지 고수(瞽瞍)

를 유달리 공경했던 순제께서는 아버지를 뵈올 때 항상 엄숙하면서도 경외하는 정을 잃지 않았습니다. 그 정성에 아버지 고수 역시 순제에 대한 미움을 거두고 한결같은 믿음과 사랑을 보여주었습니다. 예로부터 지성이면 감천이라고 했습니다. 하물며 삼묘의 마음을 얻지 못하겠습니까?" 백익의 간언에서 깨달음을 얻은 대우는 고맙다는 뜻을 전한 뒤 군대를 정비해 조정으로 복귀했다. 그 후 순제가 삼묘에 대한 무력투쟁노선을 과감하게 버리고 문치(文治)와 교화를 실시하자, 사람들이 방패와 깃털(翳羽)을 흔들며 양국 사이에서 춤을 추었다. 70일이 지난 후 삼묘가 귀순하러 제 발로 찾아왔다.

《상서(尙書)·대우모(大禹謨)》

...

조직에서 리더는 대부분 높은 자리에 앉아 권력을 휘두른다. 시간이 지날수록 자만심에 도취된 나머지 일을 처리할 때 '횡포'를 부리는가 하면 다른 사람을 얕잡아 보며 '거드름'을 떨기 일쑤다. 아랫사람은 리더 본인이 아니라 그 '자리'가 가진 힘이 무서워서 감히 대들지 못한다. 상사라고 해도 별 수 없다. 리더가 인격적으로 문제가 있다고 해도 업무능력이 뛰어나다고 판단되면 제멋대로 날뛰도록 '방임'하기 때문이다. 하지만 리더로서 이러한 성격은 자신의 성장과 발전에 불리하게 작용한다. 요컨대 자신의 앞길에 보이지 않는 '지뢰'를 심어놓는 것과 다름없다. 겸손할 줄 모르는 잘못된 인품은 대인관계를 망치는 것은 물론, 중요한 순간에 다른 사람으로부터 외면 받을 수 있다.

심한 경우, 아랫사람으로부터 진정한 의미의 존중과 신뢰도 받을 수 없다.

중국의 여러 고대 성현은 '겸손함'의 미덕을 여러 번 강조했는데, 특히 리더일수록 몸을 낮춰야 지금 앉은 자리가 저절로 높아진다고 지적했다. 제갈량은 《장계(將誡)》에서 '오만하지 않아야 비로소 다른 사람을 제압할 수 있고, 교만하지 않아야 위엄을 세울 수 있다'며 장수들에게 겸손함을 갖추라고 요구하기도 했다.

역사의 책장을 한 장 한 장 넘기다 보면 비천한 신분을 가진 인재가 특유의 겸손함을 발휘해 주변의 적극적인 도움으로 성공을 움켜잡았다는 이야기를 쉽게 발견할 수 있다.

명나라 일등공신이 된 서달의 처세술

—

명나라의 유명한 군사가인 서달(徐達)은 개국황제인 주원장(朱元璋)과 어릴 때부터 형님, 아우하며 허물없이 지낸 '절친'이었다. 모든 것이 변변치 않던 시절, 콩 한쪽도 나눠먹을 만큼 돈독한 사이를 자랑하던 두 사람은 명나라를 건국하는 과정에서 특유의 '호흡'을 보여줬다. 특히 개국과정에서 서달은 천하 곳곳을 누비며 원나라의 잔존세력을 몰아내고 명나라의 세력을 확대하는 데 지대한 공로를 세웠다. 개국공신이라는 높은 자리에 오른 서달이었지만 황제 주원장은 물론 아랫사람에게도 한결같이 몸을 낮추며 겸손한 태도를 잃지 않았다.

명나라 초년, 원나라의 잔여세력이 세운 북원(北元) 정권이 사막에 자리 잡으며 명나라의 북부 변경 지역을 위협했다. 이러한 난국을 타개하기 위해 서달은 거의 매년 봄에 황명에 따라 원정길에 올랐다가 늦은 겨울을 보내고 나서야 겨우 남경(南京)으로 돌아오곤 했다. 원정길에 오를 때마다, 주원장은 사기 진작 차원에서 서달에게 휴가를 주며 연회를 베풀어 주었다. 연회 자리에서 두 사람은 신분이나 격식을 버리고 허심탄회하게 이야기를 나누었다. 주원장이 서달을 '서형'이라고 부를 만큼 편하게 대했던 것과는 대조적으로, 서달은 단 한 순간도 신하로서의 자세를 잃지 않았다. 주원장을 언제나 '황상'이라고 부르는 것은 물론 오히려 이전보다 더욱 조심하고 공손하게 대했다. 상황이 그러하다 보니 원정길에서 개선할 때마다, 서달은 가장 먼저 군대를 통솔하는 인장(印章)을 주원장에게 바치곤 했다.

한번은 주원장이 서달의 공로를 치하하는 뜻에서 상을 내리고 싶다며 정중한 어조로 입을 열었다.

"서형께서 나라를 위해 얼마나 많은 피땀을 흘렸는지 짐이 어찌 모르겠소? 큰 공을 세우고도 아직까지 몸 하나 편히 뉘일 곳이 없는 서형을 위해 짐이 오왕(吳王)이라고 불리던 시절에 사용하던 관저를 내드리리다. 그곳에서 편히 여생을 보내시오."

"황상께서 묵으시던 거처에 일개 신하에 불과한 소인이 어찌 발을 들여놓을 수 있겠습니까?"

주원장의 거듭되는 권유에도 서달은 정중하게 거절했다. 상을 내리겠다는 마음을 접지 못한 주원장이 어느 날 술 한잔 하자며 서달을 불러들인 뒤 인사불성이 되도록 독한 술을 연거푸 권했다. 주원장은 사람을 시켜 술에 취해 잠이 든 서달을 자신의 옛 관저로 데리고 가서 침상에 눕히라고 명했다. 술에서 깨어난 서달은 자신이 드러누워 있는 곳을 확인하고는 식은땀을 뻘뻘 흘리기 시작했다. 급기야 침상을 박차고 문밖으로 달려 나가 무릎을 꿇은 뒤 주원장에게 자신의 죄를 고백하며 용서를 구했다. 그러한 모습에 주원장은 무척 흡족해했다. 그런 뒤 죽어도 지금의 관저를 떠나지 않겠다는 서달을 위해 주원장은 자신이 사용하던 옛 관저 앞에 새로운 관저를 지었다. 이것만으로도 성이 차지 않았는지 서달의 공로를 치하하는 뜻에서 관저 앞 패방(牌坊)에 새길 '대공(大功)'이라는 친필 현판을 내리기도 했다.

위의 에피소드를 통해 겸손함을 잃지 않은 서달의 모습을 상상해보자. 자신이 모시는 황제를 하늘처럼 받드는 것이야 어찌 보면 지극히 당연한 일일 것이다. 하지만 자신보다 낮은 사람에게도 한결같이 겸손한 자세를 유지하며 자신의 공로를 내세우지 않는다는 것은 누구나 할 수 있는 일이 아니다.

《명사(明史)》에 따르면 서달은 군대에서도 대장군이라며 거들먹거리기는커녕 오히려 일반 병사들과 동고동락하며 신임을 받았다고 한다. 조정에 머물 때도 학식을 갖춘 유생을 초대해 배움을 구하는 것은 물론, 어느 누구와도 허물없이 잘 어울렸다고 한다.

이처럼 겸손한 성격의 서달은 많은 사람으로부터 존경받았을 뿐만 아니라 주원장에게도 확실한 눈도장을 받았다. 서달이 오래도록 주원장으로부터 중용을 받을 수 있었던 것은 개인적인 친분이나 전쟁터에서 세운 공로 덕분이기도 하지만, 높은 자리에서도 몸을 낮출 줄 알았던 그의 남다른 성품 역시 한몫 단단히 했다고 할 수 있다. 훗날 중병에 걸린 서달이 세상을 하직하자, 주원장은 손수 장례를 치르겠다며 모든 정무를 일체 중단했다. 비통한 마음에 주원장은 서달을 중산왕(中山王)으로 봉한 뒤 그 후손에게 왕의 작위를 내렸다. 또한 서달을 위해 묘비에 새겨질 친필 비문을 하사하는가 하면 태묘(太廟)에 함께 모시도록 했다. 그 결과, 명나라의 공신묘(功臣墓)에 서달의 초상화가 가장 먼저 우리를 반겨주고 있다.

하지만 서달의 죽음을 놓고 주원장에게 책임을 물어야 한다는 주장도 존재한다. 병에 걸린 서달을 위해 '삶은 거위고기'를 손수 내릴 정도로, 주원장의 '신하 사랑'은 유별났다. 그런 행동을 놓고 어찌 '죽음'을 내렸다고 할 수 있으랴? 그러나 몸져누운 원로 대신을 살뜰하게 챙긴 행동 자체는 비난받을 것이 못 되지만, 당시 상황을 자세히 살펴보면 이야기가 달라진다.

개국황제였던 주원장은 황권을 굳게 다지기 위해 밤낮 할 것 없이 열심히 정사를 돌봤다. 그러면서도 주변인을 무척 경계했는데, 특히 개국공신을 상당히 못 미더워했다. 그러던 중, 서달이 등창(背疽)이라는 병에 걸리자 주원장은 내심 쾌재를 불렀다. 등에 커다란 종기가 난 병자에게는 기름진 고기가 치명적이라는 의원의 말에 주원장은 사람을 시켜 서달에게 살이 통통하게 오른 거위고기를 내렸다. 황궁에서 보낸 음식을 보며 서달은 식은땀을 줄줄 흘렸다. 음식을 먹자니 몸에 해로울 것이 뻔하고, 그렇다고 안 먹자니 주원장의 의심을 사 쥐도 새도 모르게 목이 달아날 수 있기 때문이었다. 결국 서달은 사신이 보는 앞에서 눈물을 펑펑 쏟아내며 그릇에 담긴 음식을 깨끗이 비웠다. 이 일이 있은 지 며칠 지나지 않아 서달은 결국 세상을 등지고 말았다.

그러나 전문가의 고증에 따르면 이는 그저 민간전설에 불과한데다, 청나라 이후에 본격적으로 퍼지기 시작했다고 한다. 게다가 《명사》에서 서달에 대한 주원장의 남다른 신뢰와 애정을 발견할 수 있다.

"명을 받으면 군말 없이 전쟁터로 달려가고, 개선한 뒤에도 함부로 교만하게 굴지 않는다. 여색을 탐하지도 않고 재물을 탐하지도 않으니, 강직하고 대쪽 같은 성정을 지녔도다. 한 치의 오점도 남기지 않고 해와 달처럼 눈부시게 평생을 살아온 사람은 오로지 서달 장군 한 명뿐이노라."

주원장처럼 뛰어난 재주를 지녔지만, 의심이 깊은 인물을 보필하려면 '자리 보전'을 위해 겸손할 수밖에 없다고 주장할지도 모르겠다. 하지만 서달의 인생을 차분히 살펴보면 위아래 구분하지 않고 한결같이 겸손함을 유지했다는 사실을 확인할 수 있다. 이는 일시적인 '눈속임'이 아니라 서달이 평생에 걸쳐 '좌우명'으로 삼고 적극적으로 실천한 '생존술'이었다. 이를 통해 서달은 윗사람의 신뢰와 아랫사람의 존경을 한 몸에 받을 수 있었다.

다른 길을 걸은 유비와 관우의 성적표

—

재주와 지혜만 놓고 중국 역대 개국군주를 비교해봤을 때, 유비(劉備)는 최하위권에 그치지만 비천한 출신이라는 점에서는 최상위권을 달린다. 동한 말년, 사방에서 영웅이라고 자처하는 잠룡이 쏟아지던 난세에 유비는 월등한 성적을 자랑하며 조조(曹操), 손권(孫權)과 함께 중국 대륙을 나눠 가졌다. 별 볼 일 없는 세력을 가진 유비가 어떻게 천하의 영웅으로 불릴 수 있었을까?

'유비의 강산은 울어서 얻은 것'이라는 중국 속담이 있다. 속담이라고 하지만 상당히 일리 있는 이야기다. 유비는 겸손함을 잘 이용할 줄 알았던 처세의 달인이었기 때문이다.

삼국시대에 '데뷔'할 당시 유비가 처한 정치적 환경은 아무리 좋게 보려 해도 풀 한 포기 나지 않는 황무지나 다름없었다. 반면 훗날 유비와 어깨를 나란히 한 조조와 원소(袁紹)의 상황은 이와는 전혀 딴판이었다. 허창(許昌)에서 자리를 잡은 조조는 '천자를 옆에 끼고 제후를 호령'하며 정치가로서 최고의 전성기를 구가하고 있었다. 하북(河北)의 원소 역시 '4대에 걸쳐 삼공(三公)을 세 명이나 배출한 가문(四世三公)' 출신이라는 간판을 내걸고 4주(四州, 즉 유주(幽州), 병주(并州), 기주(冀州), 청주(青州)-역주)에서 맹위를 떨쳤다. 동오의 손씨 부자 역시 이에 질세라 강동 땅을 호령하며 천하제패를 꿈꿨다. 세간의 주목을 받으며 위풍당당하게 나선 이들과 달리 유비는 관우(關羽), 장비(張飛), 조운(趙雲) 몇몇 장수를 비롯한 소수의 병력만 보유한 상태였다. 한때 수천 명에 불과한 병사를 거느린 유비가 조조, 손권과 나란히 경쟁력을 유지하며 촉나라를 세우고 황제의 자리에 오를 수 있었던 비결은 무엇이었을까? 유비라는 존재가 지닌 인격적 매력이 하나의 원인이라고 생각한다. 유비는 겸손하고 온화한 자신의 성격을 적재적소에 활용해 서서(徐庶), 제갈량(諸葛亮) 등과 같은 뛰어난 인재를 얻을 수 있었다.

서서와 제갈량으로부터 보좌를 받기 전, 유비는 그야말로 만신창이였다. 승리는커녕 연패만 기록해서 정치적으로도 입지가 무척 좁아진 상태였다. 우여곡절 끝에 유비는 서서를 손에 넣었다. 그의 군사적 재능을 깨달은 유비가 무릎을 꿇고 자신을 도와달라며 서서에게 간곡히 청했다. 그 모습에 감동한 서서는 유비를 전심전력으로 보필했지만 아쉽게도 얼마 지나지 않아 조조가 서서의 어머니를 붙잡은 뒤 필적을 날조해 가짜 편지를 보냈다. 노모의 서신을 받아본 서서는 피를 토하는 심정으로 유비의 곁을 떠나기로 결심했다. 그리고 이별하기 바로 전에 서서는 유비에게 속세를 초탈한 경지에 올랐다고 평가받는 와룡 선생 제갈량을 천거했다. 다른 사람의 권고나 충고를 흔쾌히 받아들일 줄 알았던 유비는 직접 형제를 이끌고 삼고초려 했다. 지극히 겸손한 자세로 한결같이 자신을 대하는 유비의 모습에 천하의 제갈량 역시 크게 감동하여 유비를 보필하겠노라 약조했다.

이와 달리 유비가 거느린 장수 중에서 가장 큰 영향력을 지닌 관우는 오랫동안 유비를 따라다녔지만 겸손함이라는 지혜를 깨닫지 못했다. 병사를 이끌고 촉 땅을 공격하게 된 유비가 관우에게 전략적 요충지인 형주(荊州)를 사수하라는 명령을 내렸다. 누구의 도움도 없이 자신의 능력을 마음껏 뽐낼 수 있는 기회이자, 삶의 목표를 이루는 데 가장 중요한 임무였다. 하지만 특유의 오만함 탓에 관우는 소중한 목숨을 잃었을 뿐만 아니라 유비의 대사를 그르치고 말았다.

《삼국지(三國志)·관우전(關羽傳)》에 따르면, 관우가 형주에 주둔하고 있을 무렵 평소 형주를 호시탐탐 노리던 손권이 사람을 시켜 관우의 딸을 며느리로 맞이하고 싶다는 뜻을 넌지시 전했다. 예로부터 관계를 강화하는 데 혼사만큼 든든한 결속도 없다. 하지만 관우는 손권의 뜻을 받아들이기는커녕 오히려 사신을 욕보이며 자신의 뜻을 전했다.

"호랑이의 딸을 어찌 개의 자식에게 시집보낸단 말인가?"

이 말을 들은 손권은 크게 분노했다. 설상가상으로 관우의 수하인 남군태수(南郡太守) 미방(糜芳), 장군 부사인(傅士仁) 등의 장수가 '자신을 함부로 대하는 관우에게 평소 서운한 마음을 품고 있었다'는 설명도 등장한다. 이 이야기를 통해 평소 관우가 아랫사람을 얼마나 홀대했는지 쉽게 짐작할 수 있다.

결과적으로 손권과 유비 연합은 관우의 오만함 탓에 균열되었고 급기야 손권은 형주를 기습하기 위해 병력을 파견했다. 전투에서 미방, 부사인 등이 자신을 물심양면으로 돕지 않자 관우는 이들을 달래기는커녕 오히려 엄한 벌로 다스리겠노라 꾸짖었다. 그 말을 들은 미방과 부사인이 손권에게 투항하면서 관우군은 전멸했을 뿐만 아니라 관우 역시 궁지에 몰려 결국 유명을 달리하고 말았다.

겸손함은 다른 사람을 존중하는 태도로서, 다른 사람의 존중과 협력을 구하는 것이 궁극적인 목적이다. 위의 사례에서 알 수 있듯 윗사람에 대한 겸손함은 신뢰와 맞바꿀 수 있다. 또한 겸손한 태도는 아랫사람의 존경과 사랑을 받을 수 있는 바탕이 된다. 그러므로 리더라면 반드시 자신의 몸을 낮추고 함부로 자신을 내세워서는 안 된다. 이와 함께 상대를 예의 바르게 그리고 겸손하게 대한다면 자연스레 상대로부터 존중받을 수 있다. 다른 사람으로부터 존중을 받는다는 것은, 다시 말해서 성공을 위한 소중한 자원을 확보한 것이라 하겠다.

《도덕경(道德經)》에서는 '강과 하천이 백곡(百谷)의 왕이 될 수 있는 것은 아래를 잘 다스렸기 때문이다'라고 주장한다. 그러므로 리더라는 자리에 올랐어도 겸손함으로 다른 사람을 품을 줄 아는 아량은 성공을 위한 소중한 밑거름이다. 성공을 향해 나아가며 승승장구하고 싶은 리더라면 자신의 자리를 남보다 더 낮은 곳에 둘 줄 아는 지혜와 마음 씀씀이를 지녀야 한다. 다른 사람에 대한 존중을 통해 자신에 대한 상대의 호감과 사랑을 쟁취하는 것이다. 이는 사람으로서 마땅히 갖춰야 할 태도이자 수행, 한발 더 나아가 소중한 삶의 지혜라 할 수 있다.

신뢰

모든 사람이
갖춰야 할 인품

及曹丘生歸, 欲得書請季布. 竇長君曰: "季將軍不說足下, 足下無往" 固請書, 遂行. 使人
先發書, 季布果大怒, 待曹丘. 曹丘至, 即揖季布曰: "楚人諺曰: 得黃金百, 不如得季布壹
諾', 足下何以得此聲於梁楚間哉? 且僕楚人, 足下亦楚人也. 僕遊揚足下之名於天下, 顧
不重邪? 何足下距僕之深也!" 季布乃大說, 引入, 留數月, 為上客, 厚送之.

조구생(曹丘生)이라는 사람은 초(楚)나라 출신으로 뛰어난 언변으로 여러 사람
에게 아첨해 명성을 얻었는데, 특히 문제(文帝)의 황후인 효문(孝文)황후의 오
빠 두건(竇建)과 친했다. 이를 들은 계포(季布)는 두건에게 편지를 보내 조구
생을 가까이하지 말라는 뜻을 전했다. 낙향할 준비를 하던 조구생은 두건에
게 그의 오랜 벗인 계포를 만날 수 있도록 소개장을 써 달라고 청했다. "계 장
군이 그대를 마땅히 여기지 않으니 만나지 않는 편이 좋을 것이오." 두건의
만류에도 조구생은 소개장을 받아들고 낙향길에 올랐다. 한편 이러한 사
실을 알게 된 계포는 분한 마음을 감추지 않은 채, 조구생을 만나기만 하면
눈물 빠지게 혼내주겠노라 이를 갈았다. 마침내 계포를 만나게 된 조구생은

인사를 올린 후 차분한 어조로 입을 열었다. "초나라에서 널리 부르는 민요(民謠) 중에 '황금 백 근을 얻는 것보다 계포의 승낙 한 마디를 얻는 것이 더 귀하다'는 말이 있습니다. 양(梁)나라와 초나라 사이에서 어찌 그런 명성을 얻으셨단 말입니까? 그대도 그렇지만, 저 역시 초나라 사람입니다. 제가 돌아다니며 그대의 이름을 천하에 널리 알린다면, 제 역할 역시 중요하다 할 수 있습니다. 그런데도 어찌 저를 이리 거부하신단 말입니까?" 그 말을 들은 계포는 크게 기뻐하며 조구생을 안채로 모시라고 한 뒤 몇 개월 동안 상전으로 대접했다. 이별할 때는 크게 아쉬워하며 귀한 선물을 한아름 실어 보냈다.

《사기(史記) · 계포난포열전(季布欒布列傳)》

• • •

동서고금을 막론하고 신뢰는 사람으로서 지녀야 할 기본적인 미덕이다. 특히 리더의 경우, 그의 말 한마디, 행동 하나가 다른 사람의 이익에 영향을 주기 때문에 반드시 신뢰를 갖춰야 한다.

《논어(論語) · 위정(爲政)》에서 '사람으로서 신의가 없다고 하면 그 됨됨이가 옳은지 그른지 어찌 알 수 있으리오?'라며 성실함, 즉 신뢰를 강조했다. 성현이 보시기에도 신뢰는 모든 사람이 반드시 갖춰야 할 인품이었나 보다.

신뢰는 미덕이라는 수준을 뛰어넘어 한 사람의 그릇을 가늠해 볼 수 있는 잣대, 그리고 올바른 일 처리를 위한 위대한 지혜라는 경지에 도달했다. 그런 까닭에 신뢰감을 심어주는 인품은 오늘날 리더로서 자아발전을 실천하기 위해 반드시 갖춰야 할 소양 중에 하나라 하겠다.

중국 역사에서도 남다른 신뢰감으로 청사에 이름을 남긴 인물이 수두룩하다. 진(秦)나라 말엽 초나라와 한(漢)나라가 천하의 패권을 두고 다툴 때, 세간에 '황금 천 근을 얻는 것보다 계포의 한 마디 승낙을 얻는 것이 더 귀하다'라는 말이 크게 유행했다고 한다. 이처럼 계포는 신뢰의 중요성을 보여주는 대표적인 인물이다.

적수마저 머리를 조아리게 만드는 신뢰의 힘
—

당초 항우(項羽)의 휘하에 머물던 계포는 불의를 참지 못하고 직접 행동할 만큼 남다른 의협심을 지닌 것으로 유명하다. 게다가 유방(劉邦)과의 대결에서 연거푸 승리를 거두며 항우가 입지를 다지는 데 크게 기여했다.

수세에 몰린 항우가 오강(烏江)에서 스스로 목숨을 끊자, 유방은 계포에게 거액의 현상금을 거는 것도 모자라 그를 숨겨준 사람은 삼족을 멸할 것이라는 방까지 내렸다. 하지만 과거의 약속을 지키기 위해 계포가 황금 백 근을 기꺼이 포기한 이야기를 모르는 사람이 없었던 터라 그를 존경하는 사람이 수두룩했다. 덕분에 계포는 전혀 알지 못하는 사람들로부터 많은 도움을 받을 수 있었다. 산동대협(山東大俠) 주가(朱家)는 계포를 거둔 뒤 유방의 오랜 친구인 관영(灌嬰), 하후영(夏侯嬰)을 통해 계포를 살려달라는 유방에게 진언을 올리기도 했다.

신의를 끝까지 지키려는 계포의 됨됨이에 감동한 유방은 결국 그를 사면했을 뿐만 아니라 낭중(郎中)으로 봉했다. 유방이 세상을 떠난 뒤 계포는 한나라 조정에서 중랑장(中郎將), 하동군수(河東郡守) 등의 자리를 두루 거쳤다. 굳건한 신뢰와 정직한 행동을 보여준 계포는 당시 사람들로부터 많은 존경을 받았을 뿐만 아니라 후세에도 높은 평가를 받았다.

2000여 년이라는 시간이 지난 오늘날의 중국사회는 푸른 바다가 뽕밭으로 변할 정도로 엄청난 변화의 물결을 맞이했지만, 신뢰를 강조하는 사회적 분위기는 변함없다. 중국의 정치, 사업 혹은 일상생활에서도 신뢰는 변하지 않는 미덕으로 평가받고 있다. 특히 정치가의 경우, '백성에게서 믿음을 취한다'는 자세를 시정의 바탕으로 삼아야 할 것이다. 지도자가 신뢰를 지키고 상벌을 분명히 해야만, 국민도 정부를 신뢰하고 법률을 준수해야 하는 필요성을 깨달을 수 있다. 이와 함께 신뢰는 리더가 대인관계를 대하는 기본 요건이 되기도 한다. 송(宋)나라의 사상가 정호(程顥)는 '스스로 신뢰를 구하지 않으면 그 마음을 속이고 스스로 충심을 농락할 수 있다. 다른 사람과의 관계에서 신뢰로 대하지 않으면 그 덕을 잃고 원망하는 마음만 키울 수 있다'고 주장했다. 요컨대 신뢰를 외면하는 순간, 제아무리 다른 뛰어난 자질을 가진 리더라고 할지라도 더 이상 국민으로부터 신뢰를 받지 못하고 아무것도 이루지 못한다.

청사에 이름을 남긴 정영과 공손저구

—

춘추시대(春秋時代) 진(晉)나라의 대신인 조삭(趙朔)은 간신 도안가(屠岸賈)의 모함으로 죽임을 당할 처지에 몰렸다. 죽음을 앞둔 조삭은 자신의 문객(門客)인 정영(程嬰)과 공손저구(公孫杵臼)를 불러들였다.

"내가 죽은 뒤에 부디 내 아들을 지켜주게나. 녀석이 커서 나를 위해 나라와 백성을 해친 간신에게 복수할 수 있도록 도와주게!"

정영과 공손저구는 뜨거운 눈물을 흘리며 고개를 끄덕였다.

조삭의 처는 진나라 영공(靈公)의 여식으로, 남편이 죽자 태어난 지 몇 달 안된 핏덩어리를 안고 궁으로 돌아갔다. 정영과 공손저구는 제아무리 도안가라고 해도 왕실의 핏줄을 지닌 조삭의 처를 함부로 하지는 못할 것이라고 판단했다. 하지만 조삭의 핏줄을 타고난 아들의 생사를 누구도 보장할 수 없다는 생각에 급기야 아들을 훔쳐내기로 뜻을 모았다. 때마침 정영에게도 태어난 지 얼마 안된 아들이 하나 있었는데, 정영은 두 아이를 함께 기르며 훗날을 도모했다. 한편, 조삭의 핏줄이 궁에 없다는 것을 알게 된 도안가는 후환의 싹을 잘라내야 한다며 사람을 보냈다. 하지만 아무런 소득도 거두지 못하자, 급기야 전국에 있는 3개월 이상, 한 살 미만의 사내아이를 죄다 죽이라는 명령을 내렸다. 정영과 공손저구는 상의 끝에 정영의 아들을 희생시키기로 했다. 정영의 아들을 조삭의 아들이라고 위장한 뒤 도안가에게 바치기로 계획을 꾸민 것이다. 품에 제대로 안아보지도 못한 핏덩이를 사지에 던지겠다는 정영을 지켜보던 공손저구가 조용히 입을 열었다.

"나이도 많은 내가 어린 아이를 키우기란 그리 쉬운 일이 아니라네. 그러니 내가 십자가를 지겠네."

공손저구는 정영의 아들을 조삭의 아들인 척 꾸며 자신의 집으로 보낸 뒤, 정영더러 도안가에게 밀고하라고 전했다. 정영에게 정보를 얻은 도안가는 공손저구의 집에 병사를 풀어 정영과 모두가 보는 앞에서 아이를 던져 버렸다.

자신이 보는 앞에서 친자식이 죽어가는 것을 보고도 정영은 애써 아무렇지도 않은 척했다. 그러면서 도안가의 마음을 사기 위해 끊임없이 아부를 떨었다. 후환을 제거하는 데 큰 공을 세운 정영에게 도안가는 상을 내리겠다며 관직을 주었다. 하지만 정영은 한사코 상을 거절했다.

"친구를 판 소인이 대인께서 내린 관직을 받는다면 훗날 사람들로부터 손가락질을 받을 것이 뻔합니다. 그러니 관직 대신 차라리 재물을 내려 주십시오. 그 돈으로 이곳을 떠나겠습니다."

그 말에도 일리가 있다며 고개를 끄덕인 도안가가 정영에게 엄청난 재물을 내렸다. 정영은 이 돈을 챙겨들고 즉시 경성을 떠나 깊은 산속에 은거하며 세상에서 모습을 감췄다. 그로부터 19년이 지난 후 정영의 도움으로 조삭의 아들은 문무를 겸비한 청년으로 자라났다. 이제야 복수의 칼을 꺼내 들 때가 됐다고 판단한 정영은 청년에게 그간 있었던 이야기를 모두 들려준 뒤 반란을 일으키는 데 적극 협력했다.

한마디의 약속을 천금보다 귀하게 여긴 정영과 공손저구는 자신은 물론, 피붙이의 생명까지 희생시키는 의리를 보여줬다. 비록 한 많은 삶을 살아야 했지만, 그 덕분에 이들은 청사에 오래도록 이름을 남길 수 있었다.

무술변법(戊戌變法)이 실패하자, 변법을 일으킨 담사동(譚嗣同)은 대의를 위해 몸을 바치기로 결심하고 친구인 양계초(梁启超)에게 찾아갔다.

"정영과 저구, 나와 자네도 그들처럼 각자 짊어질 임무가 있네."

이 점으로부터 2000여 년이라는 시간이 흘렀어도 정영과 공손저구가 대의를 좇는 의사들에게 여전히 존경받는 위인이었다는 점을 쉽게 짐작할 수 있다.

신뢰는 어떻게 만들어지고 어떻게 실천해야 하는가? 자신이 할 수 있는 것만 입에 올리고, 자신이 한 말을 그대로 지키면 된다. 특히 조직을 이끄는 리더라면 계포처럼 신중하게 약속해야 한다. 그리고 한 번 한 약속은 정영과 공손저구처럼 최선을 다해 지켜야 한다. 자신이 한 약속을 위해 자신을 기꺼이 던질 수 있는 리더라면 상부의 신뢰와 부하직원의 존경을 한 몸에 받을 수 있다.

신뢰는 때로 눈에 보이지 않는 힘으로 나타난다. 리더의 매력을 더욱 돋보이게 하고 사람들의 호감을 이끌어내는 것이다. 이를 통해서 리더는 온갖 시련과 장애를 뛰어넘어 자신의 목표를 향해 순항할 수 있다.

오랑캐를 감동시킨 종세형
—

북송시대 명장 종세형은 서하(西夏)의 침입에 대비하기 위해 서북

지역을 관할했다. 한편 그의 관할 지역에서 거칠고 책임감 강한 노와 (奴訛)라는 강족(羌族)의 우두머리가 '강한 존재감'을 드러내고 있었다. 막강한 실력을 바탕으로 그는 북송 정부를 이빨 빠진 호랑이라며 우습게 여겼다.

노와와 이야기를 나누던 중, 종세형은 담화 이틀날 강족 부락을 찾아가겠노라 약속했다. 하지만 그날 저녁에 무릎이 묻힐 정도로 큰 눈이 내렸다. 설상가상으로 노와의 부락은 깊은 산골짜기에 자리 잡고 있었다. 상황이 이렇게 되자, 종세형의 부하들이 다음날 노와를 만나러 가자고 권유했다. 하지만 자신의 약속을 지키기 위해서 종세형은 위험을 무릅쓰고 눈밭을 걸어가기 시작했다. 한편 노와는 별다른 기대를 보이지 않았다. 그동안의 경험에 비춰봤을 때, 송나라의 다른 관리들과 마찬가지로 종세형 역시 제 몸 하나 건사하는 데 급급할 것이 불 보듯 뻔했기 때문이다. 게다가 큰 눈마저 내린 마당에 외진 곳에 자리 잡은 자신의 부락을 찾을 리 없었다. 급기야 노와는 손님을 맞을 채비를 하기는커녕 막사에 벌러덩 드러누웠다. 그리고는 종세형이 자신의 막사에 들어와서 장난삼아 발로 자신을 걷어찰 때까지 세상모른 채 단잠에 빠졌다. 머리에 흰 눈을 잔뜩 매단 종세형을 보며 노와는 크게 감격했다.

"그동안 내가 있는 깊은 숲 속에 발을 들인 송나라 관리는 단 한 명도 없었소. 게다가 이렇게 험한 날씨에 날 찾아오다니…… 이 틈에 내가 그대를 해하려 들면 어쩌려고 하셨소?"

"하하하, 내가 그대를 신뢰로 대했으니, 그대 역시 날 신뢰로 대해줘야 하지 않겠소!"

《송사(宋史)》의 기록에 따르면, 이 말에 크게 감동한 노와가 부족 사람을 이끌고 종세형의 주변을 에워싼 채 명령을 들었다고 한다. 종세형에게 신뢰는 미덕일 뿐만 아니라 오랑캐를 감화시키는 위대한 지혜였다. 그리고 신뢰의 힘을 빌려 어려운 임무를 깔끔하게 완수할 수 있었다.

인품이 습관이 되면 소중한 지혜를 얻을 수 있고, 지혜가 습관이 되면 보이지 않는 매력을 품을 수 있다. 리더라면 신뢰를 강조해야 위대한 인품을 지닐 수 있다. 효과적으로 신뢰를 강조할 줄 알아야 상대의 존중을 받을 수 있는 지혜도 배울 수 있다. 나아가 능수능란하게 신뢰를 다룰 줄 알아야 세상을 올바르게 살아갈 수 있는 지혜를 터득할 수 있다.

솔직함

심리적 거리를
좁히는 힘

會詔百官言事, 而準極陳利害, 帝益器重之. 擢尙書虞部郎中, 樞密院直學士, 判吏部東銓.
嘗奏事殿中, 語不合, 帝怒起, 準輒引帝衣, 令帝復坐, 事決乃退. 上由是嘉之, 曰: "朕得寇
準, 猶文皇之得魏徵也."

황제가 문무백관과 머리를 맞대고 국정문제를 논의할 때 구준(寇準)이 이해관
계를 조목조목 짚어냈다. 그 모습에 황제께서 그를 상서우부낭중(尙書虞部郎中),
추밀원(樞密院) 직학사(直學士), 판리부(辦理部) 동전(東栓) 등 주요 관직에 임명하
셨다. 황제로부터 크게 중용 받은 구준은 황궁에서 국정보고를 담당했는데,
어느 날 황제의 뜻에 반하는 내용을 입에 담고 말았다. 격노한 황제께서(자리를
뜨려고) 옥체를 일으키시자, 구준이 용포를 움켜잡더니 문제가 해결될 때까지
보좌에 앉아계시도록 했다. 상황이 일단락되자, 황제께서 오히려 구준을 크게
칭찬하셨다. "구준을 얻는 과인은 위징(魏徵)을 얻은 당 태종와 같구나."

《송사(宋史) · 구준전(寇準傳)》

．．．

상대를 충분히 이해하는 것은 사람이 사람을 알아가는 과정에서 매우 중요하다. 그러려면 상대의 속내까지 두루 읽어낼 줄 아는 능력을 갖춰야 하는데, 이 점에 관해 수천 년 전 맹자의 가르침은 여전히 우리에게 많은 것을 시사한다. 결론적으로 말해서 다른 사람과 원만한 인간관계를 형성하고 유지하려면 상대의 마음속까지 헤아릴 수 있도록 평소 열심히 훈련해야 한다.

서로에게 솔직해지자. 허심탄회하게 상대를 대해야 서로의 거리를 줄일 수 있는 것은 물론이거니와, 서로를 좀 더 이해하고 효과적으로 소통할 수 있다. 전국시대 염파(廉頗)와 인상여(藺相如) 이야기가 이러한 교훈을 뒷받침한다. 당초 염파는 인상여를 무척 못마땅하게 여겼지만 훗날 서로를 이해하고 아끼며 돈독한 우정을 쌓을 수 있었다. 악연이 인연으로 변하기까지, 남다른 인상여의 마음 씀씀이와 숲을 바라볼 줄 아는 안목이 큰 힘을 발휘했다. 하지만 염파 특유의 솔직한 자세가 없었더라면 두 사람은 '지기'를 얻지 못했을 것이다. 이처럼 솔직함은 험난한 세상을 살아가기 위한 위대한 지혜라 하겠다. 국학의 대가 량수밍(梁漱溟) 역시 솔직함의 저력을 보여준 인물 중에 한 명이다.

공자를 변호한 량수밍
—

《나의 노력과 반성》에서 량수밍은 수많은 삶의 고비 때마다 자신이 품었던 생각, 극적인 인생 여정을 걸어온 고군분투기를 담아냈다. 온갖 세파와 시련으로 물든 그의 삶은 펜 아래 차분히, 그리고 선명히 기록되었다. 쉽지 않은 선택을 과감히 내릴 수 있었던 데에는 량수밍의 솔직한 성격이 한몫을 했다.

"내 삶은 가시밭길 투성이다. 후세 사람들은 나의 인생 철학, 삶의 목표가 어느 한쪽에도 치우치지 않는 독립된 사고, 겉과 속이 다르지 않은 솔직함이라고 평가할 것이다."

1917년 량수밍은 베이징 대학교에 임용되어 강단에 설 기회를 얻었다. 당시 베이징 대학교 총장은 차이위안페이(蔡元培), 문과학장은 천두슈(陳獨秀)로, 기존의 낡은 사상을 버리고 새로운 문화를 받아들여야 한다고 주장했다. 개혁을 외치는 차이위안페이, 천두슈는 과연 전통을 지지하는 량수밍을 받아들일 수 있었을까? 임용되기 전, 량수밍은 자신의 의견을 분명히 밝혔다.

"제가 베이징 대학교에서 학생들을 가르치려는 것은 제 의지이자 바람을 이루기 위해서입니다. 자신의 생각과 입장을 솔직히 밝히고 숨을 쉴 기회를 공자에게 주자는 겁니다."

당시 대학교 강단에 서려면 공자(孔子)와 그의 학문을 비판해야 했던 시대적 분위기 속에서도 량수밍은 자신의 생각을 과감히 드러내며 공자를 옹호했다. 차이위안페이와 천두슈 역시 자신들과 생각이 다르다는 이유로 량수밍을 배척하지 않고 적극 임용했다.

량수밍이 자신의 의견을 솔직하게 드러낼 수 있었던 것은, 나 자신에게 충실할 수 있는 적극적인 표현 덕분이었다. 나아가 서로의 생각을 주고받으며 생기는 거리를 좁힐 수 있는 소중한 기회이기도 하다.

사회생활에서 우리는 솔직한 교류를 통해 다름을 인정하고 갈등을 해소할 수 있다. 이러한 교훈은 리더에게도 적용해 볼 수 있는데, 요컨대 '계산기'를 두드리지 않은, 있는 그대로의 솔직한 소통은 서로 간의 거리를 효과적으로 줄여준다. 여기서 한발 더 나아가 정서적인 교류를 이끌어냄으로써 협상에서 우위를 차지하고 협상의 목표를 수월하게 달성할 수 있다.

솔직하다는 것은 말 그대로 빙빙 돌려서 이야기하지 않고 자신의 생각을 있는 그대로 드러낸다는 뜻이다. 또한 자신의 생각을 밝힐 때 가장 순수한 '마음의 소리'를 전하고 진심으로 상대를 감동시키려는 노력을 포함한다. 궁극적으로는 이러한 노력을 통해 서로의 감정적인 거리를 더욱 좁히고 적의와 의심을 해소하자는 의지의 표현이기도 하다.

처리하기 까다롭거나 비밀을 엄수해야 하는 문제는 남몰래 조용히 해결하라. 이러한 상황에서는 솔직한 자세를 유지하며 핵심만 짚어낼 줄 아는 화법이 필요하다. 그렇지 않을 경우 주변으로부터 쉽게 오해를 살 수 있을 뿐만 아니라 불필요한 화를 불러일으킬 수 있다. 북송의 명신 한기(韓琦) 이야기는 우리에게 솔직하라는 교훈을 전한다.

황실의 갈등을 해결한 한기
—

북송시대 영종(英宗)이 즉위한 지 얼마 지나지 않은 무렵, 재상 한기는 황태후로부터 한 통의 밀서를 받았다. 황제와 황후가 자신을 불경하게 대했다는 이야기를 담은 밀서에서 황태후의 분노를 고스란히 느낄 수 있었다. 격정적으로 쓰여진 밀서에서 황태후는 심지어 '남편 잃은 과부에게 힘이 되어 달라'며 눈물로 호소하기도 했다. 자신을 위해 복수해 달라며 환관에게 이미 은밀한 명령을 내렸다는 내용도 포함되어 있었다.

한기는 황실의 사생활에 관한 문제라고 판단했기에 영종에게 이를 바로 알리지 않았다. 대신 퇴청한 후에 혼자서 영종을 알현하고 싶다는 뜻을 전했다. 그날 저녁, 영종을 찾아간 한기는 단도직입적으로 입을 열었다.

"황상의 심기를 불편하게 만들 생각은 전혀 없으나, 반드시 보셔야 할 밀서가 소신에게 있습니다. 비밀이 궁 밖으로 새어나가지 않도록 하시려면 내용을 보신 후에 소신과 긴밀히 이야기를 나누는 편이 좋을 듯싶습니다."

그 말에 영종은 고개를 끄덕이며 밀서를 받아들였다. 밀서를 훑어본 영종을 향해 한기가 조심스레 입을 열었다.

"황상께서 지금의 보좌에 오를 수 있었던 데는 황태후 마마의 도움이 컸습니다. 그 은혜를 저버리면 아니 되옵니다. 비록 황태후께서는 황상을 직접 낳은 생모는 아니시나 선왕을 모셨으니 마땅히 정성껏 보필하고 존경해야 합니다. 그리 해야만 황궁이 평온할 수 있습니다."

그런 뒤 한기는 황족 사이를 이간질하려는 소인배의 손에 밀서가 들어가지 못하도록 영종에게 밀서를 태우라는 뜻을 올렸다. 한기의 의견대로 밀서를 태운 영종은 고(高)황후와 함께 정성껏 황태후를 모시기 시작했다. 당사자와 한기를 제외한 어느 누구도 이러한 사실을 알지 못한 채, 황실은 평화를 되찾았다.

솔직함이 곧 자신의 모든 생각을 있는 그대로 꺼내놓는다는 뜻은 아니다. 솔직할수록 'TPO(시간, 장소, 상황)'를 더욱 따져야 한다. 적절한 상황 속에서 적절한 장소, 적절한 방식을 골라 한 치의 과장도 없이 사실 그대로를 보여주는 것이다. 과대포장은 역효과만 불러오기 때문에 거짓 없는 솔직함을 유지하되, 현명하게 사용할 줄 알아야 진정한 의미의 지혜라 하겠다.

'군자의 마음은 평안하고 넓으며, 소인의 마음은 항상 근심하고 걱정한다'는 공자의 가르침은 우리에게 지혜를 어떻게 사용해야 하는지 알려준다. 특히 리더의 인격 수양에 많은 것을 시사한다. 다시 말해서 다른 사람과 소통할 때 솔직함은 상대에게 신뢰를 심어주고, 서로의 거리를 가깝게 만들어 주는 힘을 가지고 있다. 이를 통해 의견을 충분히 밝히지 못해 생기는 오해도 피할 수 있다. 거리낌 없이, 모조리 '쏟아내는 것'이 아니라 현명하게 옥석을 가려낼 줄 아는 안목과 지혜가 진정한 의미의 솔직함을 실천할 수 있는 전제 조건이라 하겠다.

공경

/

상대의 존중을
부르는 주문

莊為太史, 誡門下: "客至, 無貴賤無留門者." 執賓主之禮, 以其貴下人. 莊廉, 又不治其產
業, 仰奉賜以給諸公. 然其饋遺人, 不過算器食. 每朝, 候上之間, 說未嘗不言天下之長者.
其推轂士及官屬丞史, 誠有味其言之也, 常引以為賢於己. 未嘗名吏, 與官屬言, 若恐傷
之. 聞人之善言, 進之上, 唯恐後. 山東士諸公以此翕然稱鄭莊.

우내사(右內史) 자리에 오른 정장(鄭莊)은 아랫사람을 단단히 단속했다. "나를
찾는 손님이 오거든 지위 고하에 상관없이 문 입구에서 기다리라고 일러
라." 정장은 항상 귀빈을 맞이하는 자세로 손님들을 대접했다. 자신보다 지
위가 낮은 사람이 찾아와도 상대를 상석에 모신 뒤 공손하게 예를 갖춰 상대
했다. 청렴결백한 정장은 나라에서 주는 녹봉과 하사품 외에 개인적인 이익
을 추구하지 않았다. 빠듯한 살림살이였지만 식구를 살뜰히 챙기며 마음에
맞는 벗을 사귀었다. 다른 사람에게 보내는 선물이라고 해봤자, 죽염으로 만
든 음식이 고작이었다. 입궐할 때는 진언할 기회가 있을 때마다 천하에서 후
덕하고 명망 높은 인재를 적극 추천했다. 그가 추천한 지식인을 비롯해 수하

에서 부리는 승(丞), 사(史) 등의 관리는 평소 정장이 높이 평가한 인물들이었다. 정장은 기쁜 듯 이들과 이야기를 나누며, 말끝마다 뛰어난 인재라고 치켜세웠다. 제아무리 아랫사람이라고 해도 함부로 이름을 부르지 않았으며, 행여 상대의 마음에 상처라도 주지 않을까 하며 노심초사했다. 다른 사람의 의견이라고 해도 나라에 보탬이 된다고 생각하면 즉시 황상에게 보고했다. 그 모습에 효산(殽山) 동쪽의 선비와 나이 지긋한 어르신들이 하나같이 입을 모아 정장의 미덕을 칭찬했다.

《맹자 · 이루하(離婁下)》

• • •

맹자(孟子)께서는 인애로운 사람은 사람을 귀히 여기고 예의 바른 사람은 사람을 존중한다고 분석했다. 이와 마찬가지로 남을 존중할 줄 아는 사람만이 남으로부터 존중받을 수 있다. 다른 사람의 존경을 받으려면 남을 존중하는 법부터 먼저 배워라. 이는 힘을 가진 리더에게 특히 중요한 덕목이다.

미국의 심리학자는 맹자의 주장을 입증할 만한 한 가지 실험을 실시했다. 전혀 다른 성격을 가진 피실험자를 상대로 심리학자는 게임을 시작했다. 심리학자는 게임에서 이기기 위해서 초반부터 거칠게 상대를 몰아붙였다. 제아무리 부드러운 성격의 피실험자라고 해도 심리학자의 계속되는 공격을 견디기는 어려운 법. 피실험자는 반격을 펼치기 시작했다. 이와는 반대로 이번에는 심리학자가 한 수 봐주며 상대를 부드럽게 대했다. 그러자 공격적 성향을 지닌 피실험자들도 긴장을 풀고 유쾌하게 게임에 동참하기 시작했다.

심리학에서는 이러한 현상을 '동류반응법칙'이라고 부른다. 해당 법칙에 따르면 사회적 관계에서 사람과 사람 사이의 관계는 상호작용을 통해 형성된다고 한다. 그러므로 리더가 다른 사람의 존경을 받을 수 있는 가장 직접적인 방법은, 상대를 존중하는 법을 이해하고 실제 행동을 통해 이를 적극적으로 실천하는 것이다.

교묘한 솜씨로 시비를 가린 적방진

—

적방진(翟方進)은 서한시대의 유명한 경학 전문가로 많은 제자를 거느리며 스물셋이라는 젊은 나이에 의랑(義郞)의 자리에 올랐다. 당시 경성에서 적방진과 함께 유술(儒術)을 연구하던 동료 중에 호상(胡常)이라는 자가 있었다. 적방진보다 연장자인 데다 일찌감치 벼슬길에 발을 들이고도 명성이 적방진만 못했다. 결국 질투심에 눈이 먼 호상은 걸핏하면 적방진에 대해 좋지 않은 소리를 늘어놓으며 인신공격을 일삼았다.

이 사실을 알게 된 적방진은 갈등을 풀고 싶다며 호상이 강연하는 곳에 자신의 제자들을 보내 청강하도록 독려했다. 이뿐만 아니라 수업 내용을 꼼꼼히 받아 적으며 호상에게 적극적으로 질문하라는 당부도 잊지 않았다. 그래도 성이 안 찼는지 적방진은 개인적으로 호상을 크게 칭찬하며 주변에 추천하기도 했다. 훗날 자신을 존중하려는 적방진의 노력과 겸손한 자세에 호상은 크게 부끄러워하며 자신의 옹졸함을 뉘우쳤다. 그 뒤로 다른 인재들과 친분을 맺을 때마다 호상 역시 적극적으로 적방진을 소개했다. 이를 계기로 두 사람은 둘도 없는 '절친'이 되었다.

'동류반응법칙'에서 나타나듯 대인관계에서 나를 대하는 상대의 태도는 상대를 대하는 나의 태도에 달렸다고 할 수 있다. 요컨대 상대로부터 존중과 호감을 받으려면 우선 나부터 상대를 그렇게 대해야 한다.

방통을 놓친 손권

—

동오(東吳)를 세운 손책의 오랜 친구 주유(周瑜)는 오나라를 탄생시키고 나라의 초석을 다지는 데 평생 공헌했다. 눈빛만 봐도 서로의 마음을 읽을 줄 아는 두 사람을 동오 백성은 '손랑(孫郎)', '주랑(周郎)'이라고 불렀다. 주유는 손책(孫策)이 강동에서 기반을 닦을 수 있도록 적극적으로 도왔을 뿐만 아니라, 세상을 일찍 등진 손책을 위해 그의 동생 손권을 보필했다. 돌아가신 아버지와 형을 비롯해 손씨 가문을 지극정성으로 돌본 주유를 손권은 그 누구보다 믿고 따랐다. 그동안 얼마나 정이 들었던지, 주유가 세상을 하직하자 몇 날 며칠 잠을 제대로 이루지 못할 정도였다고 한다.

당시 방통(龐統)은 '와룡(臥龍)' 제갈량과 함께 천하에서 현명하기로 이름 높은 인물로, '봉추(鳳雛)'라고 불렸다. 적벽대전이 막을 내린 뒤, 방통은 손권에게 몸을 의탁했다. 평소 남다른 인재 사랑으로 유명한 손권이 저절로 굴러 들어온 복을 찰 리 없었다. 하지만 예상치 못한 곳에서 문제가 불거지기 시작했다. 동오 진영에서 모든 사람으로부터 존경과 사랑을 한 몸에 받는 주유를 방통이 대놓고 무시했다. 설상가상으로 방통은 주유에게 불경을 저지르기도 했다. 그 모습을 더 이상 두고 볼 수 없었던 손권은 결단코 방통을 중용하지 않겠노라 맹세했다.

결국 방통은 다른 사람의 추천으로 유비의 휘하에 들어갔다. 방통은 이전의 오만방자한 태도를 버리고 깍듯이 유비를 공경했고, 유비역시 그런 방통을 후하게 대했다. 유비의 신뢰를 한 몸에 받은 방통은 호랑이 등에 날개 단 듯 승승장구했다. 능력과 노력을 인정받아 군사중랑장(軍師中郞將)에 오르는 등 제갈량과 대등한 영향력을 자랑하기도했다. 손권 휘하에서 천덕꾸러기 신세였던 방통은 유비에게 몸을 의탁한 후, 신뢰받는 인재로 거듭났다.

손권에게 찬밥 취급을 받았던 방통, 유비로부터 총애와 두터운 신임을 받은 방통, 같은 인물이지만 전혀 다른 모습으로 등장하는 까닭은 무엇일까? 유비의 용인술이 손권보다 뛰어나서도 아니고, 손권이 거느린 인재가 유비의 인재보다 무능해서도 아니다. 그 원인은 손권과 유비를 대하는 방통의 태도가 180도 달랐기 때문이다. 유비를 공경하다 보니 자연스레 유비 역시 그를 존중했고, 주유에게 함부로 굴어 손권에게 무시당한 것이다. 이 역시 심리학의 '동류반응법칙'으로, 사람 사이의 관계는 상호작용을 통해 형성·유지된다는 주장을 뒷받침한다.

후영을 얻기 위한 신릉군의 고군분투

—

춘추시대 '사군자' 중 한 명인 신릉군(信陵君)은 공경함의 지혜를 터득한 현자로서 3,000명이 넘는 제자를 수하에 거느렸다. 이들 제자 모두 신릉군이 지극정성으로 모셔온 인재였는데, 그중에서도 후영(侯嬴)을 모시기 위해 신릉군이 벌인 고군분투기는 지금도 회자될 만큼 유명하다.

위(魏)나라의 현사인 후영은 남다른 총기와 기지, 뛰어난 언변으로 천하에서 명성이 자자한 인재다. 평소 인재에 대한 욕심이 많았던 신릉군은 그의 집을 여러 번 찾아가 정계에 나설 것을 권유했지만 매번 퇴짜를 맞았다.

하루는 신릉군이 큰 잔치를 베풀어 손님을 잔뜩 초대했다. 손님들이 모두 자리에 앉자, 신릉군이 조심스레 입을 열었다.

"사실 오늘 연회의 주인공은 후영입니다. 여러분께서 개의치 않으신다면 저와 함께 후영을 환대해 주십시오."

손님들이 모두 동의하자, 신릉군은 후영을 맞이하기 위해 직접 가마를 끌고 그의 집을 찾았다. 잔뜩 거드름을 피우며 나타난 후영은 아무렇지도 않다는 듯 신릉군이 끄는 가마에 몸을 실었다. 장터를 지날 때까지 아무 말도 하지 않던 후영이 신릉군을 향해 차가운 표정을 지으며 입을 열었다.

"푸줏간에서 일하는 친구가 있는데, 수고스럽더라도 나와 함께 가 줄 수 있겠소?"

후영의 갑작스러운 요청에도 신릉군은 당황하지 않고 공손히 그 뜻을 따랐다. 푸줏간에 도착한 후영은 일부러 오랫동안 친구와 잡담을 나누는 동안, 옆에서 기다리는 신릉군을 철저히 무시했다. 지체 높은 사람이 직접 발을 들일 리 없는 푸줏간 앞에서 가만히 서 있는 모습이 어찌나 신기하던지, 지나가는 행인들이 하나같이 신릉군 주위를 둘러싸고 구경하기 바빴다. 한참 뒤에 작별인사를 고한 후영이 가마에 오르자, 신릉군은 왕부를 향해 가마를 몰았다. 왕부에 도착한 후영은 미안한 기색 하나 없이 가마에서 내린 후 당연하다는 듯 상석에 앉았다. 그럼에도 신릉군은 아무런 불만이나 불쾌감도 내비치지 않고 시종일관 예의를 갖추며 대접했다. 그것만으로도 모자라, 연회에 참석한 사람들에게 후영을 소개하느라 바빴다. 이러한 신릉군의 모습에 감동한 후영은 자신의 결례를 사과했다. 이번 기회를 통해 신릉군의 됨됨이와 인재를 아끼는 마음을 시험해보려고 일부러 심통을 부렸노라 고백했다. 훗날 조(趙)나라를 구하는 과정에서 후영은 신릉군을 위해 병부(兵符)를 훔쳐 조나라를 구하는 계책을 제시하기도 했다. 이를 발판삼아 신릉군은 위왕의 견제를 물리치고 조나라를 구하는 위업을 달성하며 청사에 이름을 남겼다. 신릉군이 조나라를 구하기 위해 떠나자, 후영은 자신을 알아준 벗을 위해 죽음으로 보답하며 생을 마쳤다.

상대를 존중하지 않는 사람이라면 당연히 상대로부터 존중받을 수 없다. 특히 리더의 경우 이러한 사실을 가슴에 새겨야 한다. 권력을 일단 손에 넣는 순간, 갑자기 어깨에 힘을 주며 거들먹거리거나 남을 깔보는 경우를 우리 주변에서 쉽게 찾아볼 수 있다. 그런 사람이라면 결코 상대의 존중을 받을 수 없다. 또한 자신의 성장을 도와줄 만한 인재도 얻지 못한다.

공손함은 개인이 지닌 인격적 소양이자, 상대의 존중을 부르는 주문이다. 남을 공경할 줄 아는 사람을, 사람들 역시 존중한다는 선조의 가르침을 가슴 깊이 새기자.

자기 관리

자신이 바로 서야
상대를 바로 세울 수 있다

亮拔西縣千余家, 還於漢中, 戮謖以謝眾. 上疏曰: "臣以弱才, 叨竊非據, 親秉旄鉞以歷三軍, 不能訓章明法, 臨事而懼, 至有街亭違命之闕, 箕谷不戒之失, 咎皆在臣授任無方. 臣明不知人, 恤事多暗, 《春秋》責帥, 臣職是當. 請自貶三等, 以督厥咎." 於是以亮為右將軍, 行丞相事.

서현(西縣)을 함락한 제갈량은 천여 명의 피난민을 이주시켰다. 군사를 이끌고 한중(漢中)으로 돌아오던 중, 제갈량은 삼군(三軍)에게 자신의 잘못을 인정하며 마속(馬謖)을 참수했다. 유선(劉禪)에게 올리는 상소문에서 제갈량은 자신의 심경을 이렇게 밝혔다. "변변치 않은 재주를 지닌 소신이 실력에 걸맞지 않은 높은 자리에 올랐습니다. 황상께서 하사해주신 부월(斧鉞)을 직접 받들고 삼군과 함께 북벌에 나섰습니다. 허나 군기를 엄하게 다스리지 못하고 법도를 어긴 탓에 일을 처리할 때 위축되고 말았습니다. 그 결과 마속이 가정(街亭)에서 명령을 위반하고 작전 수행에 실패하는 바람에 가정을 잃고 대패했습니다. 그것도 모자라 기곡(箕谷)에서 허술한 수비를 선보이는 중대한 실수마저 저질렀습니다. 이 모든 잘못은 소신이 제대로 사람을 부리지 못해 생긴 일입니다. 안목이 짧아 사람의 장단점을 제대로 파악하지 못했고, 큰일을 결정할 때도 신중함과 지혜가 부족했습니다. 이번 사단은 순전히 소신의 잘못이니 마땅히 책임을 지겠습니다. 원컨대 소신을 벌하는 뜻에서 직급을 3급 내려주십시오." 그러자 황제께서 제갈량을 우장군(右將軍)으로 강등시키고 승상의 직권을 대행토록 했다.

《삼국지 · 촉서(蜀書) · 제갈량전》

...

전국시대(戰國時代) 사상가 순자(荀子)는 군자의 조건에 대해 이렇게 정의했다.

"군자라면 단지 널리 아는 것만으로는 부족하다. 한 치의 실수도 없도록 자신을 항상 다스리고 관리해야 한다. 자신의 생각과 행동에 옳지 못한 부분이 있다면 즉시 바로잡도록 엄하게 다스려라. 엄격한 자기 관리 역시 귀중한 지혜니라."

당 태종(太宗) 이세민(李世民)은 봉건왕조의 지배자 중에서 비교적 '깨어있는 의식'을 지닌 군주 중 한 명으로 평가된다. 젊은 시절, 밤낮 가리지 않고 원정길에 오른 그는 걸출한 장수로 이름을 날렸다. 왕조의 기틀을 마련한 후, 이세민은 왕권 확립과 국내 안정을 위해 고군분투했다. 그 노력의 땀방울은 우리가 익히 알고 있는 '정관지치(貞觀之治)'로 결실을 맺었다. 당 태종이 평생을 거쳐 이룬 위업은 엄격한 자기 관리, 부지런한 자기 반성, 체면에 얽매이지 않고 주변의 의견을 적극 참고한 겸허함 덕분이었다. 명재상 위정을 애도하는 당 태종에게서 이러한 모습을 쉽게 찾아볼 수 있다.

"청동을 거울 삼아 의관을 단정하게 하고, 역사를 거울 삼아 흥망성쇠의 이치를 알았노라. 또한 사람을 거울 삼아 득실의 오묘한 도를 깨달았다."

당 태종은 뛰어난 언변술, 국익을 위해서라면 자신에게 맞서기도 했던 위정에게 감사의 뜻을 전했다. 훗날 당 태종은 '밖으로는 즐기고 구경하는 즐거움을 끊고, 안으로는 요란한 즐거움을 줄이는' 노력을 기울인 덕분에 태평성세를 누릴 수 있었다고 고백했다. 그러한 점에서 '정관지치'의 탄생은 당 태종의 엄격한 자기 관리 덕분에 가능했다고 하겠다.

"스승님, 사람이 평생 받들어야 할 교훈이 있는지요?"

자공(子貢)의 물음에 공자께서 조용히 입을 열었다.

"그러한 것을 꼽자면 '관용'이라고 하겠다. 자신이 하기 싫어하는 일을 다른 사람에게 강요하지 마라."

마찬가지로 자신이 할 수 없는 일을 다른 사람에게 해내라며 강요해선 안 된다. 자신부터 바르게 서야 남도 바르게 설 수 있다는 점을 명심하라.

선의로 얻은 평화

—

전국시대 초나라와 위나라가 공동으로 관할하는 변경 지역에 양국은 각자 초소를 세우고 관리에 나섰다. 양국의 수비병은 각자의 초소 주변에 수박 등의 농작물을 심었다. 그러나 부지런한 위나라 수비병이 수박에 열심히 물을 주고 김을 맨 것과 달리 초나라 수비병은 관심 없다는 듯 게으름을 피웠다. 시간이 흘러 위나라 수비병은 튼튼하고 싱싱한 수박 싹을 얻었다. 이와 달리 초나라 수비병의 수박 싹은 잔뜩 시든 데다 크기마저 작았다. 그 모습에 배가 아파진 초나라 수비병은 급기야 한밤중에 위나라 밭에 몰래 들어가 수박 싹을 모조리 밟아버렸다.

이튿날 아침, 엉망진창으로 변한 밭을 본 위나라 수비병은 초나라 병사의 짓이 분명하다고 판단했다. 끓어오르는 분노를 참지 못한 위나라 수비병은 '받은 만큼 돌려주겠다'며 상대의 밭을 쑥대밭으로 만들겠다는 계획을 세웠다. 여러 병사가 그날 저녁 쓴맛을 보여주겠다며 으름장을 놓자, 위나라의 현령(縣令)이 허겁지겁 달려 나와 뜯어말렸다.

"자신이 하기 싫은 일은 다른 사람에게 미루지 말라 했소. 싹을 밟은 것만으로도 이렇게 화를 내는 마당에, 저들의 싹을 죄다 죽게 한다면 그들의 심정이 어떻겠습니까? 상대가 잘못된 짓을 저질렀다고 해서 똑같이 잘못을 저질러서야 쓰겠습니까!"

"허나 매번 이렇게 아무 말도 못하고 당할 수만은 없는 노릇 아니겠습니까!"

"옳은 말이오. 허나 나부터 올바른 생각을 지녀야 상대에게 영향을 주고 그릇된 생각을 바로잡도록 도울 수 있는 법이오. 오늘부터 매일 저녁 초나라의 밭에 가서 밭에 물을 주고 비료를 줍시다. 얼마 지나지 않아 자신들의 실수를 저절로 깨닫게 될 것이오."

현령의 설득에 수비병들은 계획을 취소하고 지시에 따랐다. 얼마 뒤 초나라 병사는 수박 싹이 예전에 비해 점점 튼튼해지고 있다는 사실을 발견했다. 이를 이상하게 여기고 자세히 조사해 보니, 위나라 수비병이 자신의 밭을 돌보고 있는 것이 아닌가! 위나라 병사에게서 부끄러움을 느꼈다는 수비병의 고백을 초나라 현령이 재빨리 왕에게 보고했다. 크게 감동한 초왕이 위왕에게 사례의 뜻으로 어마어마한 선물을 보냈다. 이를 계기로, 국경 지역에서 대치하던 양국 사이에 다시금 평화가 찾아왔다.

이 사건에서 '선의'를 베풀어야 한다고 강조한 현령 덕분에, 위나라는 한 수 높은 정신적 수준을 보여줬다. 자신을 바로 세우는 법을 통해 남을 바르게 만들고, 한발 더 나아가 천하의 평화를 가져다줬다. 위나라 병사들이 성공할 수 있었던 비결은, 남을 탓하기 전에 자신에게서 문제 해결의 실마리를 찾고 자신의 생각과 행동을 바로잡았기 때문이다. 이러한 노력에 상대는 크게 감동했을 뿐만 아니라 자신의 잘못을 깨달을 수 있었다.

자기 관리에서 예외는 존재하지 않는다. 특히 리더라면 과감하게 자신을 관리해야 할 뿐만 아니라 능수능란하게 자신을 관리할 줄도 알아야 한다. 다시 말해서 리더는 자기 관리 기술을 우선적으로 갖춰야 한다. 이를테면 자신의 의지력을 강화하는 작업이 그러한데 중국의 유가 사상에서 강조하는 '신독(愼獨)'이 엄격한 자기 관리에 포함된다. 신독은, 혼자 있을 때도 몸가짐을 바르게 경계하라는 가르침이다.

중국의 전통적인 유가 사상에서 신독은 일종의 인격 수양 방법으로 제시되었다.《예기(禮記)·중용(中庸)》에서는 "감춘 것보다 잘 보이는 것이 없고, 조그마한 것보다 잘 드러나는 것이 없다. 그러므로 군자는 홀로 있는 데서 삼간다(莫見乎隱, 故君子愼其獨也)"고 설명했다. 동한의 유명한 유학자 정현(鄭玄)은 홀로 삼간다는 것은, 홀로 있을 때에도 자신의 행동을 단속한다는 것이라고 설명했다. 주변의 시선에 신경 쓸 필요 없이 혼자 있을 때야말로 사람의 됨됨이를 알 수 있는 순간이기 때문이다. 지혜학에서 말하는 '신독'은 전통적인 의미와 크게 다르지 않다. 혼자 있을 때에도 자신을 단속할 줄 아는 인품을 지닐 수 있다면, 냉정하게 상황을 살필 수 있고 한 치의 실수도 없이 지혜를 발휘할 수 있다. 그래서 관리로서 갖춰야 할 전통적인 덕목 중에서 '자기 관리'가 항상 으뜸을 차지했다.

평생 자기 관리에 힘쓴 시대의 명신
—

1872년 3월 12일 만청(晚晴)의 명신이자, 당시 양강총독(兩江總督)이었던 증국번(曾國藩)이 서화포(西花圃)를 산책하다가, 다리가 마비되자 서둘러 서재로 돌아갔다. 하지만 얼마 뒤 세상을 하직했다는 비보가 들려왔다. 죽음을 코앞에 둔 증국번은 말할 기운도 없는 상태였지만 삶의 마지막 힘을 쥐어짜냈다. 아들 증기택(曾紀澤)에게 자신이 책상 위에 올려둔 유언집《유기택기홍(諭紀澤紀鴻)》을 큰 소리로 읽어보라고 했다.

평생 얻은 교훈을 총망라한 이 책은 증국번이 후세에 전하는 '처세 비법'이기도 하다. 유언은 크게 네 가지로, 그중 하나가 아들에게 자기 관리를 배우라는 내용이었다.

"자신을 단속할 수 있으면 마음이 편안해질 수 있다. 자신의 인품을 닦는 방법에는 마음을 기르는 것보다 어려운 것이 없다. 마음을 기르는 방법은 스스로 단속하고 삼가는 것이다. 그래야만 안으로 받게 되는 상처를 줄이고 세상의 흐름에 몸을 맡길 수 있다. 안으로 부끄러움이 없는 사람이라면 그 마음이 흔들림 없는 천군(天君)처럼 기꺼이 만족할 줄 알고, 즐길 줄 안다. 이는 사람이 살면서 자신을 강하게 단련할 수 있는 가장 중요한 법칙이자, 즐거움을 찾을 수 있는 최고의 방법이니라. 무엇보다도 자신을 지킬 줄 아는 것이 중요하다."

유언의 마지막에서 증국번은 다시 한 번 아들에게 당부했다.

"네 가지 가르침은 수십 년 동안 살아오면서 내가 직접 겪은 이야기를 담은 것이다. 너희 형제들은 이를 명심하고 행동으로 실천하거라. 또한 후손에게 대대손손 전한다면 우리 가문은 쇠하지 않고 대대손손 인재를 배출할 것이다."

증국번의 이야기에서 알 수 있듯, 신독(愼獨)은 위대한 지혜였다. 증국번 자신도 평생을 거쳐 몸소 실천했을 뿐만 아니라, 그 후손들 역시 선조의 가르침을 가슴에 새기고 이를 인생관으로 삼았다. 증씨 가문에서 뛰어난 자질을 갖춘 인물이 대거 탄생할 수 있었던 것은 증국번이 세운 가풍 덕분이었다.

증국번의 작품과 역사적 기록을 살펴봤을 때, 평생 자기 관리를 강조한 그가 자기 자신에게 얼마나 엄격했는지 쉽게 알 수 있다. 매일 자신이 한 일을 반성했을 뿐만 아니라, 무슨 일이든 다시 되돌아보며 문제는 없는지 살폈다. 자기 관리의 최고 수준에 이를 때까지 절대로 멈추지 않겠다는 맹렬한 기세로, 증국번은 자신을 매섭게 채찍질했다. 도광(道光) 20년(1831년) 정월에 작성한 일기에서 증국번은 자신의 생각을 솔직히 털어놨다.

"무릇 무슨 일이든 날마다 조금씩 고쳐나가야 한다. 하루라도 미적거린다면 훗날 바로잡기 어렵다! 하물며 덕을 기르고 인품을 수양하는 일은 어떻겠느냐? 해추(海秋, 탕붕(湯鵬)의 자, 탕붕은 청나라 호남(湖南) 익양(益陽) 사람으로 아편전쟁 때 상황이 좋지 않음에도 불구하고 양무(洋務) 30가지 일을 상서했다-역주)는 '나를 어질게 만드는 곳에 있으면서도 마음을 들여다보는 일에 소홀하지 않고, 서로 원망하는 곳에 있어도 능히 평안케 있을 수 있다면 군자가 분명하다'고 하셨다."

몸을 바르게 하는 '수신'의 최고 경지에 오르기 위해 증국번은 각고의 노력을 기울였다. 신독에 관해 증국번은 무려 12가지 자기 관리법을 개발했는데, 그 내용은 다음과 같다.

'명상, 정좌, 이른 기상, 독서, 역사 읽기, 말 조심, 수양, 체력 단련, 모르는 문제를 이해해서 매일 제 것으로 삼기, 매달 할 수 있는 일을 잊어버리지 않기, 글자 만들기(作字), 밤 외출 금지.'

현대 사회가 원하는 지도자상은 자신에게는 엄격하되 남에게 관대한 인품의 소유자라 하겠다. 다시 말해서 자신이 할 수 없는 일이 있다면 성공할 때까지 노력하고, 이미 해낸 일이라면 다른 사람에게도 해내라고 독려하며 이끌어줘야 한다는 뜻이다. 이는 자신의 수준을 높이는 중요한 지혜 중 하나다. 사람을 바로 세우려면 자신의 잣대를 가지고 남을 판단하지 마라. 왜냐면 우리는 다양한 삶을 살고 있기 때문이다. 다양한 세계에서 우리는 크고 작은 차별성을 지닌 채 살아가고 있다. 그러므로 다른 사람에게 자신과 같은 삶을 강요해서도 안 되고, 자신의 기준으로 남을 함부로 평가해서도 안 된다.

구하라, 그러면 얻게 될 것이다.
그러나 끊임없이 구하기만 한다면
얻게 되는 것은 하나도 없을 것이다.

중국 격언

남의 선한 것을 보면 나의 선을 찾고, 남의 악한 것을 보면 나의 악을 찾아라.
그와 같이 하면 바야흐로 유익이 있다.

성리서(性理書)

2장

상대를
읽어낼 줄
아는 지혜

이해

상대의 마음을
헤아려라

曰: "無傷也, 是乃仁術也, 見牛未見羊也. 君子之於禽獸也 : 見其生, 不忍見其死 ; 聞其
聲, 不忍食其肉. 是以君子遠庖廚也." 王說, 曰: "《詩》云: '他人有心, 予忖度之.' 夫子之謂
也. 夫我乃行之, 反而求之, 不得吾心 ; 夫子言之, 於我心有戚戚焉. 此心之所以合於王者
何也?"

"크게 신경 쓸 일이 아닙니다. 왜냐면 이는 인자함을 베푸는 방법이기 때문입니
다! 대왕께서 그런 명령을 내리신 것은 양을 보지 못하고 소를 봤기 때문일 뿐
입니다. 군자 역시 길짐승이나 날짐승을 모두 그렇게 대합니다. 살아있는 모습
을 보았기에 차마 금수가 죽어가는 것을 보지 못하고, 구슬픈 울음소리를 들으
면 차마 그 고기를 먹지 못합니다. 그래서 군자는 부엌을 멀리해야 합니다." 맹
자의 이야기를 들은 제(齊) 선왕(宣王)은 크게 기뻐하며 입을 열었다. "《시경(詩
經)》에 이르기를 '다른 사람의 생각을 능히 헤아릴 수 있다'고 했는데, 이는 필경
선생을 두고 하는 말 같구려. 그때 과인이 왜 그런 행동을 했는지 지금 돌이켜
생각해 보면 딱히 이유를 말하지 못하였소. 지금 선생의 말씀을 들으니 진심으

로 감동스럽구려! 이러한 마음이 어찌 왕도(王道)에 부합된단 말이오?"

《맹자 · 양혜왕상(梁惠王上)》

•••

춘추시대 군사가 손무(孫武)는 '지피지기(知彼知己)'라는 명제를 제시했다. 쉽게 말해서 전투를 치르는 장수라면 아군과 적군의 전력을 이해해야만 백전백승할 수 있다는 것이다. 전쟁과 거리가 먼 우리의 일상생활과 대인관계에도 이러한 사상은 중요한 의미를 지닌다.

오늘날 사람과 사람 사이의 관계는 점점 복잡해지고 있다. 이러한 상황 속에서 리더는 다양한 계층의 다양한 구성원과 관계를 형성하게 되므로, 상대의 마음을 제대로 헤아릴 줄 아는 '지피'의 경지에 올라야 한다. 그래야만 좀 더 원활하게 소통할 수 있을 뿐만 아니라, 예상 목표를 손쉽게 달성할 수 있다. 리더에게 '상대를 안다는 것'은 반드시 갖춰야 할 지혜로서, 이를 위해서는 두 가지 원칙을 고수해야 한다. 첫째, 상대의 정보를 수집하고 상대의 상황을 파악해라. 둘째, 자신의 이해를 바탕으로 상대의 마음을 헤아려라.

어리석은 현령이야기
—

청나라 시대에 아둔한 현령이 등장하는 야사가 유행했다. 청나라 시절 이제 막 벼슬길에 오른 신출내기 관리가 어떤 마을의 현령으로 부임하는 데서부터 이야기는 시작된다. 부임한 지 얼마 지나지 않아 현령은 앞으로 자신이 모셔야 할 상사를 알현하러 갔다. 처음 상사를 만나게 된 현령은 지나치게 긴장한 나머지 꿀 먹은 벙어리가 됐다. 뭘 어떻게 해야 할지, 어떻게 화제를 이끌어야 할지 몰라 머릿속이 하얗게 변했다. 얼마의 시간이 지났을까? 더 이상 머뭇거려서는 안 된다는 생각에 현령은 용기 있게 머리를 들고 입을 열었다.

"존함이 어찌 되십니까?"

그 말에 상사는 크게 놀랐지만 애써 침착함을 유지하며 이름을 알려줬다. 상사의 대답에 현령은 머리를 숙인 채 한참동안 무언가를 생각하는 듯했다.

"대인의 성(姓)을 전혀 들어본 적 없사옵니다."

상사는 더욱 당황한 듯 놀란 표정을 숨기지 않았다.

"내가 기인(旗人, 청나라의 팔기제도(八旗制度)에 속한 사람들의 총칭으로 만주족을 가리킨다-역주)이기 때문이오. 그걸 모르셨소?"

기인이라는 대답에 자리에서 일어난 현령이 상사에게 서열이 어떻게 되는지 물었다.

"정홍기(正紅旗)요."

"저런, 개인적으로는 정황기(正黃旗)가 가장 뛰어나다고 생각했는데 어찌하여 정황기가 아니란 말씀입니까?"

지금껏 현령의 무례함을 가만히 참고 있던 상사도 더 이상 화를 참지 못하고 차가운 표정을 지은 채 입을 열었다.

"자네 고향이 어디인가?"

"광서(廣西)이옵니다."

그러자 상사가 자리에서 벌떡 일어나며 고함을 질렀다.

"광동 사람이 최고거늘, 어찌하여 자네는 광동에서 태어나질 않았단 말인가!"

깜짝 놀란 현령이 얼굴을 들자 노기로 얼굴이 붉게 물든 상사의 모습이 보였다. 그 모습에 겁이 난 현령이 다리를 벌벌 떨며 하직인사를 올리고는 황급히 자리를 떠났다.

진사에 오른 현령은 분명 10년 동안 어렵사리 학문에 매진한 선비였을 것이다. 뛰어난 지적 능력에 비해 대인관계나 세상 물정에 밝지 않아 상사를 만나기 전에 상대의 이름이나 고향도 제대로 알아보지 못했다. 이야기를 나누면서도 상사의 불편한 심기를 읽어내지 못하고 결국 말실수를 저질러 화를 사고 말았다. 출셋길이 순탄치 않았을 것은 불 보듯 뻔하다.

위의 이야기를 듣고는 한심하다며 코웃음 칠 사람이 한둘이 아닐 것이다. 하지만 우리 주변에서 이런 상황은 종종 일어난다. 일부 리더는 업무와 관련된 만남에서 상대의 정보도 제대로 알지 못한 채, 명확한 목적성도 없이 마구잡이로 떠들어대다가 난처한 처지에 몰리기도 한다.

리더라면 상대의 정보를 수집하고, 그 마음을 헤아려볼 줄 아는 도량과 요령을 배워야 한다. 직장에서라면 상사를 이해하고 속내를 짚어내야 하며, 대인관계라면 친구를 이해하고 의도를 읽어내야 한다. 치열한 경쟁에서는 라이벌의 정보를 파악하고 전략을 꿰뚫어볼 줄 아는 능력이 생존과 직결된다. 상황을 파악하고 의도를 짚어낼 줄 알아야 명확한 목표를 세우고 적합한 전략을 취해 원하는 효과를 달성할 수 있는 법이다.

전국시대에 맹자는 유교 문화의 대표 인물이자, 유능한 '소통의 달인'으로 평가받았다. 원하는 곳에 가려거든 먼저 그곳의 상황을 이해하라는 충고로 미루어 보아 그것이 맹자가 남다른 소통능력을 갖출 수 있었던 중요한 비결이었음을 알 수 있다.

맹자와 소
—

강성한 제나라에 들어간 맹자는 선왕을 만난 자리에서 인정(仁政)을 베풀어달라는 청을 올렸다. 선왕이 허영심 많고 인색한 사람이라는 것을 잘 알고 있던 맹자는 선왕에게 자신의 논리를 주입시키기 위해 '소'를 가지고 이야기를 꺼냈다.

"호흘(胡齕)이라는 대신과 이야기를 나누다가 대왕에 관한 이야기를 들었습니다. 묘당에 앉아 계신 대왕께서 소를 끌고 지나가는 사람을 보셨다죠? 소를 어디로 끌고 가냐고 묻자 종(鍾)에 바를 피를 얻기 위해 소를 죽이러 가는 길이라고 했습니다. 그 말에 대왕께서는 당장 소를 풀어주라고 명했습니다. 소가 벌벌 떨며 끌려가는 모습이 너무도 가여워 대왕께서 인정을 베푸신 것이지요. 그러자 소를 끌고 가던 사람이 제사를 치르지 않는 것이냐고 물었습니다. 당시 대왕께서는, 제사는 반드시 치러야 한다며 소 대신 양을 잡아 의식을 행하라 이르셨다고 들었습니다. 소인이 들은 이야기가 진짜인지 모르겠습니다."

맹자의 의도를 파악하지 못한 선왕은 모두 사실이라고 대답했다. 그러자 맹자가 조심스레 입을 열었다.

"벌벌 떠는 소를 가여워하는 마음을 널리 베푼다면 왕도를 실천할 수 있을 것입니다. 어쩌면 대왕의 의도를 오해하는 백성이 있을지도 모릅니다. 고귀한 지위에 걸맞지 않게 속 좁은 짓을 했다는 것이지요. 그래서 살찐 소 대신 양을 잡으라는 명을 내렸다고 생각할 수도 있을 겁니다. 허나 소인은 잘 알고 있습니다. 대왕이 그런 명령을 내리신 것은, 소와 양 중에 무엇의 몸집이 더 크다든지, 혹은 무엇이 더 비싼지 하는 것과 같은 하찮은 이유 때문이 아니지요. '양'이 아닌 '소'가 떨고 있는 모습을 봤기 때문에 대왕께서는 '소'를 풀어주라고 하신 것 아닙니까!"

"오, 일리 있는 말이오. 우리 제나라가 아직까지 천하를 통일하지 못했으나 소 한 마리 마음대로 잡지 못할 정도로, 가난한 소국은 아니오. 아무런 죄도 짓지 않은 사람이 사형장으로 억지로 끌려가는 것처럼, 온 몸을 떨고 있는 소가 불쌍해서 풀어주라고 명한 것이오."

"소가 아까워서 그런 것이라고 오해하는 백성을 너무 원망하지 마십시오. 실제로 소가 더 비싸지 않습니까? 그러니 값이 싼 양을 소 대신 잡았다면 누가 봐도 값의 차이가 존재하니, 백성들이 오해하는 것도 당연한 일이겠지요. 다시 말해서 겁에 질려 떨고 있는 소가 가엽다며 대신 양을 잡으라고 하셨으니, 소나 양 모두 생명을 가진 짐승입니다. 백성이 이 점을 어찌 알겠습니까?"

"하하하, 정말 그렇구려! 과인이 그때 소를 풀어주고 대신 양을 잡으라고 한 것은, 돈 때문이 아니었소. 허나 선생의 말을 들어보니 과인을 구두쇠라고 오해하는 백성들만 탓할 노릇도 아니구려."

선왕의 반응을 살피던 맹자가 화제를 급전환했다.

"소 대신 양을 잡으라는 대왕의 의도를 백성이 오해한 일은, 대왕에게 어떠한 피해도 주지 않을 겁니다. 왜냐면 대왕께서는 인정을 베푸는 바탕을 지니셨기 때문입니다. 당시 대왕께서는 눈물 흘리는 양은 보지 못하고, 부들부들 떨고 있는 소를 봤기 때문입니다. 그래서 군자는 살아있는 짐승의 모습만 보려하고 죽는 모습을 보려하지 않는다고 합니다. 죽을 때 내는 울음소리를 들으면 차마 그 고기를 먹지 못한다고 하여 군자는 부엌을 멀리 한다고 했습니다! 소 대신 양을 잡으라고 하셨던 대왕과 같은 마음이었던 겁니다!"

그 말에 잔뜩 신이 난 선왕이 맹자를 크게 칭찬했다.

"《시경》에서 이르기를 '다른 사람의 생각을 능히 헤아릴 수 있다'고 했는데, 이는 필경 선생을 두고 하는 말 같소. 방금 전 일은 내가 생각해 봐도 어떻게 된 것인지 알 수 없었는데, 선생의 말씀을 듣고는 크게 깨달았소. 이러한 태도는 왕도에 맞는다고 하셨는데, 그 이유에 대해 구체적으로 말씀해 주시겠소?"

이렇게 해서 선왕의 마음을 사로잡은 맹자는 한결 손쉽게 자신이 강조하는 인정에 대해 본격적으로 이야기하기 시작했다.

위의 이야기를 통해 '이해'의 지혜가 대인관계에서 무척 중요하게 작동한다는 사실을 알 수 있다. 복잡다단한 대인관계에서 상대의 마음을 정확히 짚어낸 뒤 적절한 조치를 취해야 진정한 소통을 경험할 수 있다.

그렇다면 우리는 어떻게 '이해'를 이해할 수 있을까? 여기에는 몇 가지 실천 방법이 있다. 직접 얼굴을 맞댄 상대의 발언, 눈빛, 동작 등을 살피는 것이다. 별 의미 없는 작은 행동을 통해 진정한 의도를 읽어낼 수 있다. 흔히 말을 '마음의 소리'라고 한다. 말에는 사회, 계층 혹은 지리적인 차이 외에 개인의 수준과 성향을 알 수 있는 성분이 담겨져 있다. 상대의 말을 이해하는 방법을 통해 대략적으로나마 의도를 파악할 수 있다. 또한 눈은 '마음의 창'이라는 말처럼, 인간의 심리를 가장 확실하게 대변하고, 있는 그대로 보여준다. 말과 눈빛 외에 인간의 심리를 가장 잘 보여주는 것이 바로 동작이다. 쉽게 지나칠 수 있는 작은 동작 속에 상대의 본심이 숨겨져 있을 수 있다. 이를 포착하려면 자세히 관찰하고 열심히 경험해 봐야 한다.

상대의 생각을 정확히 헤아릴 줄 아는 것은, 누구나 가질 수 없는 특별한 재능이자 지혜이다. 사회 및 대인관계에서 상대를 관찰하는 습관을 기르고, 끈질긴 연구와 깊이 있는 사고를 동반하다 보면 숨은 법칙을 발견할 수 있을 것이다. 이를 통해 다양한 경험을 쌓고 거기서 소중한 경험을 취하도록 부단히 노력하라.

디테일

작은 것을 보면
큰 것을 알 수 있다

한나라 경제(景帝)께서 조후(條侯, 즉 승상 주아부(周亞夫))를 접견하며 상으로 술과 맛난 음식을 내렸다. 하지만 상에 오른 고기는 먹기 좋게 잘려지지도 않고, 젓가락도 준비되지 않았다. 그 모습에 조후가 크게 못마땅해 하며 시종에게 젓가락을 가져오라 일렀다. 그러자 경제가 웃으며 입을 열었다. "이것만으로도 성에 차지 않던가?" 조후가 황급히 관모를 벗으며 황제에게 사죄했다. 황제께서 몸을 일으키자, 조후가 그 틈에 서둘러 빠져나갔다. 그 모습을 가만히 눈으로 쫓던 경제께서 입을 열었다. "별 것 아닌 작은 일에도 불만을 드러내는 자라면 소주(少主, 당시 어린아이에 불과했던 한 무제를 가리킨다-역주)를 어찌 보필할 수 있겠는가!"

《사기(史記) · 강후주발세가(絳侯周勃世家)》

64

•••

중국의 고대 성현 중에서 한비(韓非)는 '작은 것을 보면 큰 것을 알수 있고, 처음을 알면 끝을 알 수 있다'고 주장한 최초의 인물로 평가된다. 한비의 가르침은 현명한 사람이 되기 위한 방법을 우리에게 조언한다. 즉 작은 것에서 큰 것을 발견할 줄 알아야 하고 사물의 본질을 이해하는 것은 물론, 한발 더 나아가 발전 법칙을 파악해야 한다는 뜻으로 이해할 수 있다. 동서고금을 막론하고 이러한 덕목은 리더로서 마땅히 갖춰야 할 조건이자, 재능이라 하겠다.

다른 사람과 교감할 때 리더는 작은 것 하나라도 놓치지 말고 파악하고 이해해야 한다. 그래야 다른 사람을 이해할 수 있는 기반을 마련할 수 있다. 상대를 자세히 관찰했다면 이제는 자신의 경험과 능력을 동원해 상황을 파악하고 상대의 성격, 처세 등을 분석한 뒤 앞으로의 '발전' 방향을 판단해라. 그래야 '큰 흐름'을 알 수 있다. 이 역시 리더가 가진 커다란 지혜 중 하나로, 한비자의 붓 아래에서 소개된 기자(箕子)는 특유의 디테일 정신을 발휘해 뛰어난 신하로 거듭난 대표적인 인물이라 하겠다.

기자가 도망친 까닭은?
—

기자는 은상(殷商) 말년의 명신으로, 상나라 주왕(紂王)의 서출 혈통이기도 하다. 중국 역사상 현명한 성품으로 널리 알려진 기자는, '중국 최고의 철학자'라고 불린다. 특히 디테일을 통해 일의 전체적인 흐름과 결과를 알 수 있으며, 조짐만 보고도 실제 상황과 발전 추이를 짐작할 수 있었다고 한다.

평소 기자는 궁궐의 시종을 통해 주왕에 관한 소식을 접하곤 했다. 어느 날, 기자가 시종에게 황상이 어떤 젓가락을 사용하는지 물었다.

"대나무 젓가락은 더 이상 사용하지 않고 상아 젓가락을 쓰십니다."

그 말에 기자가 무척 근심스러운 표정을 지으며 다시 입을 열었다.

"상아 젓가락을 사용하신다니, 이제 곧 도자기 그릇을 쓰시겠군. 그리고 그 다음에는 옥으로 된 걸 쓰시겠지. 상아 젓가락과 옥그릇에 담길 음식 역시 어디 보통이겠느냐? 필경 산해진미를 드시겠지. 매끼마다 산해진미를 잡수시니 사는 궁궐 역시 갈대로 지은 초가집일 리 없다. 화려하게 장식된 궁궐에서 호사를 누리시겠지. 허나 그렇게 하면 천하는 부유해질 수 없다. 이제 대왕께서는 먼 곳에서 나는 진기한 물건과 호화스러운 가마, 궁궐을 찾을 것이 분명하니, 그러다가 화를 당하지 않으실지 걱정이로구나."

"대인의 말씀이 옳습니다. 그렇지 않아도 지금 대왕께서는 커다란 누각을 지으려 하십니다."

"작은 것을 보면 큰 것을 알 수 있는 법이다. 보아하니 상나라는 머지않아 무너지겠구나."

은상의 귀족으로서, 기자는 은상의 안위에 많은 관심을 보였다. 하지만 주왕이 더 이상 충신들의 간언에 귀 기울이지 않고 제멋대로 국정을 운영하는 것을 보며 불길한 예감을 지우지 못했다. 결국 조국을 등지기로 결심한 기자는 천신만고 끝에 은상을 탈출해 지금의 중국 동북 지역으로 도망했다고 전해진다.

기자의 예상대로 얼마 지나지 않아 주왕은 녹대(鹿臺)를 비롯해 호화궁궐을 지으며 극도의 사치를 부리기 시작했다. 이를 보다 못한 충신들이 간언을 올렸지만 주왕은 들은 척도 하지 않고, 오히려 이들을 모두 주살했다. 살림살이가 팍팍해진 백성들 사이에서 왕실에 대한 불만이 쏟아지더니 급기야 사방에서 만군이 등장하기도 했다. 은상은 결국 주(周) 무왕(武王)의 손에 멸망했고 주왕은 녹대에서 제 몸에 불을 지른 채 자결했다. 이러한 주왕의 성품을 잘 알고 있던 기자는 상아 젓가락을 쓴다는 시종의 이야기만 듣고서 은상의 비극을 예감했다.

'악마는 작은 것에 숨어있다'는 서양 속담이 있다. 사람들이 쉽게 무시하는 대상이 종종 전체적인 흐름을 반영하거나 앞으로의 발전 추이를 보여주기도 한다. 그런 점에서 대상을 자세히, 객관적으로 관찰하고 상대의 개성을 정확히 파악한다면, 주변 사람과 좀 더 원만하게 협력할 수 있다. 여기서 한발 더 나아가, 사물의 동향을 더욱 정확하게 이해함으로써 탄력적으로 재치 있게 대처할 수 있다.

대련을 쓴 당백호

—

당백호(唐伯虎)는 '강남 4대 재자(才子)' 중 으뜸으로, 시와 그림 솜씨가 뛰어났는데 그중에서도 대련(對聯, 중국에서 문짝이나 기둥 같은 곳에 걸거나 붙이는 대구(對句-역주) 실력이 단연코 빼어났다. 당백호에 관한 다양한 야사가 전해지는데 21세기를 살아가는 우리에게 많은 교훈을 시사한다.

당시 많은 사람이 당백호에게서 대련을 받으면 가문의 보배로 여길 만큼 무척 자랑스럽게 생각했다. 평소 그의 이름을 흠모한 한 상인이 가게 대문에 붙일 대련을 써 달라며 찾아왔다. 척 봐도 일자무식한 상인의 모습을 지켜보던 당백호는 상대의 성품을 간파했다. 그저 한평생 장사만 할 줄 알고 돈 버는 걸 최고의 낙으로 알고 살아온 사람임이 분명했다. 그래서 재물과 관련된 글을 써 주면 좋아할 것이라고 판단해 재빨리 붓을 들었다.

봄바람처럼 장사가 순탄하기를,
흐르는 물처럼 재물이 계속 들어오기를.

하지만 이를 본 상인의 표정이 영 밝지 않자, 잠시 생각에 잠긴 당백호가 다시 붓을 들었다.

문 앞의 장사가, 한여름 밤의 모기 떼처럼 쉴 새 없이 들락거리기를,
계산대 안에 쌓인 동전이, 한겨울날의 벼룩 떼처럼 만질수록 늘어나기를.

대련을 받아 든 상인은 여러 번 글을 훑어보더니 환한 웃음을 지으며 돌아갔다.

당백호가 별다른 소동 없이 조용히 상인을 돌려보낼 수 있었던 것

은, 상대의 성격을 정확히 짚어냈기 때문이다. 상인과 짧은 이야기를 나누던 당백호는 자신의 무지함을 돈으로 승화시키려는 상인의 열등감을 읽어냈다. 이런 타입의 사람은 자신의 결점을 감추기 위해 돈으로 명사의 작품을 사들이거나 사치를 일삼으며 고상한 척 하려는 경향이 강했다. 하지만 본성은 속일 수 없는 법. 제아무리 겉으로 우아한 척 해도 부자가 되라든지 '대박' 나라는 말을 좋아할 것이 분명했다. 그래서 첫 대련에서 '재물'이라는 단어를 썼지만 상인이 마음에 들어 하지 않자, 상대의 특징을 떠올리며 재빨리 두 번째 대련을 지었다. 문체를 놓고 보자면 첫 번째 대련의 내용이 훨씬 뛰어났지만 상인은 글자가 많아 왠지 '있어 보이는' 두 번째 대련을 선택했다. 그 속에 담긴 당백호의 조롱도 알지 못한 채 말이다.

그래서 상대의 특징과 습관을 짚어내고, 기호를 정확하게 알고 있어야 한다. 이를 잘 이용하기만 하면 상대를 정복해 우위를 차지함으로써 서로 간의 교감을 한결 강화할 수 있다.

《삼국연의(三國演義)》는 모략학(謀略學)의 경전이라고 평가받는다. 이는 걸출한 영웅이 쉴 새 없이 등장해 치열한 생존경쟁을 벌인 시대적 상황과 관계가 있다. 오랜 시간이 흘렀어도《삼국연의》가 많은 사랑을 받고 있는 것은, 상대의 특징을 파악하고 그에 따라 다양한 전략을 취해 승리를 거둔 수많은 모략가의 매력 덕분이다. 우리가 쉽게 지나칠 수 있는 디테일을 통해 상대를 간파하는 그들의 지혜는 시대를 막론하고 감탄을 절로 자아낸다.

허창을 기습공격하지 않은 원소

—

동한 말년에 조조와 원소가 북방에서 한 치의 양보도 없이 팽팽하게 대치하고 있었다. 특히 조조보다 몇 배나 많은 군사를 보유한 원소는 줄곧 조조를 노렸다.

어느 날, 조조가 장수(張繡)를 치기 위해 소수의 병력만 자신의 근거지인 허창(許昌)에 남겨둔 채 대군을 끌고 남하했다. 허창에 남은 이들은 말이 좋아 병사지, 전투 능력이 떨어지는 노인과 머리에 피도 채 안 마른 신출내기가 전부였다. 목적지를 향해 절반 정도 행군하던 중, 조조의 모사인 정욱(程昱)이 근심 가득한 표정으로 조심스레 입을 열었다.

"아군의 대부분이 떠난 허창은 말 그대로 '빈 성'이나 다름없습니다. 이 틈에 원소가 허창을 기습한다면 심각한 피해를 입게 될 겁니다!"

그 말에 조조가 아무 말도 하지 않고 웃음을 터뜨리자, 옆에 있던 모사 순욱(荀彧)이 대답했다.

"옳은 말씀입니다. 지금 원소가 허창을 공격하라며 일개 부대만 보내도 허창은 꼼짝없이 적들의 손에 떨어지겠지요. 허나 원소는 결코 그리 하지 않을 겁니다. 왜냐면 원소는 결단력이 부족하기 때문입니다. 우리가 남하했다는 소식을 접했더라도 허창을 공격하라는 결심을 당장 내리지 못할 겁니다. 아마도 며칠 후에, 그것도 간신히 마음을 굳힐 겁니다. 이번에 아군이 남하하여 파죽지세로 장수를 물리친다면, 원소가 마음을 정하기 전에 문제를 해결할 수 있을 터이니 크게 신경 쓰지 않아도 됩니다."

"원소가 우유부단한 성격이라고는 하지만 허유(許攸)처럼 뛰어난 인물이 그 수하에 있지 않습니까? 그자들이 절호의 기회를 놓칠 리 없습니다."

"하하하, 허유는 머리 회전이 빠른 자이니 분명 원소에게 허창을 공격하라고 설득할 겁니다. 허나 원소는 결코 모험에 뛰어들지 않을 겁니다. 가능성이 50%, 혹은 80%라고 할지라도 절대로 나서지 않다가 100%라고 판단되면 결심하는 게 바로 원소입니다. 그런 원소에게 허유의 말이 통할 것 같습니까?"

순욱의 분석을 듣던 조조가 크게 웃음을 터뜨리며 입을 열었다.

"순욱의 말이 옳소! 우리가 하루속히 남쪽의 문제를 해결하고 오면 허창은 무사할 거요."

이들의 예상대로 조조가 개선해서 돌아올 때까지 원소는 허창을 공격하지 못했다.

조조가 과감하게 별다른 조치 없이 허창을 내버려 둘 수 있었던 것은 원소의 우유부단한 성격을 일찌감치 간파했기 때문이다. 그 결과, 수만 명의 병력을 아무 이유 없이 허창에 내버려 두는 상황을 피하고 남방원정군의 전투력을 유지하며 근거지인 허창도 지켜낼 수 있었다.

관찰

상대의 마음을
읽는 법

哀公問於孔子曰: "人若何而可取也?" 孔子對曰: "毋取鉗者, 無取健者, 毋取口銳者." 哀
公曰: "何謂也?" 孔子曰: "夫取人之術也, 觀其言而察其行, 夫言者所以抒其匈而發其情
者也, 能行之士必能言之, 是故先觀其言而揆其行, 夫以言揆其行, 雖有奸詭之人, 無以
逃其情矣." 哀公曰: "善."

노(魯)나라의 애공(哀公)께서 좋은 인재를 선별하는 방법을 묻자 공자께서 이
렇게 말씀하셨다. "다른 사람을 옥죄는 사람을 뽑지 마시고, 호승심이 지나
친 자도 뽑지 마십시오. 말이 너무 빠르거나 언변이 뛰어난 자도 멀리 하십
시오." "그 이유가 무엇이오?" "인재를 뽑을 때는 상대의 말을 듣고 행동을
관찰해야 합니다. 말은 사람의 마음 속 생각과 의지를 드러내는 것으로, 뛰
어난 능력을 갖춘 자는 말만 들어도 그 재능을 알 수 있습니다. 그러므로 먼저
상대의 말을 들은 뒤에 행동을 살펴야 합니다. 그리하면 제아무리 남의 눈을
잘 속이는 자라고 해도 본심을 숨길 수 없습니다." "과연 그렇구려!"

《설원(說苑)·존현(尊賢)》

•••

리더는 날마다 다양한 사람과 친분을 맺으며 교류한다. 상대의 마음을 제대로 읽지 못하면 소통에 따른 효과가 크게 떨어지는 것은 물론, 불필요한 오해마저 심어줄 수 있다. 그래서 사람을 관찰하는 법을 배워야 한다. 이를 통해 상대의 말을 이해할 수 있을 뿐만 아니라 행동을 파악해, 그 속에서 상대의 숨겨진 진심을 간파할 수 있다.

다른 사람의 속마음을 이해하려면 겉으로 드러나는 표정이나 말 외에도 행동을 읽어낼 줄 아는 지혜를 지녀야 한다. 그래야만 정확한 판단을 내릴 수 있다.

필사의 탈주를 감행한 중행문자

—

춘추시대에 진(晉)나라의 귀족인 중행문자(中行文子)가 내란에 휘말려 해외 도피에 나섰다. 때마침 중행문자의 친구가 지키고 있는 성 근처를 지나게 되자, 갑자기 병사들이 쑥덕거리기 시작했다.

"이곳에서 하룻저녁 정도는 쉬어갈 수 있겠군."

"응? 어째서 말인가? 아무리 힘들고 피곤하다고는 하지만 지금 도망치는 길이 아닌가?"

그러자 누군가가 비밀스럽게 입을 열었다.

"성을 지키는 관리는 대인과 이전부터 알고 지내던 친구라네. 두 분이 무척 절친하시지! 대인께 선물을 잔뜩 보내기도 하셨고."

"맞아, 맞아. 마침 재물을 실은 수레가 아직 우리를 따라오지 못하고 있으니, 이곳에서 하룻저녁 정도 쉬어도 좋겠지. 그렇게 하면 내일쯤 수레가 우리와 합류할 수 있을 걸."

그날 저녁 성에서 분명 쉬고 갈 수 있을 것이라는 병사들의 추측과 달리 중행문자는 성에 들어갈 생각이 없다며 딱 잘라 말했다. 성에 들어가서 배도 채우고 밀린 잠도 자며 체력을 보충해야 한다고 설득했지만 중행문자는 끝끝내 허락하지 않았다. 이해할 수 없다는 주변 반응을 보며 중행문자가 입을 열었다.

"내 분명 그자를 알고 있네. 예전에 날 살뜰히 챙겨주었지. 내가 음악을 좋아한다는 이야기를 듣고 내게 귀한 거문고를 보내주었네. 장신구를 좋아한다는 이야기에 옥가락지를 보내주기도 했지. 허나 내게 잘 보이기 위해서 내 비위를 맞추려고 했던 것일 뿐, 그자는 나를 진정한 벗으로 여기지 않네. 지금 내 처지가 여의치 않으니 다른 사람의 환심을 사려고 날 팔아넘기지 않을까 걱정이라네."

말을 마친 중행문자가 무리를 이끌고 가던 길을 재촉했다. 과연 그의 예상대로 성을 지킨 자가 뒤쫓아 오던 수레를 막은 뒤 중행문자를 쫓던 자에게 바쳤다. 중행문자에게 상대를 자세히 살필 지혜가 없었다면 수레가 아니라 자신의 머리를 바쳐야 했을 것이다.

중행문자를 따르는 무리에게 성에서 쉴 이유는 충분했다. 심지어 많은 사람이 당연히 쉬어야 한다고 생각했지만 중행문자의 생각은 달랐다. 그는 다른 관점에서 이곳에 머물 수 없는 이유를 설명했다.

겉으로 보이는 모습이 아니라 상대의 진정한 동기를 보고 판단한 결과였다.

그러므로 리더는 상대의 진정한 동기를 간파하는 동시에 '세속적인 관점'을 배제한 채 사람을 대해야 한다. 중요한 순간에 모두의 반대에도 아랑곳하지 않고 자신의 생각을 지켜야만 불필요한 손실을 피할 수 있다. 동진(東晉)의 왕응(王應)은 뛰어난 능력을 지녔지만 자신의 뜻을 관철하지 못해 비참한 운명을 피하지 못했다.

왕응 부자의 비극
—

왕응의 숙부는 동진시대 조정에서 일하던 대장군으로, 평소 왕응 가문을 보살펴 주었다. 하지만 숙부가 세상을 하직한 뒤로 가문의 영향력이 날로 약화되자 왕응의 아버지가 새로운 후원자를 찾기 시작했다. 왕서(王舒)에게 몸을 의탁할 것이라는 소식에 식구와 하인들이 크게 기뻐했다. 당시 왕서는 막강한 세력을 자랑하고 있었을 뿐만 아니라, 왕응의 아버지와도 친분이 있어 새로운 후원자로 삼기에 적임이었다. 하지만 왕응은 왕빈(王彬)에게 몸을 의탁해야 한다고 건의했다.

왕응의 반대에 아버지는 크게 역정을 냈다.

"왕서의 입김이 왕빈보다 크지 않더냐? 게다가 왕빈은 평소 우리와 친분도 없는 자이거늘 무슨 이유로 몸을 의탁할 수 있단 말이냐?"

왕응도 이에 질세라 입을 열었다.

"왕서가 우리와 친분이 있다고 하지만 그자는 관대한 자가 아닙니다. 지금 우리 가문의 힘이 예전만 못하니 우리를 결코 받아주지 않을 겁니다. 허나 왕빈은 다릅니다. 빈털터리에서 시작한 그는 어느 세력에도 빌붙지 않았습니다. 그런 자라면 몰락한 처지에 내몰린 우리를 몰인정하게 내치지 않을 겁니다."

그럼에도 왕응의 아버지는 아들의 의견을 받아들이지 않은 채 식구를 이끌고 왕서에게 몸을 의탁하러 나섰다. 왕응의 예상대로 왕서는 이들을 받아들이기는커녕 강 한가운데로 던져버렸다. 이와는 대조적으로 왕빈은 왕응 부자가 자신에게 몸을 의탁하러 올 수 있다는 소식에 일찌감치 강가에 배를 대놓고 이들을 맞이할 준비를 하고 있었다. 훗날 왕응 부자가 죽임을 당했다는 소식을 들은 왕빈은 크게 안타까워했다.

왕응의 아버지는 왜 왕서를 선택했을까? 막강한 세력을 보유했을 뿐만 아니라, 가문과도 친분이 있었기 때문이다. 하지만 왕응의 생각은 달랐다. 넓은 마음을 지닌 왕빈에 비해 왕서의 인품이 턱없이 부족하다고 판단했던 것이다. 일반적인 세속의 관점에서 벗어나 남다른 지혜를 발휘한 결과였다.

그 밖에 인성이라는 관점에서 출발해 깊이 있게 사고하는 습관과 능력을 키워야 한다. 사람의 진실한 감정에 대한 철저한 고증을 통해 숨어있는 의도를 파악해야 한다.

눈 밖에 난 악양

―

춘추시대 위나라 문후(文侯)에게는 악양(樂羊)이라는 장수가 있었다. 악양이 군대를 이끌고 중산국(中山國)을 치러 갔을 당시, 마침 그의 아들이 그곳에 머물고 있었다. 이 틈을 놓치지 않고 중산국 국왕이 그의 아들을 붙잡아 협박했지만, 악양은 눈썹 하나 까딱하지 않았다. 그 모습에 중산국 국왕은 크게 분노한 나머지 악양의 아들을 삶은 뒤 고깃국을 만들어 보냈다.

자신 앞에 놓인 그릇을 보며 악양은 커다란 슬픔과 비통함에 휩싸였다. 하지만 잠시 무언가를 골똘히 생각하던 악양이 탕국을 모두 마셔버렸다. 이 소식을 접한 문후가 대신들에게 악양을 크게 칭찬했다.

"악양은 세상에 둘도 없는 충신이오! 과인을 위해 제 아들의 살을 먹지 않았소이까? 세상 천지에 과인을 위해 이보다 더한 희생을 치를 이가 과연 누가 있단 말이오?"

문후가 입에 침이 마르도록 악양을 칭찬하자, 대신들도 앞 다투어 요새 같은 세상에 그러한 충정은 보기 드물다며 맞장구를 쳤다. 이때 도사찬(堵師贊)이라는 대신이 홀연히 반기를 들었다.

"그런 자가 대왕에게 대단한 충심을 품은 것이라고는 생각하지 않습니다!"

이해할 수 없다는 문후와 대신들을 향해 도사찬이 재빨리 입을 열었다.

"친자식의 살을 먹을 수 있는 자라면 세상에 먹지 못할 '고기'가 어디 있겠습니까?"

일리가 있다는 판단에, 문후는 이전처럼 악양을 적극적으로 기용하지 않았다.

악양이 친자식의 살을 먹은 것은 어쩌면 위협에 굴복하지 않겠다는 자신의 결연한 의지를 보여주는 수단이자, 문후에게 충정을 보여주는 방법이었을지도 모른다. 하지만 도사찬은 주변의 칭찬에도 악양의 충심을 의심했다. 인성이라는 관점에서 봤을 때, 악양의 잔인한 본성이 그대로 드러났기 때문이다.

보통 사람과는 다른 그의 행동을 통해 도사찬은 동기를 분석하고 악양의 본성을 간파했다.

혜안

사람을 보려거든
멀리 봐라

宋太祖始事周世宗於澶州, 曹彬為世宗親吏, 掌茶酒. 太祖嘗從求酒, 彬曰: "此官酒, 不可相與." 自沽酒以飮之. 及太祖卽位, 語群臣曰: "世宗吏不欺其主者, 獨曹彬耳." 由是委以腹心.

송(宋) 태조(趙匡胤)께서 단주(澶洲)에서 주세종(周世宗)을 모시고 있을 무렵, 조빈(曹彬)은 그를 위해 차와 술을 관리했다. 송 태조께서 조빈에게 술을 달라고 하자, 조빈이 공가(公家)의 술을 내어줄 수 없다며 딱 잘라 거절했다. 대신 자신의 돈으로 산 술로 송 태조를 대접했다. 훗날 보위에 오른 송 태조께서 군신에게 말씀하셨다. "주세종의 신하로서, 주인을 속이지 않고 기만하지 않은 자는 오로지 조빈 한 사람뿐이다." 그 후 태조께서는 조빈을 심복으로 삼으셨다.

《지낭(智囊) · 상지부(上智部)》

...

바둑을 둘 때는 3수를 미리 보라는 속담이 있다. 바둑을 둘 때 눈앞의 이익만 보지 말고 앞으로 어떻게 판을 짤지 꼼꼼히 따져보라는 뜻이다. 그러려면 작은 이해득실에 연연하지 말고 멀리 내다봐야 한다. 사람의 됨됨이를 알아보는 것 역시 이와 같다.

사람은 누구나 재능 있는 인재를 원한다. 마음에 드는 사람을 얻으면 기뻐하고, 잃으면 크게 상심한다. 하지만 장기적으로 봤을 때 '득실'이라는 것은 하나의 틀로 고정된 것이 아니다. 상황에 따라 화가 때로는 복이 되기도 하고, 복이 화로 변하기도 한다. 리더의 상황에 접목시키자면, 누군가가 지금 나를 깍듯이 대한다고 해서 영원히 그럴 것이라고 생각해서는 안 된다. 반대로 누군가가 지금 당장 나를 괴롭힌다고 해서 적개심을 드러낸 채 평생 원수처럼 지내서도 안 된다.

라이벌을 판단할 때도 이러한 안목이 필요하다. 지금 당장 서로가 직장 혹은 다른 장소에서 너 죽고 나 살자며 치열하게 싸우는 경쟁자일지도 모른다. 하지만 상황이 변하면서 내일은 중요한 임무를 함께 수행해야 할 협력 관계의 파트너가 될 수 있다. 그러므로 리더는 멀리 내다보고, 널리 품을 줄 알아야 한다.

'배신자'를 중용한 진 문공

—

춘추시대, 진(晉) 문공(文公)은 나라 밖에서 무려 19년 동안 떠돌며

모진 수모를 당하다가 간신히 고국 땅에 돌아와 보좌에 올랐다. 그런 그를 향해 일부 대신이 불만을 드러내기도 했는데, 특히 여성(呂省)이라는 대부(大夫)가 문공의 생명을 위협하기도 했다. 그러던 중 진 문공은 왕궁에 불을 지르려는 여성의 음모를 밝혀냈다. 이 일을 계기로 진 문공은 여성의 음모를 물리치는 데 성공했지만 그 잔당을 깨끗하게 제거하는 데 실패했다.

가만히 있다가는 문공이 자신들을 가만히 두지 않을 것이라는 생각에 여성의 잔당은 기선제압에 나섰다. 진 문공을 모함하는 온갖 소문을 진나라 곳곳에 흘리고 다니기 시작한 것이다. 처음에 대수롭지 않게 생각하던 진나라 백성들도 소문이 쉽사리 가라앉지 않자, 문공을 못 미더운 눈길로 바라봤다. 바람에 흔들리는 갈대처럼 민심이 크게 요동치는 것을 보며 문공은 입이 바짝 말라왔지만 뾰족한 대책이 없었다.

그러던 중, 두수(頭須)라는 말단 관리가 문공의 걱정거리를 덜어줄 수 있다며 알현할 것을 청했다. 하지만 두수가 누구던가? 과거 자신에게 반기를 들었던 인물이 아니던가? 그 사실을 떠올린 문공은 그가 문제를 해결해 줄 것이라고 믿지 않았다. 하지만 별다른 수가 없던 터라 자포자기한 심정으로 두수를 불러들였다. 문공이 소문의 확산을 막고 여성의 잔당을 제거하기 위한 방법이 뭐냐고 묻자 두수는 자신을 중용하라고 대답했다. 문공이 어리둥절한 표정을 짓자 두수가 냉큼 입을 열었다.

"소신과 같은 대역 죄인을 대왕께서 중용하신다면, 천하가 대왕처럼 마음이 넓으신 분이 옛 원한에 얽매이지 않을 것이라고 생각할 겁니다. 그리되면 대왕께 죄를 추궁당할까 벌벌 떨던 여성의 잔당도 더 이상 헛소문을 만들지 않을 겁니다."

그 말에 문공은 고개를 끄덕이며 일리가 있다고 평가했다. 그로부터 며칠 뒤, 문공은 경계태세를 점검한다는 핑계로 두수를 앞세우고 시찰에 나섰다. 두수에게 자신의 가마를 몰라고 한 뒤, 사람이 많이 다니는 큰 길이나 시장 등을 찾아다녔다. 두수의 예상대로 백성 사이에서 문공에 대한 해괴한 소문이 자취를 감추기 시작했다. 여성의 잔당 역시 안심한 듯 불온한 생각을 버리고 문공을 지극정성으로 보필했다. 그 후, 진나라의 국력이 점차 강화되면서 문공은 '춘추오패(春秋五霸)' 중 한 명으로 떠올랐다.

눈앞의 이익은 손에 잡힐 듯 다가오지만 멀리 떨어진 이익은 보이지 않는다. 남다른 안목을 지닌 사람만이 눈앞의 이익을 과감하게 포기한 채 미래의 더 큰 이익을 추구할 수 있다. 여의치 않은 상황에서 문공이 왕권을 확립하고 부국강병의 길을 걸을 수 있었던 것은, 자신에게 반기를 든 사람을 중용했기 때문이다.

살아 숨 쉬는 듯 생생한 이야기를 품은 역사는 '거울'이다. 역사를 통해 우리는 일의 옳고 그름을 배우고, 위대한 지혜를 얻을 수 있다.

노기의 속마음을 꿰뚫어 본 곽자의

—

당나라의 중흥을 도모한 명장 곽자의(郭子儀)는 '안사(安史)의 난'을 평정하는 과정에서 혁혁한 공을 세우며 복고회은(僕固懷恩)의 반란을 잠재웠다. 곽자의의 능력과 충정에 감탄한 황제는 태위(太衛), 중서령(中書令) 등의 직책을 하사하며, 곽자의와 사돈을 맺기도 했다.

시간이 흐른 뒤, 황제를 비롯한 주변 사람들이 자신이 황제보다 더 큰 공을 세웠다고 생각하지 않도록 곽자의는 몸을 낮췄다. 그래서 손님을 접대할 때마다 곽자의는 시녀와 애첩을 여럿 대동한 채 나타났다. 자신은 그저 지금의 부귀영화에만 관심이 있을 뿐, 큰 뜻을 품고 있지 않다는 것을 보여주기 위한 일종의 '쇼'였다. 그러던 어느 날, 노기(盧杞)가 찾아왔다는 이야기를 들은 곽자의는 시녀에게 모두 물러가라고 한 뒤, 혼자서 손님을 맞이했다. 평소와 다른 그의 모습에 주변 사람은 크게 당황했다. 노기가 떠나자 곽자의의 아들이 아버지를 찾아갔다.

"아버님, 예전에는 손님을 맞이하실 때 방안 가득 애첩을 대동하셨는데 어찌하여 이번에는 혼자서 손님을 접대하셨습니까?"

"노기는 다른 사람과 다르다. 못생긴데다 낯빛까지 시퍼런 자를 시녀나 애첩이 보고 비웃을 수도 있다는 생각에 혼자서 만난 것이다."

"아, 노기라는 분의 체면을 생각해서 그러신 것이었군요."

"그것뿐만이 아니다. 노기는 무척 음흉한 자이지만 재주가 뛰어나니 언젠가는 반드시 황제께서 중용하실 것이다. 훗날 노기가 큰 세력을 거느리게 되면, 이때의 치욕을 갚으려 들 것이다. 그리되면 우리

곽씨 가문의 존폐가 위험해질 수 있다."

곽자의의 예상대로, 훗날 재상의 자리에 오른 노기는 과거 자신을 비웃던 자들을 향해 복수의 칼을 꺼내들었다. 이들을 모함하는 것도 모자라 하나도 남김없이 주살한 것이다. 조정 중신조차 무시하던 노기였지만 곽자의만은 항시 깍듯하게 대했다. 자신의 처지가 여의치 못하던 시절에 곽자의만 자신을 예의로 대했기 때문이었다.

짧은 만남이 훗날 곽씨 가문의 흥망성쇠를 결정했다는 점에서, 곽자의의 남다른 신중함은 높이 평가할 만하다. 곽자의의 마음 씀씀이가 깊지 않았다면 노기의 마수에서 어떻게 벗어나올 수 있었으랴?

그러므로 바둑을 둘 때 3수 앞서 보는 것처럼, 멀리 내다볼 줄 아는 안목을 가지되 생활 속 작은 것부터 실천해야 한다. 잘못된 결정은 심각한 결과를 불러올 수 있기 때문이다.

'근시안'을 지닌 우공
—

춘추시대 우(虞)나라와 괵(虢)나라는 강대한 진(晉)나라 주변에 자리 잡은 약소국에 불과했다. 세력 확장을 추구하는 진나라는 호시탐탐 두 나라를 집어삼킬 기회만 노렸다.

진나라 헌공(獻公)은 괵나라를 향해 먼저 마수를 뻗었다. 하지만 진나라와 괵나라 사이에 있는 우나라가 문제였다. 괵나라를 치려면 반드시 우나라를 거쳐야 했기 때문이었다. 고민에 빠진 헌공을 향해 대신 순식(筍息)이 입을 열었다.

"우나라의 국군인 우공(虞公)은 멀리 내다볼 줄 모르고 재물에만 정신이 팔린 소인배입니다. 국보인 천리마와 옥을 선물한다면 분명 우리에게 길을 빌려줄 겁니다."

평소 천리마와 옥을 가장 아끼던 헌공이 내어주기 싫다는 뜻을 은근히 내비치자, 순식이 재빨리 입을 열었다.

"천리마와 옥벽을 내준다고 하지만, 사실 원래 있던 곳에서 다른 곳으로 잠시 맡겨 두는 것뿐입니다. 조만간 천리마와 옥벽도 모자라, 보관하던 창고마저 대왕의 것이 될 터인데 아쉬워할 이유가 없습니다!"

우나라에도 인재가 없는 것은 아니었다. 진나라의 속셈을 꿰뚫어본 대신 궁지기(宮之奇)가 눈앞에 닥친 상황을 설명했지만 재물에 정신이 팔린 우공의 귀에 제대로 들어갈 리 만무했다. 게다가 우공은 순진하게도 자신과 진나라는 같은 핏줄이라며 자신에게 해코지할 리 없다고 확신했다. 그래서 궁지기의 간언을 무시하고 진나라에 길을 빌려주기로 했다. 이 소식을 접한 궁지기는 크게 한숨을 내쉬었다.

"수레바퀴의 덧방나무와 바퀴가 서로 떨어질 수 없고, 입술이 없으면 이가 시린 법이거늘, 진나라가 괵나라를 집어삼키면 그 다음 차례는 우리 우나라가 아니겠느냐?"

궁지기의 예상대로 진나라 군대는 우나라로부터 길을 빌린 지 두 번째 만에 괵나라를 손에 넣는 데 성공했다. 개선하고 귀국길에 오른 헌공은 아무런 경계 태세도 갖추지 않은 우공을 보고 재빨리 우나라를 기습했다. 그 결과, 빌려줬던 천리마와 옥벽을 다시 되찾을 수 있었다.

　눈앞의 사소한 이익에 정신이 팔리고 '같은 피붙이'를 운운하던 우공은 헌공의 음흉한 속내를 꿰뚫어보지 못하고 잘못된 결정을 내렸다. 3수를 미리 내다보지 못한 어리석음 탓이다. 겉으로 드러나는 것에 휩쓸리지 않고 상대의 진정한 의도를 파악할 줄 아는 지혜를 배워야 할 것이다.

오직 마음을 다하고 정성을 다하는 사람에게만 지혜가 밝혀지는 법이며
지혜가 밝은 사람만이 마음을 다하고 정성을 다하는 법이다.
이 둘은 결코 떨어질 수 없는 것이다.

중국 격언

힘으로서 사람을 복종시키지 말고, 덕으로서 사람을 복종시켜라.

맹자

3장

넓은 가슴을
지닐 수 있는
지혜

도량

공과 사는
철저히 구분하라

楚莊王宴群臣, 命美人行酒. 日暮, 酒酣燭滅. 有引美人衣者. 美人援絶其冠纓, 趣火視之.
王曰: "奈何顯婦人之節, 而辱士乎?" 命曰: "今日與寡人飲, 不絶纓者不歡." 群臣盡絶纓
而火, 極歡而罷. 及圍鄭之役, 有壹臣常在前, 五合五獲首, 卻敵, 卒得勝. 詢之, 則夜絶纓
者也.

대신들을 위해 연회를 베푼 초나라 장왕(莊王)은 자신이 평소 아끼던 미인더
러 대신들에게 술을 따르도록 했다. 어스름한 달빛 아래, 대신들은 기분 좋
게 술잔을 기울이며 오랜만에 흥에 잔뜩 취해있었다. 그러던 중 갑자기 실내
를 밝히던 촛불이 꺼지더니 캄캄한 어둠이 이내 연회장을 뒤덮었다. 자리에
있던 누군가가 그 틈에 미인의 옷을 잡아당기자, 미인도 냉큼 상대의 갓끈을
잡아챘다. 미인은 냉큼 장왕에게 달려가 자초지종을 설명하며 범인을 잡아
달라고 졸랐다. "아녀자의 정조를 위해 어찌 선비를 욕보이란 말이냐? 오늘
과인과 함께 술을 마신 신하들은 들으라. 갓끈을 끊지 않은 자는 오늘 연회
가 성에 차지 않았다는 뜻으로 이해할 것이다." 군신들이 갓끈을 모두 끊은

뒤에야 연회장이 환하게 밝혀졌다. 아무 일도 없었다는 듯 군신이 함께 어울리며 술잔을 기울이다 기분 좋게 헤어졌다. 훗날 정(鄭)나라를 치기 위한 전투에서 한 장수가 맨 앞에 서서 병사들을 용감하게 이끌었다. 5차례나 계속된 전투에서 장수는 매번 적장의 목을 베어오며 병사들의 사기를 북돋은 끝에 대승을 거뒀다. 이름이 무엇이냐는 장왕의 물음에, 장수는 과거 미인이 끊어버린 갓끈의 주인공이었노라 고백했다.

《지낭 · 상지부》

•••

《논어 · 술이(述而)》에서는 군자의 마음은 평안하고 넓으며, 소인의 마음은 항상 근심하고 걱정한다고 했다. 다시 말해서 군자는 개인의 이해득실에 연연하지 않고 모든 것을 포용해야 한다는 것이다. 이와는 대조적으로 마음이 넓지 못한 소인은 다른 사람은 물론 자신을 힘들게 하고 항상 불안에 시달린다.

동서고금을 막론하고 성군, 대신, 인재라고 불리며 평생 추구한 인생목표를 달성한 이들은 하나같이 넓은 가슴을 지녔다. 이들은 남다른 포용력을 바탕으로 상대의 됨됨이와 능력을 간파해 적재적소에 배치하는 것은 물론, 사사로운 감정에 사로잡히지 않고 오로지 능력만 중시했다. 대표적인 인물이 바로 제나라 환공(桓公)이다.

불쾌한 과거에 얽매이지 않고 환공은 문무를 겸비한 관중(管仲)을 자신의 휘하로 끌어들이며 제나라의 전성기를 만들어냈다.《삼국연의》에 등장하는 유비 역시 마찬가지이다. 막사에서 물샐틈없이 완벽한 계획을 짜는 제갈량, 전쟁터를 호령하는 장비처럼 대단한 재능을 지니지 않았지만, 유비의 곁에는 수많은 인재가 넘쳐났다. 오만하기 그지없는 관우 역시 유비의 인품에 감동해 그의 휘하에 들어갔을 정도였다. 이와 달리 주유는 유비보다 더 큰 성공을 올릴 만한 충분한 능력을 갖췄지만 '통'이 크지 못한 탓에, 제 성질을 이기지 못하고 분에 받쳐 죽고 말았다.

위의 이야기를 통해 넓은 가슴은 위대한 성공을 달성하기 위해 필요한 조건이라는 것을 알 수 있다. 다른 사람을 품어줄 만한 넓은 가슴이 없는 소인배라면 제아무리 뛰어난 명성과 대단한 재주를 지녔다고 해도 마지막 목표를 거두기 어렵다.

가슴이 넓은 사람이 되려면 우선 큰 도량을 지녀야 한다. 일상생활에서 사람들과 원만하게 지내고, 기분 나쁜 말도 참아내야 한다. 눈에 거슬린다고 해도 기꺼이 받아들이고, 마음에 들지 않는 사람마저 품을 수 있다면 모든 것을 자연스레 받아들일 수 있다. 하지만 이와는 반대로, 작은 일에도 벌컥 화를 내거나 작은 것에 연연해 승부를 가리겠다고 덤벼든다면 누구에게도 인정받지 못한다. 귀에 거슬리는 소리를 견디지 못하거나 절대로 손해 보지 않겠다며 날뛴다면 자신에게 피해를 줄 뿐만 아니라 주변으로부터 불필요한 오해를 받을 수도 있다.

복잡한 사회에서 누구나 가슴이 넓은 사람이 될 수 없다. 다양한 사람과 어울리며 그들을 이해하고, 자신과 그들의 차이를 인정하며 환경에 적응해야 한다. 상대의 장점을 자세히 관찰하고 열심히 배우며, 그들의 부족함을 이해하라. 상대의 장점으로 자신의 단점을 채우고 자신의 장점을 발휘해 상대를 도와라. 그래야 끊임없이 성장할 수 있다.

원수를 관리로 추천한 조무

—

춘추시대 조무(趙武)는 진(晉)나라의 경대부(卿大夫)로, 나라를 위해 목숨을 바친 충신이다. 진나라 평공(平公)이 어느 날 조무를 향해 입을 열었다.

"우리 진나라에 중모(中牟)가 넓적다리나 팔과 같은 존재라면, 한단(邯鄲)은 견갑골이나 엉덩이뼈와 같은 의미요. 지금 중모를 다스릴 뛰어난 인재가 필요한데, 혹시 추천할 만한 사람이 있소?"

"형백자(刑伯子)가 적합할 듯하옵니다."

"응? 그자는 그대의 원수가 아니오?"

"그렇습니다. 그렇다고 해서 사적인 감정을 공적인 일에 끌어들일 수야 없는 노릇이지요. 형백자야말로 중모를 다스릴 만한 재능을 지녔습니다."

'군자는 서로 다르지만 서로 다름을 인정하고 화합하며, 소인은 서로 같은 듯 무리지어 다니지만 어울리지 못한다'는 공자의 가르침이 여전히 깊은 울림으로 다가온다. 작은 것에 연연하지 않는 큰 도량을 갖춰야만 조무처럼 혈연이나 인맥에 연연하지 않고 올바른 인재를 찾아낼 수 있다.

리더는 어느 한쪽에 치우치지 않고 공정한 태도를 유지해야 한다. 그래야만 다른 사람을 넓은 가슴으로 품을 수 있다. 한 잔의 물이 아니라 맑고 커다란 호수를 품을 수 있는 마음의 크기를 지녀보자. 세상을 품을 수 있어야만 거친 세파 속에서도 자신을 지킬 수 있다.

인내로 세상을 구한 연왕
—

전국시대에 제나라가 송나라를 침략했다. 보잘 것 없는 국력을 가진 연(燕)나라였지만 장괴(張魁)에게 병사를 이끌고 제나라를 돕도록 했다. 하지만 어처구니없게도 제왕은 장괴를 처형시켰다. 이 소식을 접한 연왕은 크게 분노했다.

"지금 당장 제나라를 칠 것이다, 억울하게 죽은 장괴를 위해 복수하리라!"

그 모습에 대신 범요(凡繇)가 급히 달려 나와 알현할 것을 청했다.

"지난날, 선군께서 제나라에 포로로 잡혀가셨을 때도 대왕께서는 무척 원통하시었습니다. 허나 우리 국력이 미력하여 제나라에 대항하지 못하고 예전처럼 예의를 갖추고 대했습니다. 그런데 지금 제나라에 죽임을 당한 장괴를 위해 제나라를 치겠다니요? 도대체 그 이유가 무엇입니까? 설마하니 장괴가 선군보다 중요하다는 뜻입니까?"

연왕이 아무런 대꾸도 하지 못하자, 범요가 슬며시 대책을 제시했다.

"왕궁을 떠나 들판으로 가십시오. 그런 뒤에 제나라 왕에게 사신을 보내 이 말을 전하도록 하십시오. '이 모든 게 저의 잘못입니다. 제후의 사신들은 하나같이 멀쩡했는데 우리 연나라의 사신만 죽임을 당한 것은 제가 신중하지 못하게 사신을 골랐기 때문입니다. 원컨대 사죄의 뜻으로, 대왕께서 사신을 바꾸어 주십시오.'"

범요의 의견대로 연왕은 제나라에 사신을 보냈다. 사신이 제나라에 당도했을 때, 제왕은 마침 커다란 연회를 열어 군신을 위로하고 있었다. 연나라의 사신이 연왕의 말을 제왕에게 전하자, 제왕은 연회에 참석한 문무백관과 시종에게 자랑하기 위해 사신에게 방금 했던 말을 다시 해보라고 명했다. 크게 만족한 제왕은 직급이 낮은 관리를 연왕에게 보내 왕궁으로 돌아가 살아도 된다는 뜻을 전했다.

연나라에 이번 사건은 씻을 수 없는 치욕임이 분명했지만 연왕은 감정에 휩싸여 무턱대고 덤비지 않았다. 그 덕분에 연나라는 '목숨'을 부지할 수 있었다. 그 후 연나라의 대장군 악의(樂毅)가 군대를 이끌고 제나라를 공격해 무려 72개에 달하는 성을 함락시켰다. 제나라를 집어삼키면서 연나라는 제왕에게 복수하는 데 성공한 셈이다.

'재상은 커다란 배도 담을 수 있을 만큼 속이 넓어야 한다'는 속담이 있다. 큰 도량을 기르는 것은 처세술일 뿐만 아니라, 성공을 거머쥘 수 있는 지혜이기도 하다. 중요한 정책을 결정하는 상황에서 리더는 특히 '크게' 생각해야 한다. 그래야 사사로운 감정에 얽매이지 않고 정확한 판단과 조치를 취할 수 있다.

지금처럼 빠르게 변하는 사회일수록 급변하는 상황에 빠르게 적응할 수 있는 넓은 가슴의 소유자를 필요로 한다. 특히 리더는 자신의 도량을 키우는 일에 더욱 집중해야 한다. 사람을 널리 품을 수 있어야만 다른 사람으로부터 인정받을 수 있고, 대범하게 일을 처리해야만 냉정함을 유지할 수 있다는 사실을 항상 명심하라.

관용

실수를 성공으로
바꿀 수 있는 기회를 줘라

上欲相樞密使魏仁溥, 議者以仁溥不由科第, 不可為相. 上曰: "自古用文武才略者為輔佐,
豈盡由科第邪!" …… 仁溥雖處權要而能謙謹, 上性嚴急, 近職有忤旨者, 仁溥多引罪歸
己以救之, 所全活什七八, 故雖起刀筆吏, 致位宰相, 時人不以為忝.

5대 후주의 세종(世宗)께서 추밀사(樞密使) 위인보(魏仁溥)를 재상으로 임명하
려 하셨다. 하지만 인사평가를 담당하게 된 관리들은 그가 과거 출신이 아니
라는 이유로 재상으로 임명할 수 없다고 판단했다. 이러한 결과에 대해 세종
께서 이리 말씀하셨다. "예로부터 지금까지 뛰어난 재주로 군왕을 보필한
자 중에서 과거 출신이 몇이나 되던가?" …… 위인보는 권력의 중추에 해당
하는 자리에 오른 인물이었으나 겸손하고 신중했다. 급한 성격의 세종께서
자신의 뜻을 거스른 주변 사람에게 불같이 화를 내시면, 위인보는 잘못을 자
신의 탓으로 돌렸다. 그 덕분에 목숨을 건진 관리가 10명 중 7~8명은 족히
됐다. 위인보는 별 볼 일 없는 말단 관리로 출발했으나 훗날 재상의 자리까

지 올랐으니 아무도 이를 부족하다고 여기지 않았다.

《자치통감(資治通鑑)·후주기(後周紀)》

...

'사람 중에 잘못이 없는 자가 없으니, 잘못을 저질렀어도 능히 고칠 수 있다면 이보다 더 큰 선함이 없다.'

《좌전(左傳)·선공이년(宣公二年)》에 등장하는 문구이다. 넓은 도량으로 다른 사람의 잘못을 감싸주라는 뜻이다.

오늘날 사회는 사람들에게 자아를 발견하고 성장할 수 있는 기회를 제공한다. 삶이라는 거대한 무대에 선 우리들은 자신의 재주를 뽐내며 궁극적인 목표 혹은 포부를 이루기 위해 노력한다. 이 모든 것은 무대의 주인공인 우리 자신이 직접 흘린 땀방울을 통해 이뤄진다. 그러다 보면 실수나 잘못을 저지르는 상황을 피할 수 없기 마련이다. 잘못을 범했다면 스스로 반성하고 자신을 돌아보라. 리더라면 사람들에게 자신의 잘못을 뉘우칠 기회를 제공해줄 줄 알아야 한다. 특히 실수를 성공으로 바꿀 수 있는 기회를 제공하는 것은 더욱 중요하다.

범요부의 '모르쇠' 주의

송나라 때 재상으로 지낸 범요부(范堯夫)는 황제로부터 큰 신임을 받왔다. 은퇴한 범요부를 대신 정이(程頤)가 찾아왔다. 두 사람은 범요부가 재상으로 지낼 때의 이야기를 주고받으며 대화를 시작했다. 훈훈한 분위기도 잠시, 정이가 비난하는 어조로 범요부를 공격하기 시작했다.

"대인께서 재상으로 계실 때, 제대로 처리하지 못한 일이 한둘이 아닙니다. 지금 돌이켜 보면 이 얼마나 부끄러운 일입니까!"

"그렇구려."

"재상의 자리에 오른 이듬해에 소주(蘇州) 일대에서 난민이 폭동을 일으켜 관부의 식량창고를 죄다 약탈했었지요. 황제께서 관련자를 처벌하려 하셨지만 대인께서는 아무 말도 하지 않으셨습니다. 대인께서 황상께 제대로 직언하지 않은 바람에 무고한 사람만 여럿 화를 입었습니다. 이 모든 게 대인의 잘못이 아니겠습니까?"

그 말에 범요부는 무척 가슴 아픈 듯한 표정을 지었다.

"그렇군! 백성에 대한 내 사랑이 부족해서 생긴 일이었네. 자네의 말이 모두 옳네."

"어디 그뿐입니까? 재상으로 임명된 지 3년이 되던 해에 오중(吳中) 일대에서 물난리가 일어났습니다. 살아갈 터전을 잃은 백성들은 풀뿌리와 나무껍질로 허기진 배를 채웠습니다. 지방 관리들이 도탄에 빠진 민생을 살려달라며 상소문을 올렸으나 대인께서는 전혀 귀 기울이지 않았습니다. 황상께서 이 일을 처리하라고 명령을 내리신 뒤에야 행동하셨죠. 그러고도 이것이 대인의 잘못이 아니라 하겠습니까?"

정이는 지치지도 않는지 연거푸 범요부의 잘못을 지적했다. 범요부는 그저 미안하다는 말과 함께 자신처럼 부족한 사람이 재상의 자리에 오른 것이 부끄러울 따름이라고 이야기했다.

그 후 정이는 다른 사람들 앞에서 걸핏하면 범요부가 재상의 자리에 오르고도 제대로 일하지 않았다며 비난하기 바빴다. 누군가가 이 이야기를 범요부에게 전했지만, 범요부는 그저 빙그레 미소만 지을 뿐 아무런 변명도 하지 않았다.

어느 날 정이를 부른 황제는 앞으로 나라를 다스리고 평안케 만드는 대책을 알려달라고 청했다. 정이의 거침없는 이야기에 황제는 감탄을 금치 못했다.

"그대에게서 과거 범상국의 풍모가 느껴지는구려."

"범요부가 충언이나 의견을 올린 적이 있습니까?"

"그렇소. 저기 있는 게 모든 범상국이 올린 상소문이라오."

반신반의하는 마음에 정이가 커다란 상자를 열자, 범요부가 과거 황제에게 올린 수많은 상소문이 들어있었다. 지난 번 만남 때 자신이 지적한 일에 대해서도 범요부가 이미 황제에게 진언했었다는 것도 확인했다. 범요부가 적극적으로 의견을 올렸으나 어쩔 수 없는 상황이나 특정한 이유 때문에 실행되지 못한 것이었다. 이러한 사실을 알게 된 정이는 이튿날 범요부의 집에 찾아가 사죄했다. 그런 그를 향해 범요부가 조용히 입을 열었다.

"몰라서 그런 것은 죄가 아니오. 그러니 그대의 잘못은 아니라오!"

범요부는 자신을 여러 번 비난한 정이를 용서해 줌으로써 '재상은 배도 집어삼킬 만큼 마음이 넓어야 한다'는 말을 증명해냈다. 정이가 제 발로 사죄하러 올 때까지 가만히 기다린 범요부에게서 다른 사람의 잘못을 용서할 줄 아는 도량과 지혜를 배울 수 있다.

다른 사람의 잘못을 용서하는 것은, 무조건 괜찮다고 이야기하는 것과는 엄연히 다르다. 상대가 스스로 자신의 실수를 되돌아보고 반성하게 만들도록 하는 것이 진정한 의미의 관용이라 하겠다.《논어》에서 자기반성에 관한 증자(曾子)의 가르침을 발견할 수 있다.

"나는 날마다 하루에 세 번 내 몸을 살핀다. 남을 위하여 일을 도모함에 있어 이를 성실히 하였는가? 친구와 더불어 사귐에 있어 믿음 있게 하였는가? 가르침 받은 것을 제대로 복습하여 익혔는가?"

이러한 가르침을 곱씹다 보면 인생이라는 길에서 완벽한 인격을 기를 수 있는 효과적인 방법이라는 사실을 발견할 수 있을 것이다. 살면서 혹은 일하며 우리는 누구나 실수를 저지른다. 중요한 것은 자신의 잘못을 어떻게 대하고, 그 속에서 어떻게 교훈을 얻어 자기 성장을 위한 밑거름으로 활용하는가이다. 사실상 증자의 가르침은 '사람은 종종 실수를 저지른다. 하지만 자신의 잘못을 끊임없이 반성하는 작업을 통해 성장한다'는 전제 위에 세워진 것이다.

맹상군의 관용
—

전국시대 '사공자(四公子)' 중 한 명으로 손꼽히는 맹상군(孟嘗君)은

3,000여 명이나 문하생을 거느렸다. 어느 날, 한 문객이 맹상군의 애첩과 사통했다는 사실을 누군가가 일러줬다. 대인의 명성에 먹칠을 했다며 문객을 죽이라는 상대의 건의에도 맹상군은 아무런 반응도 보이지 않았다. 오히려 상대의 잘못을 감싸주는 게 아닌가!

"어여쁜 여인네를 보면 마음이 동하는 것이 사내 마음 아니겠소?"

일 년 뒤 자신의 애첩과 사통한 사내를 만나게 된 맹상군은 나지막이 입을 열었다.

"자네가 이곳에 머문 지도 오래 되었군. 높은 자리에 오를 만한 재주는 없는 것 같고, 말단소관 자리는 관심이 없는 것 같으니 차라리 위나라로 가면 어떻겠나? 우리 제나라는 위나라와 줄곧 원만한 관계를 유지하고 있다네. 게다가 위나라 군주는 나와 절친한 사이지. 자네를 위해 이미 가마와 선물을 준비해 두었으니 이걸 가지고 위나라 군주에게 가보게. 그런 뒤에 자네를 써 달라고 부탁드려보게."

맹상군의 휘하에서 극진한 대접을 받은 주제에 그의 애첩과 사통했다는 사실에 상대는 부끄러운 나머지 고개도 들지 못했다. 맹상군으로부터 불호령은 물론 차디 찬 멸시마저 받을 각오를 했건만, 오히려 자신에게 후한 선물을 챙겨주고 위나라 군주에게 추천까지 하다니! 이 사실에 문객은 쥐구멍이라도 숨어들어가고 싶을 정도로 자신의 행동을 부끄러워하며 반성했다. 그래서 맹상군의 은혜에 보답하는 뜻에서 반드시 잘못을 고치겠노라 남몰래 마음을 굳혔다.

맹상군의 예상대로 위나라로 건너간 문객은 위나라 조정으로부터 환대를 받았다. 훗날 위나라와 제나라 관계가 악화되면서 위나라 군주가 제후와 손을 잡고 제나라를 공격하려는 계획을 세웠다. 제후와 힘을 합친다면, 제나라가 결코 무사하지 못할 것이라는 생각에 문객은 서둘러 위나라 군주를 설득했다.

"제나라와 위나라의 선왕들께서 더 이상 상대를 공격하지 않겠노라 약속했다고 들었습니다. 지금 대왕께서 제후들과 함께 출병하신다면 이는 선왕의 맹약을 어기는 것일 뿐만 아니라 위나라 백성을 기만하는 일이옵니다. 그러니 제나라를 공격하겠다는 마음을 부디 접으십시오. 소신은 원래 별 볼 일 없는 사람이었사옵니다. 허나 소신에 대해 잘 몰랐던 맹상군이 소신을 대왕께 추천해줬습니다. 대왕께서 소신의 건의를 받아주시면 더할 나위 없이 기쁜 일이겠지요. 허나 소신의 건의를 받아주시지 않는다면 제아무리 못난 소신이라고 하지만 뜨거운 피로 대왕의 옷을 적시겠습니다."

문객의 권유와 위협으로 위나라는 결국 제나라에 대한 공격을 중단하기로 했다. 그 결과, 제나라는 무사히 고비를 넘길 수 있었다.

맹상군의 관대함으로 잘못을 저지른 문객은 자신의 행동을 부끄럽게 여기는 것은 물론, 자신의 잘못을 즉시 깨달았다. 그래서 맹상군에게 보답하는 뜻에서 잘못을 고치겠노라 결심했다. 사람을 품을 줄 아는 맹상군의 남다른 포용력을 보여주는 대목이라 하겠다.

가치관, 경력, 학식, 경험 등 주관적 혹은 객관적인 조건의 제약으로 우리는 실수를 피할 수 없다. 리더라면 잘못을 저지른 친구, 동료 등에게 관용을 베풀 줄 알아야 한다. 그리고 그들의 실수를 인정해주는 동시에, 잘못을 고칠 수 있도록 도와야 한다. 또한 실수를 저지르게 된 근본적인 원인을 찾도록 관심을 기울여라. 이것이야말로 리더로서 마땅히 갖춰야 할 가슴과 태도라 하겠다.

안목

상대방의
장점을 찾아라

上令封德彝举贤, 久无所举. 上诘之, 对曰: "非不尽心, 但于今未有奇才耳!" 上曰: "君子用人如器, 各取所长. 古之致治者, 岂借才于异代乎? 正患己不能知, 安可诬一世之人!" 封德彝而退.

당 태종께서 재상 봉덕이(封德彝)에게 인재를 추천하도록 했으나 시간이 한참 지나도록 아무런 소식도 들려오지 않았다. 자신을 꾸짖는 태종에게 봉덕이가 황급히 둘러댔다. "소신이 최선을 다하지 않은 것이 아니라, 빼어난 인재를 눈 씻고 찾아봐도 없습니다." "군자는 사람을 부릴 때, 물건을 쓰는 것처럼 장점만 골라 사용하는 법이오. 과거 대치(大治)를 이룬 국가를 이끈 군주가 설마 다른 시대로 가서 인재를 빌리기라도 했겠소? 인재를 알아볼 안목이 자신에게 없음을 원망해야지, 어찌하여 시대 탓을 한단 말이오?" 봉덕이가 부끄러워하며 물러갔다.

《자치통감 · 당기(唐紀)》

...

"슬기 있는 사람도 일에 따라서는 어리석음이 있습니다. 어리석은 사람도 때에 따라서는 나을 때가 있습니다. 이처럼 사물에도 부족한 바가 있습니다."

굴원(屈原)의 《복거(卜居)》 중의 한 구절로, 쉽게 풀이하면 다음과 같다. 모든 사람은 장점과 단점을 모두 갖추고 있으니 세상에 완벽한 사람은 없으며, 쓸모없는 사람 또한 없다. 그러므로 다른 사람의 장점과 단점을 정확히 볼 줄 알고, 능력을 적절하게 끌어올려줄 수 있는 지혜를 길러야 한다. 우리가 흔히 말하는 '안목'이란, 우선 다른 사람의 장점을 긍정적으로 평가하는 것에서부터 출발한다.

다른 사람을 평가할 때, 대부분의 사람은 자신과 비슷한 '동류'를 찾아낸다. 서로 비슷한 생각과 성향을 가지고 있다 보니 동질감을 느끼기 쉽고 호감도 느낄 수 있다. 하지만 진정한 의미의 안목은, 나와 정반대에 있는 경쟁자에게서 장점을 찾아낼 수 있는 힘이라 하겠다. 감정에 휘둘리지 않고 이성적으로 경쟁자를 존중하고 그들의 가능성을 알아볼 수 있다면 다른 사람으로부터 진정한 존중을 받을 수 있다.

비쩍 마른 말을 산 백락

—

중국 역사에서 유명한 '상마가(相馬家)'인 백락(伯樂)은 초왕의 명에 따라 천리마를 찾아 나섰다. 여러 국가를 돌아다니며 발품을 팔았지만 아무런 소득도 없었다. 그러던 중 우연히 황량한 들판에서 장작개비처럼 비쩍 마른 말이 소금 수레를 끌고 가는 모습을 발견했다. 호기심이 발동한 백락이 말에게 다가가자, 당장이라도 쓰러질 것 같은 말이 갑자기 두 눈을 번쩍 뜨더니 머리를 치켜들며 큰 소리로 울기 시작했다. 그 울음소리에 백락은 찬물을 뒤집어 쓴 듯 소스라치게 놀랐다. 꿈에도 그리던 천리마가 아닌가! 마부에게 달려간 백락은 말을 자신에게 팔라며 설득하기 시작했다.

"이 말이 전쟁터에 나타나면 그 어떤 말과도 비교가 안 된다오. 그런 말을 짐을 끄는 데만 쓰고 있으니, 평범한 말만도 못할 것이오. 차라리 내게 파는 게 어떻겠소?"

마부는 몇 번 튕기는 척 하다가 보통 말보다 조금 더 비싼 값을 받고 백락에게 말을 넘겼다. 백락은 기쁜 마음으로 말을 초나라 왕궁으로 끌고 왔다. 튼튼하고 덩치도 커다란 말을 기대했던 초왕은 뼈가 다 보일 정도로 비쩍 마른 말을 보고는 표정이 굳어지기 시작했다.

"이 말은 걷는 것조차 힘들어 보이는데, 전쟁터까지 살아서 갈 수나 있겠소?"

"대왕, 정성껏 돌봐주면 보름도 안 돼서 원래 모습을 되찾을 수 있을 겁니다."

백락의 간곡한 권유로, 초왕은 떨떠름한 표정을 지으며 알아서 하라고 했다. 백락이 호언장담한 대로 얼마 뒤 비쩍 마른 말은 위풍당당한 천리마로 변신했다. 그 후 초왕을 따라 수많은 전쟁터를 누비며 큰 공을 세웠다.

마부와 초왕의 눈에 비쩍 마른 말은 보통 말보다도 못한 애물단지에 불과했지만 백락의 생각은 전혀 달랐다. 평범해 보이지만 어마어마한 가능성을 가진 보기 드문 명마라고 생각했다. 같은 말 한 마리를 놓고서 전혀 다른 평가가 나온 것은, 말이 지닌 장점이 무엇이었는지 그리고 어떻게 활용해야 하는지 백락은 알았지만 두 사람은 알지 못했기 때문이다. 백락은 논밭에서 땅을 갈거나 무거운 짐을 옮기는 것이 아니라, 전투장에서 말의 장점이 빛날 것이라고 판단했다.

남다른 안목으로 진짜 천리마를 알아본 백락의 이야기를 통해 우리는 세상을 바라보는 안목과 지혜를 다시 점검해볼 수 있다. 수천 년 전의 이야기를 통해 편견에 사로잡히지 않은 자유로운 시선으로 상대의 장점을 파악해야 한다는 가르침도 얻을 수 있다.

여기서 한발 더 나아가, 상대의 장점을 알아보는 것 외에도 이러한 장점을 상대에게서 배워야 한다. 경쟁자로부터 그들의 장점을 배우는 것은 가장 직접적이고 가장 효과적인 '성공비급'이기 때문이다. 비급을 정독하고 조심스레 상대의 평소 업무 스타일이나 습관을 주의깊게 살펴보다 보면 성공을 거머쥐기 위한 '필살기'를 배울지도 모른다.

다른 사람을 평가하려면, 우선 평가하는 법부터 배워라. 그러려면 넓은 아량, 뛰어난 선구안, 남다른 포용력, 장점을 키우고 단점을 제거하는 스킬을 갖춰야 한다. 상대로 하여금 자신의 가치를 깨닫게 하고 나아가 상대를 통해 내 자신이 이익을 취할 수 있도록 한다면, 이것이야말로 누이 좋고 매부 좋은 격이라 하겠다.

'원수'를 품은 제 환공

—

춘추시대에 관중(管仲)과 포숙아(鮑叔牙)는 절친한 벗으로 유명했다. 훗날 포숙아와 관중은 각각 공자 소백(小白)과 공자 규(糾)를 보필하게 됐다. 제나라에 내란이 일어나자 공자 소백과 공자 규가 제나라 밖으로 도망쳤다가, 내란이 가라앉은 후 귀국하면서 이상 기류가 감지됐다. 두 사람 모두 국군의 자리를 놓고 경쟁하기 시작한 것이다. 관중은 공자 규가 국군의 자리에 오르도록 하기 위해 공자 소백을 암살하려는 계획을 직접 세웠다. 하지만 화살이 공자 소백의 허리춤에 달려있던 갈고리를 맞춘 덕분에 공자 소백은 간신히 목숨을 건졌다.

결국 공자 소백이 왕위에 올랐으니 그가 바로 제 환공이다. 제 환공은 즉위한 후 포숙아를 재상으로 임명하려 했으나, 포숙아는 한사코 이를 거절했다.

"대왕께서 제나라를 통치하시려면 소신을 재상으로 삼으셔도 됩니다. 허나 천하를 호령하시려면 반드시 관중을 재상으로 삼아야 합니다."

포숙아의 강경한 입장 표명에 제 환공은 그의 건의를 받아들여 관중을 재상으로 임명했다. 그리고 관중의 도움으로 패주의 자리에 등극하는 데 성공했다.

남다른 혜안으로 상대의 장점을 볼 줄 알았던 포숙아는 관중의 장점을 정확히 짚어냈고, 제 환공은 지난 사사로운 감정에 얽매이지 않고 과감히 원수를 품었다. 이를 통해 천하를 호령하는 자리에 오를 수 있었다.

감동

원수를
덕으로 대하라

五月甲辰, 拔其城, 誅王郎, 收文書, 得吏人與郎交關謗毀者數千章, 光武不省, 會諸將軍
燒之, 曰: "令反側子自安."

오월 초이레, (광무제의 군대가) 한단을 공격해 왕랑(王郎)을 제거했다. 광무제께서
는 우연히 한 문서에서 자신의 부하들이 왕랑과 결탁해 친분을 쌓았다는 사실
을 발견했다. 게다가 자신을 비방하는 서신을 수천 통 발견했다. 하지만 광무제
께서는 이를 보지 않고 장군들을 소집했다. 그런 뒤에 그들이 보는 앞에서 서신
을 불태우며 말했다. "그동안 잠 못 이루던 자들은 이제 마음 놓아도 되네."

《후한서(後漢書) · 광무제본기(光武帝本紀)》

•••

'원수를 덕으로 갚는다'는 정신은 노자(老子)가 《도덕경(道德經)》에서

제시한 이론으로, 이를 우리의 삶과 일에 적용했을 경우 삶에 대한 태도, 처세 철학, 지혜로 승화시킬 수 있다.

삶과 일에서 우리는 뛰어난 인품으로 다른 사람을 감동시킬 수 있다. 예로부터 지금까지 올바른 대인관계를 형성·유지하고, 사람 사이의 갈등을 해결하는 문제는 중요한 삶의 지혜였다. 원수는 원수를 낳을 뿐이다. 하지만 원수가 아닌 덕으로 원수를 대한다면 대인관계에서 자신을 높일 수 있는 발판을 마련할 수 있다. 잠깐 참으면 거센 파도가 잠잠해지고, 한 걸음 뒤로 물러나면 넓은 하늘이 보인다고 했다. 다른 사람의 실수나 잘못에 대해 필요한 지적을 하는 것이 비난받을 만한 행동은 아니지만, 넓은 가슴으로 다른 사람을 품을 수 있다면 더욱 원만한 대인관계를 얻을 수 있을 것이다.

정적을 감동시킨 곽자의

—

곽자의는 '안사의 난'을 평정하고 이민족의 침입을 막는 등 당나라의 발전에 크게 기여했다. 하지만 호사다마라는 말처럼, 승승장구하는 곽자의를 시기하는 무리들이 생겨났는데 대표적인 인물이 바로 장권대감(掌權太監) 어조은(魚朝恩)이었다. 곽자의가 병사를 이끌고 원정길에 오른 틈에, 어조은은 몰래 사람을 시켜 곽자의의 부친 묘를 파헤친 것도 모자라 시신을 태워버렸다.

사람들은 병사를 이끌고 돌아온 곽자의가 이 사실을 알게 되면 어조은과 한바탕 충돌하리라 예상했다. 어떤 이들은 심지어 피바람이 불 것이라고 주장하기도 했다. 하지만 대종(代宗)이 곽자의에게 이번 일을 조심스레 꺼내들자, 곽자의는 화를 내기는커녕 오히려 바닥에 엎드려 큰 소리로 울음을 터뜨렸다.

"소신이 병사들을 이끌고 오랜 시간 동안 전쟁터를 돌아다녔으나, 다른 사람의 무덤을 파헤치지 못하도록 병사들을 완전히 막지 못했습니다. 지금 저희 가문 사람이 그 수모를 당한 걸 보니, 아마도 하늘께서 소신을 벌하시나 봅니다."

그 후로도 곽자의는 어조은과 얼굴을 붉히지 않으려 노력했다.

훗날 곽자의가 병권을 장악하면서 황제로부터 더 큰 신임을 받게 됐다. 조정에서 곽자의의 영향력이 날로 커지자, 어조은은 보복당할 수도 있다는 생각에 먼저 상대를 치기로 결심했다. 어느 날, 어조은은 자신의 집에서 '홍문연'(鴻門宴, 중국 고대 진(秦)나라 도성인 함양(咸陽) 부근 홍문(鴻門)에서 열린 연회)을 열었다. 초나라 몰락귀족 출신인 항우가 진나라 타도라는 공동의 목표를 가졌으면서도 경쟁 상대인 유방을 제거하기 위해 마련한 술자리였다. 유방은 당시 항우가 자신을 죽일 수 있다는 사실을 알면서도 초청을 거절할 수 없어 연회에 참석했다. 예상대로 위기가 왔으나 그는 측근들의 도움으로 연회장을 무사히 빠져나가는 데 성공했고 훗날 한나라를 세웠다(홍문연은 겉으로는 우호를 내세우면서, 안으로는 살기를 숨기고 있다는 뜻으로 쓰인다-역주). 어조은의 음흉한 속내를 간파한 곽자의의 부하들이 절대로 연회에 가지 말라고 극구 만류했지만 곽자의는 아무렇지도 않다는 듯 껄껄 웃으며 일상복으로 갈아입고 시종 몇 명만 이끌고 연회장으로 걸음을 옮겼다. 곽자의의 차림새와 함께 따라온 시종을 보며 어조은은 그의 대범함에 크게 놀랐다. 나중에 자세한 내막을 알게 된 어조은은 크게 감동한 나머지 울음을 터뜨리며 자신의 부족함을 고백했다. 이 일을 계기로 어조은은 더 이상 곽자의를 적으로 여기지 않고 적극적으로 지원했다.

곽자의처럼 평소 사이가 좋지 못한 사람과도 원만히 지내며 관대하게 대할 수 있다면 불필요한 충돌을 피하고 수많은 비극을 막을 수 있다. 우리 역시 이러한 가슴을 지녀야 한다. 서로에게 아량을 베풀고 기꺼이 품어줄 수 있는 환경 속에서 살아간다는 것은 삶의 축복이다. 관용이 현명하게 세상을 살아갈 수 있는 지혜라면, 덕으로 원수를 갚을 수 있는 가슴은 한 단계 높은 수준의 '경지'라 하겠다.

효자 민자건

—

민자건(閔子騫)은 공자의 제자이자, 중국의 유명한 '24대 효자' 중 한 명이다. 어린 나이에 어머니를 잃은 아들을 위해 민자건의 아버지는 후처를 맞이했다. 효심 깊은 민자건은 친어머니를 대하는 것처럼 새어머니를 지극 정성으로 모셨다. 계모 역시 그런 민자건을 제 자식처럼 돌봤지만 친아들을 둘이나 낳은 뒤로 민자건에게 슬슬 소홀하기 시작했다. 남편 앞에서 민자건에 대해 안 좋은 이야기를 늘어놓는 것은 물론이거니와 부자 사이를 이간질하거나 남편이 집을 비울 때면 민자건에게 심한 욕설을 퍼부으며 온갖 허드렛일과 험한 일을 시켰다.

겨울이 되자, 계모는 두 아들을 위해 최고급 면으로 안을 채운 두터운 면 옷을 마련해줬다. 민자건에게도 면 옷을 지어줬는데, 보온 효과가 하나도 없는 갈대꽃으로 안을 채웠다. 살을 에일 듯한 차가운 북풍한파에도 끄떡없을 것 같았지만 사방에서 찬 기운이 스며들었다. 민자건이 아버지에게 걸핏하면 춥다고 하자, 계모가 못마땅한 표정을 지으며 입을 열었다.

"두툼한 면 옷을 입혀놨는데도 춥다고 하다니……. 정말 추워서 저러는 게 아니라 너무 곱게 자라서 투정만 부리네요."

어느 날, 민자건의 아버지가 밖에 볼 일이 있다며 민자건에게 마차를 몰도록 했다. 마차가 산길을 오를 무렵, 차가운 바람이 불어 닥치자 가뜩이나 얼음장처럼 차가운 몸을 마음대로 움직일 수 없었다. 민자건은 손에 감각이 사라지자, 그만 실수로 말고삐를 놓치고 말았다. 마차가 하마터면 천 길 벼랑 끝 아래로 떨어질 뻔 했으나, 죽을힘을 다해 고삐를 돌린 덕분에 간신히 목숨을 건질 수 있었다. 화가 머리끝까지 난 민자건의 아버지가 마차에서 내려 정신 차리라며 아들에게 채찍을 휘둘렀다. 채찍질에 민자건이 걸친 면 옷이 찢겨지면서 안에 있던 갈대꽃이 우수수 흩어져 나왔다. 이제야 상황을 파악한 민자건의 아버지는 아들을 데리고 집으로 돌아와 아내를 크게 혼내며 당장 집에서 나가라고 소리쳤다. 그 모습에 민자건이 바닥에 무릎을 꿇으며 새어머니를 용서해달라고 사정했다.

"어머니가 계시면 저 혼자 추우면 그만입니다. 허나 어머니께서 떠나시면 저희 삼형제가 추위에 떨게 될 터이니 부디 어머님을 용서해 주십시오."

민자건의 간곡한 애원에 아버지는 더 이상 아무 말도 하지 못하고 아내를 용서했다. 모진 학대에도 자신을 용서한 민자건의 효심에 감동한 새어머니는 지난 잘못을 뉘우치고 친아들처럼 민자건을 아끼고 사랑했다.

관대한 마음으로 새어머니를 용서한 민자건은 자신의 인품으로 새어머니를 감동시키고 잘못을 고치도록 이끌었다.

남을 용서할 수 있는 삶이란, 삶이 선물한 따뜻한 한 줄기 햇살과 같다. 평생 하늘을 원망하고 남을 미워한다면 죽을 때까지 아무 것도 손에 쥘 수 없다. 관대함이 가져다주는 행복을 느끼려면 다른 사람을 용서할 줄 알아야 한다. 자신을 향한 상대의 비웃음을 용서하고 친구의 오해를 이해해라. 자신에 대한 상사의 비난을 고스란히 감내하고 참을 수 있는 모든 것에 대해 관용을 베풀라.

군자라면 모든 일을 일일이 가슴 속에 담아두지 말고 관대하게 이해하고 행동해야 한다. 모든 것을 참아내고 양보하며 기꺼이 받아들일 수 있다면, 자신의 뛰어난 인품으로 상대에게 감동을 심어줄 수 있다. '군자는 소인배의 잘못을 따지지 않는다'는 성현의 말씀이야말로 진정한 지혜라 하겠다.

인내

어려움을 견뎌야만
성장할 수 있다

賈生, 洛陽之少年. 欲使其壹朝之間, 盡棄其舊而謀其新, 亦已難矣. 爲賈生者, 上得其君,
下得其大臣, 如絳灌之屬, 優遊浸漬而深交之, 使天子不疑, 大臣不忌, 然後擧天下而唯
吾之所欲爲, 不過十年, 可以得誌. 安有立談之間, 而遽爲人"痛哭"哉! …… 嗚呼! 賈生誌
大而量小, 才有余而識不足也.

낙양(洛陽)의 청년에 불과한 가의(賈誼)는 지금 당장 기존의 낡은 제도를 혁파
하고 새로운 개혁을 추진하도록 한 문제(文帝)를 움직이려 했다. 하지만 이는
결코 쉬운 일이 아니다. 원하는 바를 이루기 위해서, 가의는 위로는 황제의
신임을 얻고 아래로는 대신들의 지원을 이끌어내야 했다. 주발(周勃), 관영(灌
嬰) 같은 훈구대신과도 친분을 쌓아 자신에 대한 불신을 없애야 했다. 이렇게
해야만 자신의 뜻대로 나라를 개혁시킬 수 있을 것이 분명했다. 이렇게 하기
만 하면 10년도 안 돼서 가의는 자신의 꿈을 이룰 수 있었을 것이다. 허나 잠
시도 참지 못하고 뜻을 이루지 못했다며 울분을 토한단 말인가?…… 아, 가
의는 남다른 뜻을 품었으나 뜻을 담을 그릇이 작은 자로구나. 빼어난 재능을

지녔으나 견식이 미천하도다!

《동파칠집(東坡七集) · 가의론(賈誼論)》

...

삶이라는 길은 길면 길다고 할 수 있다. 혈기 넘치는 천둥벌거숭이
가 세상 이치에 훤한 노인이 되기까지 수십 년의 시간이 걸린다. 길고
긴 인생에서 기쁨과 시련, 성공과 실패, 그리고 이상과 좌절은 항상
우리와 함께한다. 하지만 매일매일 행복할 때보다 실패와 시련에 몸
부림칠 나날이 더 많다는 것은 우리가 직면한 현실이다.

거듭되는 실패와 곤경, 끝없이 찾아오는 정신적 혹은 물질적 고통
속에서 빠져나갈 길마저 전혀 보이지 않는다. 벼랑 끝에 서 있는 것처
럼 느껴지지만 똑같은 절망적인 상황이라고 할지라도 사람에 따라
전혀 다른 결과를 얻을 수 있다.

초나라와 한나라가 천하의 패권을 두고 다툴 때 '힘은 산을 뽑을 만
하고 기운은 세상을 덮을 만한 영웅'이라고 불린 초나라 패왕(霸王) 항
우는 유방의 포위망 속에 해하(垓下)에서 포위되고 말았다. 한때 천하
영웅이라고 칭송받던 항우는 하늘이 자신을 버리려 하는 것이지, 자
신이 싸움을 잘하지 못한 탓이 아니라며 울부짖었다. 절망에 빠진 항
우는 파도가 넘실거리는 오강(烏江)에서 끝내 자결했다. 영웅의 비참
한 말로를 보여주는 이야기를 떠올리며, 후세 사람들은 항우가 오강
을 건넜더라면 하는 아쉬움을 쏟아낸다. 만일 항우가 오강을 건너 강

동 땅에서 재기를 꿈꿨다면 빼앗긴 강산을 분명 되찾았을 것이다. 하지만 강동에 계신 늙으신 부모님의 얼굴을 볼 면목이 없다며, 하늘이 자신을 버렸다고 절망한 나머지 천하영웅 항우도 속절없이 무너져 내리고 말았다.

하늘이 무너져도 솟아날 구멍이 있다는 속담에는 인내에 관한 오묘한 뜻이 담겨져 있다. 삶에서 절망은 존재하지 않는다. '절망'은 정신적인 절망에서 비롯되는 것일 뿐이다. 빠져나갈 길이 전혀 보이지 않는 것 같은 상황이라고 해도, 언제든지 바뀔 수 있다는 것을 명심하라.

평생 인내한 증국번

증국번이 평생을 거쳐 세운 공로는 '인내'할 줄 아는 성품에서 비롯된 것이다. 젊은 증국번은 '인내'를 통해 독학하며 지식을 쌓은 끝에 벼슬길에 오르게 됐다. 중년이 된 뒤에는 '인내'를 통해 수많은 인생의 고비를 넘을 수 있었다. 머리에 서리가 내린 증국번은 자신의 보좌관에게 자신의 시호(諡號)를 '문인공(文靭公)'으로 지어달라고 농담 삼아 이야기하기도 했다. 그만큼 평생 '인내'하며 살았다는 뜻으로 이해할 수 있다. 1854년 11월 27일 증국번은 여러 제자에게 다음과 같은 내용의 서신을 보냈다.

"정계에 입문해 국방을 담당한 뒤로 수년이라는 시간이 흘렀건만, 마음 한구석이 언제나 편치 않구나. 어머님께서 가슴을 두드리시며 한

이 쌓였다고 하시더니, 내 심정이 꼭 그와 같구나. 지난날 있었던 온갖
일을 전부 기억하는 것은 아니다만, 올해 2월에 내가 데리고 간 용감한
병사들이 입성할 때마다 온갖 욕을 먹었던 것이 기억나는구나. 그 모
습을 넷째 동생과 계(季)군이 봤더랬지. 원망하는 소리가 드높고 하는
말마다 비웃고 조롱하던 모습도 보았더랬지. 4월 이후 두 동생은 이곳
에 있지 않는데 상황은 더욱 어려워졌다네. 내가 할 수 있는 것이라
고는 그저 온갖 모욕을 꾹 참고 마음을 가라앉히는 것밖에 없다네."

  병사를 이끌고 강서로 간 증국번은 그곳에서도 인내를 시험받았다.
상군통수(湘軍統帥)라는 신분이었지만 지방을 다스릴 실권이 없어서 군
수품을 모을 수 없었던 것이다. 게다가 주현(州縣)의 관리들이 명령에 불
복하고 각 성의 독무(督撫) 역시 걸핏하면 증국번을 난처하게 만들었다.

  이러한 상황에서 증국번은 특유의 인내심을 발휘해 어려운 상황에
서 꿋꿋이 버텼다. 훗날 증국번은 자기 수련이 부족하다는 생각에 자
신의 과거를 천천히 되돌아봤다. 자기 주장이 강한데다 눈높이까지
높고 무조건 밀어붙이는 성격 때문에 많은 시련을 겪어야 했다. 그 후
제자에게 보낸 서신에서 증국번은 악착같이 버티라던 기존의 가치관
에 '인내'라는 덕목을 더한 뒤로 많은 수확을 얻었노라 고백했다. 손
아래 부하들과 한담을 나누던 증국번은 의미심장한 말을 꺼냈다.

  "젊은 시절, 사람들과 경쟁하는 것이 좋았네. 나이가 들면 더 이상
버티지 못하고 쓰러질 것이라고 생각했지. 아무런 공로도 세우지 못
한 나지만 그래도 아직까지 잘 버티고 있지 않은가? 명심하게, 능력이
뛰어난 자가 인생이라는 경주에서 이기는 것이 아니라, 끝까지 잘 버

티는 자가 승리하는 것이라네."

상군의 명장 유송산(劉松山)에게 연달아 보낸 서신에서 증국번은 어떻게 시련을 견디고 고비를 넘어야 하는지 알려줬다.

"무릇 명성이 자자한 자 중에서 어려움을 견디지 않고 성장한 사람이 없네. 예로부터 큰 사람은 시련이 닥쳐올 때마다 참고 참고 또 참아 큰일을 해낸다고 했네."

강서의 현승(縣丞) 후보자에게도 귀한 가르침을 전했다.

"예로부터 충신이나 유명한 효자는 대부분 역경 속에서 자신을 단련하곤 하지. 세상사는 게 순풍에 돛 단 듯 평탄하기만 하면 어떻게 자신을 강하게 단련할 수 있겠나?"

옛 사람들은 수많은 인생의 고비를 넘으며 '사람의 생사는 하늘에 달렸다'는 숙명론을 받아들였다. 하지만 사람의 운명은 하늘이 정해주는 것도 아니고, 누군가가 조종하는 것도 아니다. 영원히 행복으로 가득한 인생이 없듯, 평생 불행으로 점철된 삶도 없다. 운명은 오로지 자신의 두 손으로 만들어가는 것이라는 점을 믿어라. 그리고 '이보다 더 나쁠 수는 없다'라는 말을 명심하라. 지금 인생의 밑바닥에 서 있다면 더 이상 내려갈 곳이 없다. 오로지 올라갈 일만 남은 것이다. 기나긴 삶의 여정에서 가장 어두운 길을 걷고 있다면 더 이상 공포에 질리지 않아도 된다. 새벽 동트기 전이 가장 어둡다고 하지 않던가!

세상살이라는 게 내 마음과 같지 않다. 열에 아홉은 내 뜻대로 펼쳐지지 않는다는 오래된 교훈이 우리를 위로해 준다. 그런 점에서 아Q

정신이 반드시 부정적인 것만은 아닌 것 같다. 아Q정신은 자신이 직면한 위기와 불안, 실패를 알고도 그것을 이겨내려 하지 않고 자기 위안에 빠져 그 속에서 위안과 만족을 얻은 채 현실을 외면해 버리는 심리를 가리킨다. 커다란 좌절에 부딪혔을 때 미련하게 매달릴 필요 없다. 실패와 곤경 속에서 초탈할 수 있고, 어려움 속에서도 스스로 즐거움을 찾아내야 한다. 항상 긍정적인 가치관을 유지하며 삶을 즐겁게 누려야 한다.

인생이라는 길에서 열심히 싸우고 노력했는데도 여전히 하는 일마다 실패하고 넘어진다고 해서 불공평하다며 하늘을 원망하지 마라. 그보다는 이성적으로 현실을 인정하고 대책을 마련하는 편이 더욱 현명하다.

실패했다면 우선 자신을 되돌아보라. 삶에서 자신의 자리를 찾을 수 있는 최고의 방법이기 때문이다. 둘째, 곤경에서 벗어나려면 참고 견딜 줄 아는 인내, 지칠 줄 모르는 의지, 용기와 자신감이 필요하다. 희망의 불꽃을 스스로 꺼뜨리지 않고 올바른 정신을 유지한다면, 삶의 고비나 시련을 뒤로 하고 승리와 성공이라는 최종 결승점에 도달하게 될 것이다.

이처럼 실패와 좌절은 인생에서 피할 수 없는 것이다. 성공은 다양한 요소에 의해 제약받지만 개인의 주관적인 능력, 사회적응력, 개선 의지에 따라 곤경에서 탈출해 거머쥘 수도 있는 것이다. 어떤 의미에서 실패와 좌절은 소중한 재산이라고 할 수 있다. 이를 발판 삼아 잘못을 깨닫고 더 나은 자신이 되기 위한 강력한 동력원이 될 수 있기 때문이다.

아는 것보다 힘써야 할 것은, 당연히 무엇에 힘써야 할 것인가를
깨닫는 것이 급하다는 것을 알아야 한다.
사물에는 먼저와 나중, 가벼운 것과 무거운 것의 구별이 있고
아는 것보다는 행하는 것이 먼저다.

맹자

4장

능수능란한
처세의 지혜

겸손

재주를
적당히 감춰라

公著自少講學, 即以治心養性為本, 平居無疾言遽色, 於聲利紛華, 泊然無所好. …… 每議政事, 博取眾善以為善, 至所當守, 則毅然不回奪. 神宗嘗言其於人材不欺, 如權衡之稱物. 尤能避遠聲跡, 不以知人自處.

(북송의 재상) 여공저(呂公著)는 어린 시절 배움을 구할 때 몸을 닦고 성품을 기르는 일을 근본으로 여겼다. 온갖 이익과 호화롭고 사치스러운 생활에 여공저는 아무런 관심도 보이지 않았으며 반드시 지켜야 할 것이라면, 무슨 일이도 있어도 뜻을 바꾸지 않고 그대로 밀어붙였다. 송나라 신종(神宗)께서는 사람을 함부로 기만하지 않고 편애하지도 않는 여공저를 저울처럼 정확하다고 칭찬하시기도 했다. 특히 여공저는 명성의 유혹을 멀리하며, 높은 자리에 있다는 이유로 함부로 나서지 않았다.

《송사(宋史)ㆍ여공저전(呂公著傳)》

...

'검손함'이란 함부로 나서지 않고 항상 낮은 자세를 유지하는 것을 의미한다. 적당할 때 적당히 낮은 자세를 취할 줄 아는 것은 비겁하고 나약한 것이 아니라, 세상을 현명하게 살아가는 지혜라 하겠다.

삶의 위대한 지혜를 보여주는 검손함을 우리는 진시황릉에서 출토된 병마용에서 발견할 수 있다. 병마용 박물관에서 가장 많은 관광객이 몰리는 곳에, 박물관을 지키는 귀한 보물(鎭館之寶)이라고 불리는 무릎 꿇은 병사가 있다. 출토되어 관리 중인 1,000여 점의 병마용 중에서 무릎 꿇은 병마용을 제외하고, 정도의 차이는 있지만 사람의 손길이 필요할 정도로 훼손되어 있다. 이에 반해 무릎 꿇은 병마용은 옷의 무늬, 머리카락조차 선명하게 보일만큼 가장 완벽한 상태로 보존되었다.

온갖 풍파 속에서도 무릎 꿇은 병마용은 어떻게 완벽하게 보존될 수 있었을까? 그 원인은 그의 자세에 있다. 한쪽 무릎을 땅에 댄 자세, 즉 낮은 자세 덕분에 무사할 수 있었던 것이다. 이에 반해 다른 병마용은 모두 서 있는데, 그 높이가 실제 사람의 키와 비슷하다. 천정이 무너지고 토목이 무너지자, 큰 키를 자랑하는 병마용이 가장 먼저 피해를 입었다. 하지만 120cm에 불과한 무릎 꿇은 병마용은 상대적으로 적은 피해를 입었다. 특히 무릎을 꿇은 자세가 무척 안정적이라는 특징을 발견할 수 있다. 오른쪽 무릎, 오른쪽 발, 왼쪽 발이 허리와 삼각형을 유지하며 상체를 지탱하고 있다. 무게중심이 아래에 있다 보니 안정성이 강화되어 쉽게 넘어지지 않고 부서지지 않은 것이다. 그 덕분에 세월의 흐름 속에서도 처음 만들어졌을 때의 모습을 고스란히 간직할 수 있었다. 수천 년 전에 만들어진 병마용은 몸을 낮춘 덕분에 효과적으로 자신을 보호할 수 있었던 것이다.

삼국시대의 가후(賈詡)는 제갈량보다 더 뛰어난 재주를 지닌 인물로, 역대 '사장'을 위해 혁혁한 공로를 세웠다. 본래 동탁의 모사였던 가후는 훗날 장수에게 몸을 의탁했다가 결국 조조의 휘하로 들어갔다. 그 전까지 조조의 라이벌이었던 인물을 보좌했던 탓에 가후는 조조의 모사가 된 뒤로 줄곧 몸을 낮추며 조심스레 행동했다. 그 결과 적군의 진영에서 투항한 인물 중에서, 그리고 조조의 모사 중에서도 가후는 가장 행복한 말로를 보냈다. 삶에 대한 가후만의 처세 원칙은 그의 남다른 지혜를 보여준다.

'황금은 항상 빛난다'는 중국 속담이 있다. 진정한 의미의 재주를 지닌 사람만이 거침없이 재주를 뽐낼 기회를 차지한다는 뜻이다. 이처럼 남다른 재주가 성공의 기반이라고 하지만 자신의 재주만 믿고 사람들에게 자랑하는 데 급급하다 보면 낭패를 보기 십상이다. 직장 내에서 지나치게 나서거나 다른 사람을 무시하고 그들의 이익을 훼손시킨다면 많은 사람으로부터 미움을 살 수 있다. 사태가 이 정도로 악화된다면 개인적인 미래와 일에서 곤란한 일에 부딪히게 될 것이다.

화가 복이 된 제갈각

—

후기 삼국시대에 등장한 제갈각(諸葛恪)은 제갈량의 형인 제갈근(諸

126

葛瑾)의 아들이다. 명문가의 후예답게 엄격한 교육을 받으며 자라난 제갈각은 어릴 때부터 특유의 영민함과 재주를 자랑했다. 그런 그를 향해 청출어람이라며 아버지보다 더 뛰어난 인물이 될 것이라는 주변의 칭찬이 끊이지 않았다. 하지만 제갈근은 수재 소리를 듣는 아들을 자랑스러워하기는커녕 가문에 불행을 가져다주지나 않을지 전전긍긍했다.

"성격이 급한데다 강하기까지 한 녀석이 재주를 드러내는 일을 좋아하니, 언젠가는 큰 화를 불러올 것이다."

제갈근의 예상대로 어른이 된 제갈각은 동오에서 태부(太傅)의 자리에 올랐지만 사방에서 문제를 일으키기 시작했다. 독단으로 정사를 처리하는 것은 물론 자신이 최고라며 다른 사람을 무시하기 일쑤였다. 심지어 황제의 눈치마저 보지 않을 정도였으니 얼마나 오만했는지 쉽게 짐작할 수 있으리라. 결국 주변으로부터 공분을 산 제갈각은 대신들의 계략에 걸려 비명횡사했다. 설상가상으로 제갈 가문 역시 모조리 주살당했다.

일에서 자신의 재능을 뽐내고 싶다면 시기가 무르익기 전에 함부로 나서지 말아야 한다는 점을 명심하라. 그래야만 효과적으로 자신을 보호할 수 있을 뿐만 아니라, 차분히 상황을 지켜볼 수 있다. 하늘 높은 줄 모르고 천둥벌거숭이처럼 날뛴다면 주변으로부터 시샘과 비난을 받을 수 있다. 최악의 경우 목숨을 내놓아야 하는 비극적인 상황이 펼쳐질 수도 있다.

양수의 죽음이 전하는 교훈

조조의 주부(主簿)인 양수(楊修)에 대해 《삼국연의》의 작가는 '재주를 널리 자랑하는 자'라고 평가했다. 어느 날 조조는 후원을 지으라고 명했다. 후원이 다 지어졌다는 소식에 조조는 그곳을 찾아서 천천히 둘러봤다. 그러고는 문(門)에 '활(活)'이라는 글자만 남겨둔 채 아무 말도 하지 않고 자리를 떠났다. 그 의미를 이해하지 못한 인부들이 양수를 찾아가 가르침을 구했다.

"문 안쪽에 '활'이라는 글자를 남긴 걸 보니 '넓다(闊)'는 뜻이로군. 승상께서는 후원을 너무 크게 지었다고 생각하시나 보네."

그 말에 놀란 인부들이 다시 후원을 짓기 시작했다. 얼마 뒤 완공된 후원을 보러 행차한 조조는 크게 놀랐다.

"누가 내 뜻을 알아차렸단 말인가?"

"이 모든 게 양수 대인께서 가르침을 주신 덕분입니다."

조조는 입으로는 양수의 재주가 뛰어나다고 칭찬을 아끼지 않았지만, 내심 그를 질투하기 시작했다.

한중을 평정하기 위해 나선 조조는 계속되는 패전 소식에 마음이 무척 심란했다. 진격하자니 마초(馬超)에게 패할 것 같고, 그렇다고 후퇴했다가는 촉나라 병사에게 비웃음 당할까 무서웠기 때문이다. 마침 주방에서 닭죽을 올렸다. 그릇에 담긴 닭갈비(鷄肋, 계륵)를 보던 조조는 아무 말도 없이 깊은 생각에 잠겼다. 그때 누군가가 막사로 들어와 야간구호를 청하니, 조조가 '계륵'이라고 답했다. '계륵'이라는 구호를 우연히 듣게 된 양수가 병사들에게 돌아갈 준비를 하라며 행장을 정리하라고 명했다. 위왕, 즉 조조가 도읍으로 돌아갈 것인지 어찌 아냐고 묻자 양수가 재빨리 입을 열었다.

"오늘 저녁에 나온 구령을 보아하니 위왕께서 철수하기로 마음을 굳히신 것이 분명하다. 먹자니 아무 맛도 없고, 그렇다고 버리자니 아까운 것이 닭의 갈비, 즉 계륵이 아니더냐? 지금 상태대로 나섰다가 승리하지 못할까 겁나고, 그렇다고 물러섰다가 사람들로부터 비웃음당할 수 있으니 차마 결정을 내리지 못하고 있구나. 아무런 이득도 없을 바에야 차라리 일찍 돌아가는 편이 현명할 것이다. 며칠 뒤에 이곳에서 철수할 것이 분명하니, 나중에 허겁지겁 짐을 싸는 편보다 지금 싸는 것이 낫지 않겠느냐?"

예전부터 양수를 탐탁지 않게 생각하던 조조는 이번에도 자신의 속내를 들치자, 군기를 어지럽혔다는 이유로 양수를 제거했다.

누가 보더라도 양수는 능력 있는 똑똑한 사람이 분명했지만 자신의 발톱을 감추고 내실을 다지지 못했다. 복을 화로 만든 양수는 결국 조조에게 목숨을 잃고 말았다. 경쟁이 치열할수록 위험에 노출될 가능성도 커진다. 재능이 지나친데다 설상가상으로 겸손함과 신중함을 알지 못했다면 시기 질투는 물론, 다른 사람의 계략에 빠질 가능성이 농후하다. 그러므로 무슨 일이든 서둘지 말고, 함부로 재주를 드러내서도 안 된다.

현실생활 속에서 우리는 자신을 드러내는 걸 즐기는 사람을 쉽게 찾아볼 수 있다. 평소 어깨에 힘을 잔뜩 주는 것도 모자라, 직장에서 남과 경쟁하기를 즐기고 대인관계에서는 자신을 돋보이게 하려 안달이다. 하지만 결과적으로 보면 지나치게 남과 겨루어 이기는 것을 즐기는 사람치고 일찍 성공한 사람이 드물다. 절박한 심정으로 무언가를 이루겠다는 자세도 갖추지 못한 채 쉽게 일희일비하기 때문이다.

이에 반해 겉으로 별다른 내색하지 않고 조용히 기회를 기다리며 내공을 쌓는 사람은 '우는 법이 없지만 한 번 울면 세상을 놀라게 하는 저력을 가지고 있다(不鳴則已, 一鳴驚人).' 그래서 사람은 겉모습만 보고 알 수 없다고 말하는 것이다. 겸손한 사람이 성공을 거머쥔 것은, 다른 사람이 아귀다툼을 벌이거나 망설일 때, 혹은 자신을 뽐내는 동안 조용히 일에 착수하기 때문이다. 함부로 자신을 자랑하지 않고, 시시비비에 목매달지 않기 때문에 주변의 시기, 질투에서 벗어날 수 있는 것이다.

자신의 재주를 숨긴 채 겸손한 자세를 취하는 과정은 일종의 인격적 경지이자 수행 그리고 깨달음의 연속이라 하겠다. 목소리가 크면 주변의 화음을 망치기 십상이다. 숲 가운데 우뚝 솟은 나무는 가장 먼저 바람에 쓰러진다. 모난 돌이 정 맞는다는 속담처럼 겸손한 행동을 유지해야만 자신만의 인생 무대를 만들 수 있다.

감내

작은 일도 참지 못하면
큰일을 망친다

師德長八尺, 方口博脣. 深沈有度量, 人有忤己, 輒遜以自免, 不見容色. …… 其弟守代州, 辭之官, 教之耐事. 弟曰: "有人唾面, 潔之乃已." 師德曰: "未也, 潔之, 是違其怒, 正使自乾耳."

누사덕(婁師德)은 키가 8척에다 각진 입, 두꺼운 입술을 지닌 인물이다. 관대한 성격의 누사덕은 자신에게 함부로 하는 사람이 있어도 단 한 번도 화내지 않고 항상 인내와 절제로 자신을 단속했다. 그러던 중 대주자사(代州刺史)로 임명된 동생이 부임지로 떠나기 전에 인사를 올리려 찾아오자, 관리라면 반드시 참을 줄 알아야 한다고 타일렀다. 그 가르침을 들은 동생이 질문을 던졌다.

"제 얼굴에 누군가가 침을 뱉는다면, 제 손으로 닦으면 그만 아니겠습니까?"

"틀렸다. 제 스스로 닦는다면 상대의 화를 가라앉힐 수 없으니, 침이 마를 때까지 내버려둬야 한다."

《신당서(新唐書) · 누사덕전(婁師德傳)》

•••

예로부터 '백 번 참으면 황금이 된다'는 말이 있다. 인내, 용인, 인고 등의 단어는 제아무리 부덕하고 못된 심보를 가진 사람을 만나도 불경하게 행동하지 말고 잠시 상대를 받아주고 포용해주라는 의미로 사용된다. 요컨대 관대한 마음으로 사람과 세상을 대하고 넓은 가슴을 갖으라는 것이다. 인내는 약자가 경쟁으로 가득한 사회에서 온전히 설 수 있고 힘을 비축할 수 있는 가장 든든한 우산이기 때문이다.

대부분의 사람에게 사회 진출은 약자의 신분으로 냉혹한 사회에 뛰어들어 강자와 맞붙어야 한다는 것을 의미한다. 경험도 부족하고 자금, 인맥마저 부족한 사회적 약자라면 겁 없이 덤벼들거나 비겁하게 현실을 외면하지 말고, 호탕하게 한 번 웃고 넘어갈 줄 아는 여유를 지녀야 한다. 마음에 들지 않는 상황을 참아내고, 만족스럽지 않은 일도 참아라. 다른 사람의 냉대를 견디고, 시련을 참아라. 왜냐면 인내와 절제를 통해 우리는 외부의 방해로부터 자유로울 수 있고 갈등의 틈바구니에 끼여 버둥거리지 않아도 되기 때문이다. 별 볼 일 없는 사람들이 만들어내는 함정을 피한 채, 직장 나아가 사회를 이해하고 자신의 삶과 일에 온전히 집중할 수 있는 시간과 기회를 얻을 수 있다.

역사적으로 바라본 인내의 힘

—

남다른 인내심으로 온갖 시련 끝에 성공을 이룬 수많은 역사적 인물의 이야기는 여전히 많은 사람의 입에 오르내리고 있다. 이를테면 한신(韓信)은 순간의 쾌락이나 눈앞의 이득을 차지하기 위해 머뭇거리지 않았다. 남의 가랑이 사이를 기어가는 치욕을 견딘 한신은 훗날 한나라의 원로대신으로 존경받았다. 월왕(越王)구천(勾踐)은 잃어버린 조국을 되찾고 자신의 명예를 설욕하기 위해 와신상담(臥薪嘗膽)하며 기회를 엿보다 '월나라 병사 3,000명으로 오나라를 집어삼키는' 역사적 장관을 연출해냈다. 나라의 이익을 위하는 거국적인 관점에서 인상여(藺相如)는 사사건건 자신을 욕보이려는 염파의 행동을 참으며 예의를 갖춰 상대했다. 그 결과, 나라가 발전하려면 재상과 명장이 화해해야 한다(將相和)는 이야기를 남기기도 했다. 초나라와 한나라가 천하 패권을 놓고 다투는 동안, 유방은 당시 막강한 세력을 유지하고 있는 항우에 맞설 만한 힘이 없었다. '신하'라는 신분으로 기꺼이 항우의 휘하에 들어간 유방은 모욕을 견딘 끝에 승승장구하며 서한 정권을 수립했다. '작은 일도 참지 못하면 큰일을 망친다'는 가르침을 위의 역사적 사건에서 쉽게 찾아볼 수 있다.

늘대는 인내심이 무척 뛰어난 동물이다. 목표를 정하면 밤낮 할 것 없이 몇 날 며칠 동안 공격할 기회를 엿보며 상대의 뒤를 쫓는다. 그러다보니 일단 공격하면 만족스러운 결과를 얻는 편이다. 그들은 급하게 서두르지도 않고 좌절했다고 해서 목표를 포기하지도 않는다. 늘대는 묵묵히 인내할 줄 알았기 때문에 사냥감을 얻는 데 성공했다. 이러한 생존법은 인간의 성공학에도 고스란히 적용된다.

그렇다고 해서 무조건, 영원히 참아서도 안 된다. 우리의 목적은 앞으로의 성공을 위한 것이지, 인내 그 자체가 아니기 때문이다. 그러므로 적절히 참을 줄 아는 지혜가 중요하다. 이 보 전진을 위한 일 보 후퇴, 양보 등은 사실상 앞으로의 성공을 위한 발판일 뿐이다. 무슨 일이든 지나치게 버틸 필요도 없고, 지나치게 움츠러들 필요도 없다. 그래야 주변의 배척과 시기를 피할 수 있고, 삶이라는 여정에서 바람에 돛 단 듯 순항할 수 있다.

운명이 자신의 삶을 주재하는 것이 싫다면, 그렇다고 자신에게 운명의 숨통을 틀어막을 힘이 없다면 인내하고 절제하는 법을 배워라. 그리하면 그것만으로도 이미 성공의 열쇠를 손에 넣은 것이다.

당 태종이 위지경덕에게 보낸 경고

—

위지경덕(尉遲敬德)은 당 태종이 거느린 장수 중에서도 가장 많은 공을 세운 명장으로, 태종이 왕위를 차지하는 데 혁혁한 공을 세웠다. 그러다보니 위지경덕은 자신의 공을 앞세워 남을 무시하며 거들먹거리기 일쑤였다. 어느 날, 태종은 대신들을 초대해 연회를 베풀었다. 물론 그 자리에는 위지경덕도 초대받았다. 연회장을 찾은 위지경덕은 누군가가 자신보다 높은 자리에 앉아있는 것을 보고 기분이 무척 상했다.

"도대체 무슨 공로를 세웠기에 나보다 높은 자리에 앉는단 말이오?"

그 모습에 그의 아랫자리에 앉은 임성왕(任城王) 이도종(李道宗)이 위지경덕에게 화를 풀라고 권했다. 하지만 위지경덕은 임성왕의 충고를 무시하는 것도 모자라, 거칠게 주먹을 휘둘렀다. 난데없이 날아오는 주먹에 얼굴을 맞은 이도종은 그만 눈이 멀고 말았다.

난투극을 지켜보던 태종은 크게 역정을 내며 당장 연회를 중지시킨 뒤 위지경덕에게 경고했다.

"과인은 그대와 함께 부귀영화를 누리려 했으나 그대는 관리가 된 뒤로 수차례 법을 어겼네. 한신, 팽월(彭越)이 고깃덩이 신세로 전락한 게 한고조 유방의 잘못이 아니라는 걸 이제야 알겠군!"

서릿발처럼 차가운 태종의 일갈에 위지경덕은 식은땀을 뻘뻘 흘렸다. 그 후 위지경덕은 양보하고 자신을 단속하는 법을 배웠다.

당 태종이 차지한 강산 중 절반은 위지경덕의 손에서 나온 것이라고 해도 과언이 아니다. 조정에서 어느 누구도 상대할 수 없을 만큼 지대한 공로를 세웠지만, 위지경덕은 인내할 줄 몰라 자멸하고 말았다. 당 태종의 말 한마디로, 위지경덕은 자신을 낮추고 인내해야 한다는 가르침을 깨달았다.

일 혹은 삶이라는 길에서 우리는 항상 앞으로 달려 나가려고만 한다. 하지만 때로는 한발 물러나면, 더 빨리 목표를 이룰 수 있는 지름길을 발견할 수도 있다. 남을 인정하고 포용하는 일을 시작으로, 자신을 낮추고 참을 수 있는 도량을 갖춰야 한다. 이를 위해 가장 필요한 것이 자기 자신과의 싸움이다. 자신에 대한 믿음이 있어야만 모든 것을 받아들일 수 있기 때문이다.

삶은 우리의 기대와 달리 녹록지 않다. 모든 것이 내 마음과 같지 않다. 하지만 사회에서 일어나는 수많은 불공정한 일을 받아들여야 한다. 다른 사람을 원망하고 사회를 미워할 바에야 자신의 재능을 입증할 수 있도록 시간과 노력을 투자하는 편이 더 현명하다. 그저 남의 탓만 하다가는 눈앞에 온 기회도 잡지 못한 채 평생 비극적인 운명에 시달려야 할지도 모른다.

말로 할 수 없을 정도로 어려운 처지에 몰렸다고 해서 함부로 분노를 쏟아내거나 절망하지 마라. 절망은 진정한 의미의 실패를 의미할 뿐이다. 버티고 견뎌라. 인내는 아직도 희망이 있다는 것을 뜻한다. 언젠가 그 희망의 불꽃이 우리에게 눈부시게 화려한 장밋빛 미래를 선사해 줄 것이다.

약점

부드러움이
강함을 이긴다

曹爽用何晏·鄧颺·丁謐之謀, 遷太后於永寧宮, 專擅朝政, 兄弟並典禁兵, 多樹親黨, 屢
改制度. 帝不能禁, 於是與爽有隙. 五月, 帝稱疾不與政事. ……會河南尹李勝將蒞荊州,
來候帝. 帝詐疾篤, 使兩侍婢, 持衣衣落, 指口言渴, 婢進粥, 帝不能持杯飲, 粥皆流出霑
胸. …… 勝退告爽曰: "司馬公屍居餘氣, 形神已離, 不足慮矣." 他日, 又言曰: "太傅不可
復濟, 令人愴然." 故爽等不復設備.

조상(曹爽)은 하안(何晏), 등양(鄧颺), 정밀(丁謐)의 계략을 받아들여 태후를 영
녕궁(永寧宮)으로 내쫓은 뒤 조정을 장악했다. 금군(禁軍)을 관장한 그의 형제
들이 수많은 붕당에 들어가 제도를 여러 번 고쳤다. 진(晉) 선제(宣帝, 즉 사마의)
께서 이를 막지 못하자, 조상과 갈등을 빚기 시작했다. 5월 선제께서 병을
핑계로 더 이상 조정 일에 참가하지 않으셨다. ……마침 하남윤(河南尹) 이
승(李勝)이 직무를 수행하기 위해 형주(荊州)로 떠나게 되자, 그 전에 선제께
인사를 드리러 왔다. 선제께서는 중병에 걸린 것으로 위장한 뒤 시녀 두 명
에게 부축을 받으며 나타나셨다. (선제께서) 손수 옷을 내리시다가 그만 땅바
닥으로 넘어지셨다. 입을 달싹거리며 목이 마르다는 시늉을 하자, 시녀가 냉

큼 미음을 대령했다. 하지만 선제께서는 그릇도 제대로 쥐지 못하시는 바람에 미음이 가슴까지 줄줄 흘러내렸다. …… 이승이 조상에게 이러한 상황을 보고했다. "사마공께서는 살날이 얼마 남지 않은 듯합니다. 몸뚱이는 아직 살아있으나 정신이 온전치 못하니 걱정하지 않으셔도 될 듯합니다." 며칠 뒤에도 이승은 태부가 동정심을 불러일으킬 정도로 아무 힘도 쓰지 못한다고 보고했다. 그 말에 조상 등은 더 이상 (사마의를) 경계하지 않았다.

《진서(晉書) · 선제본기(宣帝本紀)》

...

주변 사람에게 자신의 약점을 보이는 것은 누구나 할 수 있는 일이지만, 제대로 해낼 수 있는 사람은 사실 손에 꼽을 정도로 적다. 지혜와 용기를 두루 겸비해야만 가능한 일이기 때문이다. 스스로 상대에게 자신의 부족함을 드러낼 수 있으려면, 우선 자신을 보호하고 자신을 감춰야 하는 이유와 방법을 잘 알고 있어야 한다. 이를 바탕으로 조용히 내공을 쌓고 있다가, 기회를 놓치지 않고 뛰어들 때 큰 성장과 성공을 이룰 수 있다.

중국의 수많은 사상가와 철학자는 '자신의 약점을 드러내는 이론'을 저마다 정립하고 있다. 대표적인 인물인 노자의 경우, '부드러움이 강함을 이긴다'고 주장했다. 이를 증명하는 사례가 우리 주변에 적지 않은데 노자는 그 답으로 '물'을 꺼내들었다. 물은 노자가 가장 숭상하는 물질로서, 그의 철학세계에서 핵심사상을 담아내는 중요한 매개

체로 활용된다. '천하에 물보다 부드러운 것이 없으나, 강함으로 따지자면 이보다 강한 것도 없다.'

동정심은 인간적인 약점으로서, 모든 인간, 특히 천성적으로 선량한 인간에게서 발견된다. 부드러움이 강함을 이기는 효과를 얻기 위해 누군가는 이러한 약점을 이용해 자신의 약점을 스스로 드러내기도 한다.

똥을 먹은 구천

—

월왕 구천은 오왕(吳王) 부차(夫差)에게 패한 뒤, 부차의 요청대로 오왕에게 수많은 미녀와 금은보화를 바쳤다. 이것도 모자라 자신의 비인 우달(虞妲)과 함께 오나라로 건너가서 인질로 지내야 했다.

나라를 되찾고 복수하려면 자신의 분노를 숨기고, 자신의 비천한 처지를 상대에게 똑똑히 인식시켜야 한다는 점을 구천은 잘 알고 있었다. 부차의 동정을 사기 위해 구천은 호시탐탐 기회를 엿보기 시작했다. 오나라에서 구천은 날마다 말을 돌봤다. 말을 초원에 풀어두고 방목하는 것은 물론, 똥을 치우고 축사도 치우며 부지런히 일했다. 누가 보더라도 부차에 대한 원망을 전혀 찾아볼 수 없었다. 그러던 어느 날, 부차가 병에 걸려 몸져누워 있다는 소식에, 구천은 한달음에 달려왔다. 병세를 이리저리 살피던 구천은 급기야 부차의 똥을 맛보더니 곧 쾌차할 것이라고 안심시켰다. 그 모습에 부차는 구천에 대한 의심과 경계심을 버렸다.

그로부터 얼마 지나지 않아 부차는 구천에게 고국으로 돌아가도 좋다는 성지를 내렸다. 약자를 불쌍하게 여기는 것은 인성의 최대 약점이자, 동시에 가장 자랑스러운 특징이기도 하다. 모든 사람이 측은지심을 가지고 있다고 하더니 부차도 예외는 아니었나 보다. 고국으로 돌아온 구천은 섶 위에서 자고 곰쓸개를 맛보며 10년 동안 힘을 모으고 10년 동안 가르친 덕분에 나라를 잃고 포로로 끌려간 자신의 과거를 설욕할 수 있었다.

공룡은 지구상에서 일찌감치 자취를 감췄지만 공룡과 같은 계열에 속하는 도마뱀은 지금껏 생존해 있다. 거대한 몸집을 지닌 공룡은 많은 양의 먹이를 먹어야 하는데다, 적으로부터 자신을 보호하기 쉽지 않아 멸종한 것으로 추정된다. 이와는 대조적으로 몸집도 작고 재빠른 도마뱀은 비록 강하지는 않지만 자신을 숨기는 방법을 알고 있었기에 살아남을 수 있었다. 이와 마찬가지로 강적을 만난 거북이는 함부로 덤비지 않고 몸에서 가장 연약한 부위인 머리와 사지를 단단한 껍질 안으로 숨긴다.

자신의 단점을 스스로 노출하면 자신을 둘러싼 위기에서 탈출할 수 있다. 유명한 홍문연에 참석한 유방은 목숨을 잃을 수 있다는 위협 속에서도 낮은 자세를 유지하며 약한 모습을 보였다. 그 모습에 패왕 항우는 득의양양해 하더니 급기야 경계심을 완전히 풀었다. 이 때문에 항우는 오강에서 자결했지만, 유방은 황제의 보좌에 오를 수 있었다.

물론 중요한 순간에는 어떠한 이유를 막론하고 상대에게 약한 모습을 보여서는 안 된다. 하지만 특수한 상황에서 공개적으로 자신의 부족한 점을 인정하고 상대에게 약한 모습을 보이는 것은 자신을 유리한 고지로 끌고 가는 삶의 지혜라 할 수 있다.

특히 강자일수록 약한 모습을 보여주면 상대의 불만과 시기에서 벗어날 수 있다. 사업에서 성공했거나 평소 운이 따르는 사람은 주변의 온갖 시기, 질투에 시달리기 마련이다. 누군가가 이러한 사회적 심리를 두고 '동경-질투-증오현상'이라고 정의했다. 강자의 성공을 바라보며 사람들은 처음에 동경하지만 시간이 지날수록 질투심을 느끼고 끝내 증오까지 하게 되는 심리적 변화를 겪게 된다. 이러한 사회 심리적 현상은 일시적으로 해소될 수 없기 때문에 해당 상황에서는 상대에게 자신의 약한 모습을 보여주며 적당한 방법으로 질투, 증오를 최대한 피하는 것이 상책이라 하겠다.

'울보' 조광윤

북송정부가 수립된 지 얼마 지나지 않아 송 태조 조광윤은 오대시대 전란이 끊이지 않고, 중앙정권이 흔들리는 이유를 분석했다. 지방의 절도사(節度使)의 권력이 지나치게 커져서 군신 간의 결속력이 약화되었기 때문이다. 이러한 결론에 도달한 조광윤은 대장에게서 병권을 빼앗아 볼 방도에 대해 고민하기 시작했다.

어느 날, 조광윤은 석수신(石守信) 등을 술자리에 초대했다. 기분 좋은 취기가 달아오를 무렵, 조광윤이 갑자기 불쌍한 표정을 지으며 자리에 있던 여러 장수를 향해 입을 열었다.

"자네들이 없었다면 내 어찌 이 자리에 앉을 수 있었겠나? 자네들의 도움과 노고는 평생 잊지 않겠네. 하지만 황제라는 것도 쉽지는 않더군. 차라리 절도사로 사는 게 낫지. 요새 단 하루도 마음 편히 자 본 날이 없다네."

석수신 등이 도대체 무슨 일 때문에 그런 것이냐고 묻자, 조광윤이 힘없이 대답했다.

"그야 뻔하지 않은가? 이 자리를 탐내지 않는 자가 어디 있겠나?"

그 말에 석수신 등은 깜짝 놀라며 무릎을 꿇은 채 머리를 조아렸다.

"어찌 그런 말씀을 하신단 말입니까? 소신들 중에 누가 감히 다른 마음을 품는단 말입니까?"

"그런 뜻이 아니네. 자네들이야 내게 불온한 마음을 품고 있지 않다는 걸 잘 알고 있네. 허나 자네들의 부하 중에는 권력과 재물에 눈이 먼 나머지 자네들에게 황포(黃袍)를 입히려는 자가 분명 있을 테지. 자네들이 원치 않는다 하더라도 어디 그게 말처럼 쉽던가?"

석수신 등은 울음을 터뜨리며 조광윤에게 문제를 해결할 가르침을 달라고 청했다.

"병권을 내놓고 자손들을 위해 사방에서 토지나 가옥을 사들이는 것이 어떻겠나? 더 이상 관직에 목매지 않아도 되니 자네들도 한결 유유자적하게 지낼 수 있을 걸세. 그리되면 군신 간에 더 이상 서로를 의심하지 않아도 될 테니 크게 싸울 일 없이 평생을 평탄하게 살아갈 수 있을 걸세."

석수신 등은 감사의 뜻으로 절을 올린 뒤, 그다음날에 병을 핑계로 자신들의 병권을 모두 거두어달라는 청을 올렸다.

황제인 조광윤은 장수들로부터 병권을 되찾아오겠다는 목적을 달성하기 위해서 '불쌍한 척' 하는 수밖에 없었다. 자신의 고충을 털어놓으며 그들의 동정을 구함으로써 군신 간의 불신과 살육을 피하는 한편, 순탄하게 자신의 목적을 이룰 수 있었다. 위대한 지혜를 지닌 군주의 면모가 유감없이 드러나는 순간이었다.

우리 주변에도 능력 면에서는 결코 뒤지지 않지만 대인관계나 일처리 요령에서 지혜롭지 못한 사람을 종종 볼 수 있다. 이들이 리더로부터 '간택' 받지 못하고 외면당하는 것은 이들의 성격이 너무 강하기 때문이다. 강대함은 사람들로부터 존경심을 불러일으키지만, 너무 강하면 뭐든지 부러지기 마련이다. 걸핏하면 다른 사람을 무시하고 저 혼자 잘났다며 잔뜩 콧대를 세워봤자 상대에게 불쾌감, 두려움만 심어줌으로써 고립무원의 처지로 전락할 수 있다.

현대사회에서 일어나는 일은 항상 여러 사람의 협력을 필요로 한다. 직장생활에서 심신의 건강을 해치는 10대 원인으로 자기비하, 의심, 오만함 등을 꼽았다. 그중에서도 오만함은 가장 치명적이다.

하지만 자신감을 드러내고 자신을 개성 있게 표현하는 현대사회에서 스스로 자신의 부족한 점을 드러내기란 결코 쉬운 일이 아니다. 그러다 보니 일부 리더는 자신의 능력을 마음껏 자랑하고 자신을 표현하라고 격려하기도 한다. 그러나 적당한 순간, 적당한 장소에서, 적당한 방법으로 적당히 자신의 결점을 드러내고, 기꺼이 '무난하게' 지내는 것이야말로 대단한 지혜라 할 수 있다. 많은 사람이 사회가 불공정하다느니, 금수저를 물고 태어난 사람은 따로 있다느니 혹은 세상이 너무 좁아 기회를 잡기 어렵다며 투덜댄다. 하지만 세상이 좁은 게 아니라 자신을 과대평가해서 그런 것뿐이다. 머리는 물론, 가슴마저 자신에 대한 생각으로 가득 찼으니 다른 사람을 받아들일 마음의 여유가 어디 있으랴. 이와는 대조적으로 제 스스로 자세를 낮추고 자신을 단속한다면 주변의 시기, 질투가 줄어들 뿐만 아니라 더 높은 곳으로 도약할 수 있도록 높은 기반을 제공받을 수 있다.

"숲에서 우뚝 솟은 나무는 가장 먼저 바람에 쓰러진다. 암벽에 튀어나온 돌은 가장 먼저 물결에 꺾인다. 여러 사람 중에서 재주가 뛰어나면 사람들로부터 비난받기 쉽다"는 말이 있다. 바람에 쓰러지고 물결에 꺾이는 것도 모자라 사람들로부터 비난을 받을 바에야 자신의 자세를 낮추고 내실을 다지는 편이 생존과 성공에 필요한 튼튼한 기반과 강력한 지원을 확보할 수 있는 길이다.

비축

충분히 준비해야
기회를 잡는다

觀夫高祖之所以勝, 而項籍之所以敗者, 在能忍與不能忍之間而已矣. 項籍惟不能忍, 是
以百戰百勝, 而輕用其鋒. 高祖忍之, 養其全鋒, 而待其弊, 此子房教之也.

한나라 고조(高祖) 유방이 승리하고 항우가 실패한 원인은 인내심의 차이라
고 생각한다. 항우는 참지 못한 바람에 백전백승했다 하여 쉽게 출병했다.
유방은 참을 줄 알았기에 강력한 군대를 거느리고도 항우의 쇠락을 기다렸
다. 이 모든 것이 장량(張良)의 가르침이라.

《동파칠집(東坡七集)·유후론(留侯論)》

• • •

대자연 속에서 평소 힘을 길렀다가 아름다운 모습으로 순식간에 탈
바꿈하는 기적을 찾아볼 수 있다. 번데기는 겨울 동안 힘을 비축했다가

목숨을 건 탈피 끝에 아름다운 나비가 된다. 조개 역시 온몸의 힘을 집중해 거친 모래를 영롱한 진주로 탄생시킨다. 수백 년 동안 고요히 침묵하던 화산도 순식간에 휘황찬란한 열정을 토해낸다. 생태계의 이러한 모습 속에서 우리는 한 가지 교훈을 얻을 수 있다. 외부적인 조건이 충분하지 않을 때는 힘을 아끼고 기회를 엿보며 끝까지 생존해야지만 성공할 수 있다는 것이다.

위대한 자연의 가르침을 인간사회에도 고스란히 적용해 볼 수 있다. 높은 자리에 오를수록, 막강한 영향력을 보유했을수록 낮은 자리를 찾고 상대에게 약한 모습을 보여줘야 한다. 반대로 상황이 여의치 않을 때는 한발 뒤로 물러나 힘을 비축하며 기회를 기다려야 한다. 이는 삶의 지혜이자, 나아가 어려움에서 빠져나올 수 있는 생존법칙이라 하겠다. 곤경에 처했다며 하늘을 원망하고 사람을 미워한다든지, 혹은 앞뒤 가리지 않고 무조건 덤벼봤자 현실이라는 높은 벽에 부딪혀 산산조각 날 뿐이다.

두목이 바라본 항우

—

서초(西楚) 패왕 항우는 많은 사람으로부터 아쉬움과 동정을 받는 비운의 영웅이다. 뛰어난 무예 실력과 남다른 용기를 지닌 그를 세상은 이렇게 평가하고 있다.

"70여 차례의 전투에서 자신을 가로막는 적을 모두 물리치고, 자신을 공격하는 세력을 모두 자신의 발밑에 복종시켰다. 패배를 모르는 항우는 마침내 천하를 제패했다."

하지만 해하에서 패한 항우는 사면초가에 몰려 오강으로 도망치고 말았다. 하지만 오강 정장(亭長)이 오강을 건널 수 있도록 배에 태워주지 않겠다고 하자, 후일을 도모할 수 있는 힘을 기를 기반을 잃은 항우는 낙담한 나머지 자결하고 말았다. 그로부터 천 년이 지난 후에 당나라 시인 두목(杜牧)은 항우가 스스로 목숨을 끊었던 오강을 거닐며 강가의 정자에서 시를 지었다.

병가에서 승패야 알 수 없는 것이니,
수치를 참고 인내할 줄 알아야 사내대장부로다.
강동 땅에 뛰어난 인재가 널려 있으니, 재기할 수 있을지 알 수 없구나.

'수치를 참고 인내할 줄 몰랐던' 항우는 결국 '재기'할 수 있는 기회를 스스로 버리고 말았다. 두목의 눈에 비친 항우는 백전백승을 거둔 희대의 명장이 아니라, 사내대장부도 아니었다.

예로부터 중국에는 '당장 태울 불쏘시개 하나 없어도 청산이 건재하면 된다'는 가르침이 있었다. 곤란한 처지에 몰렸을 때 잠시 물러나는 것, 쉽게 말해서 이 보 전진을 위한 일 보 후퇴는 비겁한 것도, 궁색한 것도 아니라 스스로 강해지기 위한 전략이라는 뜻이다. '재기'를 꿈꾸며 잠시 숨을 고르는 것뿐이기 때문이다. 오히려 여의치 않은 상황에서도 일방적으로 밀어 붙인다면 기력을 소진해 결국 실패하고 말 것이다.

좋은 기회, 혹은 나쁜 기회가 따로 있는 것이 아니다. 기회를 잡을 수 있느냐 하는 것이야말로 문제의 핵심이기 때문이다. 각 분야의 능력을 하나로 끌어 모아 기회를 잡을 수만 있다면 호랑이 등에 날개 단 듯 승승장구할 수 있다. 요컨대 기회라는 것은 정기적으로 다니는 버스와 같다. 자주 늦는 편이지만 언젠가는 반드시 오기 때문에 급하게 생각할 필요 없다. 하늘만 쳐다본 채 기회가 찾아오기를 기다리는 것보다 차근차근, 한발 한발 자신의 손으로 기회를 만들어가야 한다.

리더는 자신에 대해 이성적이고 명확하게 판단해야 한다. 장점이 무엇인지 또 단점은 무엇인지 그리고 장점을 어떻게 더 키우고 발전시켜야 할지 고민해야 한다. 힘을 비축했다가 기회를 잡는 것, 이것을 발양(發揚)이라고 한다. 자신의 약점이 무엇인지 파악하고, 일할 때 생겨나는 불리한 영향을 확인해 젖 먹던 힘을 다해 최대한 어려움에서 벗어나는 것, 이를 단속(避短)이라고 한다.

진평과 왕릉 중 더 현명한 자는?

—

서한시대 한나라 혜제(慧帝)가 승하하자, 여태후(呂太后)가 정권을 장악했다. 자신의 통치기반을 공고히 하기 위해 여태후는 자신의 조카를 왕으로 봉하기로 마음먹었다. 여론을 알아보기 위해 여태후는 조정에서 우승상(右丞相) 왕릉(王陵)에게 의견을 물었다. 평소 강직한 성품으로 유명한 왕릉은 단칼에 불가한 일이라며 선을 그었다.

"고조께서 생전에 흰 말을 죽인 피로 대신들과 피의 맹세를 맺었습니다. '유씨가 아닌 자가 왕의 자리에 오르면 천하가 모두 힘을 모아 공격한다.' 그런데 지금 태후마마께서 여씨 성을 가진 자를 왕으로 옹립하려 하시니, 이는 선제의 맹약을 깨는 것과 다름없습니다. 소신은 절대로 동의할 수 없습니다."

그 말에 기분이 무척 상한 여태후는 간신히 화를 억누르며, 좌승상(左丞相) 진평(陳平)과 태위(太尉) 주발 등을 찾아갔다. 여태후의 걱정과 달리 진평과 주발은 여태후의 뜻을 따르겠노라 순순히 대답했다.

"고조께서 천하를 평정하신 후에 유씨 성을 가진 자손을 왕으로 삼으셨습니다. 허나 지금은 태후에서 조정을 다스리고 계시니 여씨 성을 가진 이들을 왕으로 삼아도 불가할 이유가 없습니다."

그 말에 여태후는 뛸 듯이 기뻐했다.

퇴청한 후 왕릉은 진평과 주발을 심하게 꾸짖었다.

"당초 선제와 맹세를 맺을 때 자네들도 그 자리에 있지 않았던가? 이제 태후를 모시게 되었다고 과거의 맹세를 어긴 채 권력에 아첨한다면 무슨 면목으로 구천에 계신 선제를 뵙는단 말인가!"

"조정에서 태후와 겨루는 것은 저희들보다 왕 대인께서 더 잘 하실 겁니다. 허나 앞으로 한나라 왕실을 온전히 보전케 하고 유씨 가문의 후대를 지키는 일은 저희가 왕 대인보다 훨씬 잘 한답니다."

이 일을 계기로 여태후는 자신에게 반기를 든 왕릉을 눈엣가시처럼 여겼다. 얼마나 미웠는지 왕릉의 권력을 빼앗기 위해 일부러 그를 소제(少帝)의 스승으로 발탁하기도 했다. 여태후의 속셈을 눈치 챈 왕릉은 크게 분노하며 병을 핑계로 사직한 뒤 초야로 내려왔다. 그로부터 10년 후에 왕릉은 세상을 등졌다.

한편 왕릉이 사직한 뒤 여태후는 진평을 우승상으로 임명했다. 여태후의 여동생인 여수(呂嬃)는 유방을 위해 진평이 자신의 남편인 번쾌(樊噲)를 붙잡는 계획을 세웠다며, 평소 그를 제거할 기회만 노리고 있었다. 여태후 앞에서 진평에 대한 안 좋은 이야기를 꺼내놓는 것은 기본이고, 그가 정사는 멀리한 채 날마다 술과 계집에 빠져 지낸다며 거짓말을 둘러대기도 했다. 이러한 사실을 알게 된 진평은 당황하거나 화를 내기는커녕 오히려 내심 안도의 한숨을 쉬었다. 그리고 이때부터 오히려 여보란 듯 엉망으로 지내기 시작했다. 진평이 이렇게 행동한 이유는 당시 그가 처한 상황 때문이었다. 여씨 가문이 날마다 영향력을 키우고 있는 마당에 자신의 재주를 쉽게 드러낸다면 왕릉처럼 아무것도 해보지 못하고 여태후에게 제거될 수 있었기 때문이다. 그래서 자신에 대한 여태후의 경계가 느슨해질 때까지 진평은 자신을 억누르며 반격할 기회를 엿보고 있었던 것이다. 그래서 여씨 사람을 왕으로 봉하자는 여태후의 의견에 겉으로는 순종했지만 남몰래 유씨 후손을 보호하고 있었다.

여태후가 세상을 떠나자, 진평은 주발과 힘을 모아 여씨 가문을 모두 주살하고 황제를 옹립하니 그가 바로 한 문제(文帝)이다. 이로써 유씨 천하가 다시 천하를 호령하게 됐다.

'평소에 부지런히 칼을 갈아두면 장작을 쉽게 팰 수 있다', '걱정은 멀리 있는 것이 아니라 발밑에 있다', '원수를 갚기 위해 섶에 눕고 쓸개를 씹는다', '창을 베고 자면서 아침을 기다린다'는 이야기는 무슨 일이든 정신적으로나 물질적으로 충분히 준비하라고 일러준다. 하지만 우리 주변에는 '소 잃고 외양간 고친다', '뒷북친다'로 표현되는 상황이 여전히 일어나고 있다. 준비성이 부족한 사람은 제아무리 뛰어난 능력을 가지고 있다고 해도 쉴 새 없이 실수를 저지르고 만다. 남들이 모두 부러워하는 천재일우의 기회가 갑자기 하늘에서 뚝 떨어진다고 해도 성공이라는 두 글자와 전혀 인연이 없어 보인다. 왜냐면 평소 충분히 준비하지 않은 탓에 기회를 잡을 만큼 힘도 쌓아두지 못했고 능력도 부족하기 때문이다.

능력 여하를 떠나 모든 사람에게 준비는 중요한 성공 조건이다. 지금은 비록 삶의 구렁텅이를 헤매고 있다고 해도 철저히 준비한다면, 더 휘황찬란한 내일을 맞이할 수 있을 것이다.

처음 생각한 것만으로는 잘못될 수가 있다. 그렇다고 너무 생각이 지나쳐도 판단력, 실행력이 둔하게 된다.

두 번쯤 생각하는 정도면 아마 충분할 것이다.

논어

5장

삶을 지탱하는
균형의 지혜

선택

인생은 무수히 많은
선택으로 이루어진다

龍伯高敦厚周愼口無擇言, 謙約節儉, 廉公有威, 吾愛之重之, 願汝曹效之. 杜季良豪俠
好義, 憂人之憂, 樂人之樂, 淸濁無所失, 父喪致客, 數郡畢至, 吾愛之重之, 不願汝曹效
也. 效伯高不得, 猶爲謹敕之士. 所謂刻鵠不成尙類鶩者也. 效季良不得, 陷爲天下輕薄
子. 所謂畫虎不成反類狗者也.

용백고(龍伯高)는 소박하고 충직한 성격으로, 일처리 솜씨가 꼼꼼하고 신중
하다. 아부 섞인 말을 입에 담지 않으며 근검절약하고 청렴하여 평소 두터운
인망을 누리고 있다. 그래서 나는 그자를 아끼고 존경하며 그를 본받았으면
한다. 두계량(杜季良)은 호탕하고 정의로운 인물로, 다른 사람의 걱정을 걱정
할 줄 알고 즐거움을 함께 즐거워할 줄 안다. 정파, 혹은 정파 이외의 사람 모
두 그와 친분을 맺으려 한다. 부친상을 당한 두계량을 조문하러 몇 개 군에
서 수많은 조문객이 다녀갔다. 그래서 그자를 아끼고 존경하지만 그를 본받
지 않았으면 한다. 용백고를 본받았다면 설령 성공하지 못했다고 하더라도
성실함, 겸손함을 잃지 않은 사람이 될 수 있다. 이는 마치 백조를 제대로 그

리지 못했더라도 들오리를 그린 것처럼 보일 수 있는 것과 같다. 허나 두계량을 좇다가 성공하지 못했다면 속세에 찌든 속물로 전락할 수 있다. 이는 호랑이를 그리려다 실패해서 개가 된 것과 같다.

《후한서 · 마수전》

•••

'삶도 또한 내가 바라는 것이며, 의롭게 사는 것도 또한 내가 바라는 것이지만 두 가지를 모두 가질 수 없다면 삶을 버리고 의롭게 사는 것을 선택하리라.'

《맹자》에 등장하는 이 문구는 '삶'과 '의로움'이라는 두 가지 가치관 중 하나를 선택해야 하는 상황을 다루고 있다. 사실 우리의 삶은 선택의 연속이다. 사업 방향을 선택하고, 사업 파트너와 동료를 선택해야 한다. 올바른 인생계획을 선택하는 경우도 있다.

어떤 사람에게 성공은 무척 쉬운 것처럼 보인다. 자신이 가장 좋아하는 일, 자신에게 가장 잘 맞는 일을 선택해서 최선을 다해 최고로 해내면 되기 때문이다. 요컨대 성공한 삶의 노하우는 자신의 장점을 효과적으로 경영하는 것이다.

젖 먹던 힘을 다해 일하고도 성공하지 못했다고 낙담하지 마라. 한 번 실패했다고 해서 모든 일에 실패할 것이라는 뜻으로 받아들여서도 안 된다. 자신에게 맞지 않는 직업을 선택했기 때문에 그런 것이다. 올바른 직업을 선택하려면 먼저 자신의 관심사가 무엇인지 이해해야 한다. 무엇을 좋아하는가? 무엇을 제일 잘하는가? 자신의 선호도, 관심사에 따라 사업목표를 선택한다면 적극성을 충분히 발휘할 수 있다. 제아무리 몸이 힘들고 고통스럽다고 하더라도 마음만은 평온하고 항상 기쁨으로 충만할 것이다. 계속되는 시련에 좌절하지 말고 절대로 포기하거나 실망하지 말라. 그보다는 문제를 해결하고 극복할 방법을 찾는 것이 더욱 현명하고 현실적인 도움으로 이어질 수 있다.

오용의 선택노선도

—

《수호전(水滸傳)》에 등장하는 오용(吳用)은 양산(梁山)에 모습을 드러내기 전에 탁탑천왕(托塔天王) 조개(晁蓋) 밑에서 십수 년 동안 '잠복'했다. 오용은 유당(劉唐), 공손승(公孫勝) 등이 생신강(生辰綱)을 탈취할 노선도를 가지고 가담할 때까지 줄곧 속내를 드러내지 않고 기회를 엿보고 있었다. 마침내 때가 무르익었다고 판단한 오용은 생신강 탈취 계획을 세운 끝에 최초의 군자금 기금을 마련하는 데 성공했다.

정식으로 양산에 가입한 후 조개가 임충(林沖)을 이용해 양산의 지도권을 빼앗았다. 양산의 규모가 점점 확대됨에 따라, 특히 송강(宋江)이 합류한 뒤 조개는 양산의 발전을 거스르는 걸림돌로 전락했다. 그래서 오용은 온갖 기회를 동원해 양웅(楊雄), 석수(石水) 등이 양산에 가입하는 적합한 시기를 골라 입장을 표명하며 송강에게 호의적인 눈길을 보냈다. 결국 송강의 허가하에 오용은 양산을 이끄는 3인자가 될 수 있었다.

큰 성공을 거머쥔 인물들에게서 우리는 한 가지 공통점을 찾을 수 있다. 그들 모두 자신의 장점을 효과적으로 발휘했으며, 이러한 강점을 이용해 자신이 좋아하는 일에 적극적으로 뛰어들었다. 여기서 한발 더 나아가 자신의 관심, 취미, 장점을 최고의 경지까지 끌어올렸다.

하지만 이와는 대조적으로 상당수의 사람은 자신의 관심이 무엇인지, 또 무엇을 가장 잘할 수 있는지 알지 못한다. 그 답을 알기 위해서는 일상생활에서 자신을 발견하고, 이해하는 데 시간과 노력이 수반되어야 한다. 이와 함께 자신은 무엇을 잘하고 못하는지 등의 꼼꼼한 분석까지 더해져야만 자신의 단점을 최소화하고 장점을 최대로 부각시킬 수 있다.

자신에 대해 알고, 이해하는 일은 반드시 필요한 과정이다. '세 사람이 길을 가면, 그중에 반드시 나의 스승이 될 만한 사람이 있다. 그에게서 올바른 점을 골라 따르고, 옳지 못한 것은 고쳐야 한다.' 이러한 공자의 가르침에서 볼 때, 친구를 사귈 때도 현명한 선택이 필요하다는 것을 알 수 있다. 세상을 살아가면서 친구 없는 사람은 없다. 친구가 없다면 외로울 뿐만 아니라 성공할 수도 없다는 점에서, 친구와의 교제 역시 건전한 대인관계를 위한 중요한 기틀이라 하겠다. 그러다 보니 좋은 친구를 사귀면 평생 도움을 받지만, 나쁜 친구를 사귀면 평생 손해를 보게 된다.

좋은 친구란 과연 어떤 모습일까? 먼저 경험이 풍부해야 한다. 이는 곧 다양한 상황과 조건을 접해본 적 있다는 뜻으로, 그런 사람과 같이 지내다 보면 많은 자극을 받고 지혜를 키워나갈 수 있기 때문이다. 둘째, 박학다식해야 한다. 다양한 지식을 갖췄다면 뛰어난 문제분석력을 바탕으로 사물의 본질을 꿰뚫어보고 핵심을 짚어낼 수 있다. 그 결과 중요한 순간에 결정적인 의견이나 해결책을 제시할 수 있다. 셋째, 올바른 품행을 지녀야 한다. 품행이 단정하다는 것은 특히 중요하다. 그런 사람을 친구로 둘 수 있다면 평생 나쁜 길로 빠지지 않을 것이다.

그렇다면 좋은 친구는 어떻게 사귀어야 할까? 다른 사람을 상대할 때 상대의 장점을 발견하고, 이를 제 것으로 삼아야 한다. 상대의 단점을 찾았다면 고쳐줄 줄도 알아야 한다. 그렇기 때문에 상대의 잘못을 지적하려면 자신부터 품행을 단정히 해야 한다. 우리가 친구를 사귈 때, 친구 역시 우리를 사귀고 있다는 점을 명심하라. 자신이 재능이 부족하다면, 남다른 재주를 지닌 사람이 우리를 친구로 사귈 리 만무하다.

현대사회에서 일어나는 복잡한 대인관계에서 '상호이해'라는 말을 흔히 사용한다. 친구를 사귀는 것은 어느 한쪽의 일방적인 노력만으로 가능하지 않다. 서로를 이해하고 용서해줘야 하는 노력과 작업이 수반되어야 한다. 이해란 친구의 인생관, 가치관, 신앙 및 사상, 인식, 말, 행동을 충분히 존중한다는 뜻이다. 상황이 어떠하든, 복잡한 성향을 지닌 인간은 다른 사람이 자신을 이해해주길 바란다. 하지만 다른 사람을 이해할 줄 모르는 사람은 마음에 맞는 친구를 찾기 어렵다. 다른 사람으로부터 이해받지 못하면 고독과 고통이라는 그림자에서 영영 벗어날 수 없다. 왜냐하면 다른 사람을 이해할 줄 모르는 사람에 대한 세상의 의심과 거부감은 쉽게 해결되지 않기 때문이다.

사실 친구의 종류는 무척 다양하다. 마음을 알아주는 벗이 있는가 하면, 그저 그런 친구도 있다. 그리고 그 중간 사이에 있는 친구도 있다. 모든 사람이 눈빛만 봐도 서로의 생각을 알 수 있는 친구를 가진 것은 아니지만, 세상을 살아가는 동안 분명 진심으로 서로를 이해하고 아낄 줄 아는 친구를 만날 수 있을 것이다. 다만 친구와의 사이에 얼마나 많은 공동의 관심사가 있느냐에 따라 진정한 벗과 이름만 친구뿐인 친구로 나뉘게 된다. 함께 머리를 맞대고 나눌 이야기가 많을수록 귀한 벗을 얻을 수 있는 가능성도 높아진다. 친구를 사귀는 데도 많은 노력이 필요하다. 상대가 나에게 관심을 기울일 때까지 마냥 기다릴 것이 아니라 내가 먼저 연락을 취하고 관심을 쏟아야 한다.

친구를 사귈 때 그저 상대를 이용만 하려는 사람을 주변에서 심심치 않게 볼 수 있다. 이런 사람들은 자신은 상대를 이용해도 되지만, 자신이 상대에게 이용당하는 것을 결코 용납하지 않는다. 이러한 관계는 오래 유지되기 어렵다. 결론적으로 말해서 친구를 사귈 때는 신중해야 한다. 특히 이해관계에 있는 친구라면 더욱 조심하고 신중해야 한다. 거리를 적절히 유지하되, 필요할 때는 멀리 두는 편을 선택하는 것이 좋다. 성현이나 대신의 말을 가까이 하고 소인배를 멀리하라는 가르침은 현대사회의 리더라면 가슴에 더욱 깊이 새겨야 할 것이다.

냉정함

위기 상황에서
침착함을 유지하라

為將之道,當先治心.泰山崩於前而色不變,麋鹿興於左而目不瞬,然後可以制利害,可以待敵

장수가 되기 위한 조건 중 으뜸은 마음을 갈고 닦는 것이다. 태산이 눈앞에서 무너져 내려도 낯빛 하나 바뀌어서는 안 된다. 큰 사슴이 눈앞에 뛰어든다고 해도 눈 하나 깜짝해서도 안 된다. 이리 할 수 있다면 시도 때도 없이 변하는 전황에 당황하지 않고 적군을 제압할 수 있다.

《권서(權書) · 심술(心術)》

• • •

냉정함은 특정한 장소 혹은 상황에서 평온하고 침착함을 유지할 수 있는 상태를 가리킨다. 갑작스러운 자극을 받게 되면, 사람들은 초조해 하거나 우울한 모습을 보이기도 하고 극도로 흥분하거나 충동적으로 행동하기도 한다. 고삐 풀린 말처럼 마구잡이로 날뛰는 마음을 가라앉히려면 자신을 단속할 수 있는 능력이 뛰어나야 한다. 굳건한 심지를 지녀야 긍정적인 방향으로 자신을 이끌 수 있고 침착함을 유지하며 신중하게 행동할 수 있다.

냉정함은 일종의 전투력이라 하겠다. 중요한 고비 때 저력을 발휘하는 동시에 사용자에게 힘을 실어준다. 위험이 닥쳐오면 냉정이라는 생명줄에 의지해 목숨을 건질 수도 있다. 그 외에도 냉정함을 발휘해 자신의 경쟁자를 하나하나 제거할 수 있다.

냉정함으로 위기를 모면한 진평
—

초나라와 한나라가 치열하게 경쟁하던 시기, 진평(陳平)은 황하를 건너 한왕 유방에게 몸을 의탁하려 했다. 강가를 찾은 진평은 배 한 척을 불렀다. 배에는 우락부락해 보이는 사내 네다섯 명이 타고 있었는데 그 모습에 진평은 왠지 께름칙한 기분이 들었다. 마음 같아서는 당장 배에서 내리고 싶었지만 머지않은 곳에서 초나라 병사가 쫓아오고 있었다. 설상가상으로 달리 빠져나갈 길이 없었던 탓에 울며 겨자 먹기로 배에 오를 수밖에 없었다. 배가 서서히 강가를 떠나자, 장정 몇 명이 쑥덕거리더니 서로 눈빛을 주고받는 것이 보였다. 영락없이 강도당하겠다는 생각에 진평은 순간적으로 눈앞이 캄캄해졌다. 돈이 되는 것이라고는 아무것도 지니지 못한 자신을 저자들이 가만히 둘 리 없었다. 게다가 칼 한 자루를 차고 있는 자신과 달리, 상대는 건장한 체격을 가진 다섯 사내였다.

어느덧 배가 강 한가운데까지 도달하자, 진평은 속도가 확연할 정도로 느려졌다는 걸 눈치챘다. 당황하지 않고 냉정하게 생각하라며 속으로 타이르기를 수차례, 진평은 아무 일도 없다는 듯 태연자약하게 선창으로 나왔다.

"배 안이 무척 덥구려. 얼마나 더운지 땀이 줄줄 흐를 지경이오."

말이 떨어지기 무섭게 상의를 벗어 뱃머리에 던져둔 뒤, 팔을 뻗어 사내들과 함께 배를 저었다. 예상치 못한 진평의 행동에 크게 당황한 사내들은 어찌할 줄 모르는 눈치였다. 힘껏 노를 저으며 진평은 또 다시 입을 열었다.

"날이 얼마나 더운지 당장 한바탕 소나기라도 쏟아질 것 같구려."

또 다시 웃통을 벗은 진평은 아까 벗어둔 옷 위에 방금 벗은 옷을 던져뒀다. 잠시 뒤에 마지막 남은 얇은 저고리마저 벗은 진평은 웃통을 드러낸 채 사내들과 배를 저었다.

진평에게서 빼앗을 것이 아무것도 없다는 것을 확인한 사내들은 진평을 해치려던 생각을 접었다. 배는 어느덧 맞은편 강가에 도착했다. 배에서 내린 진평은 이렇게 해서 위기를 모면할 수 있었다.

위험에 처한 진평은 냉정함을 잃지 않고 상황을 살핀 끝에 상대를 제압할 방법을 찾아 위기에서 벗어났다. 냉정함은 지혜를 단련하는 덕목이다. 냉정할 때 드러나는 평온함은 안에서 뿜어져 나오는 것이다. 이에 반해 냉정할 줄 모르는 사람은 자기 수련이 부족하다고 할 수 있다. 쉬지 않고 자신을 단련했다면 자신을 단속하고 다스리는 방법을 알고 있으므로 좌절해도 멍하니 손 놓고 있지 않는다. 성과를 올렸다고 해서 거만함에 취해 과거의 노력을 잊거나 함부로 사람이나 세상을 얕잡아보는 경박한 태도도 취하지 않는다.

반대파에 맞선 자산의 냉정함
—

춘추시대 정나라의 국력이 크게 쇠락했다. 당시 상황에서 어떻게든 살아남기 위해 지금 당장 나라의 실력을 키우는 일이 중요했다. 그래서 정나라를 다스리던 자산(子産)은 농업을 진흥시키고 수리시설을 대대적으로 손보는 한편, 국방비와 군량미를 충분히 확보하기 위해서 새로운 세금을 징수했다. 이 소식에 상당수의 조정 대신을 비롯해 온 나라의 백성이 벌떼같이 들고 일어나 절대로 받아들일 수 없다고 주장했다. 심지어 자산을 해치겠다고 협박하는 자들도 있었다. 하지만 자산은 냉정함을 유지한 채 이러한 반응을 무시했다.

"나라의 이익이 중요한 법이니, 필요하다면 개인의 이익을 희생시킬 수도 있다. 한 번 시작했으면 끝장을 봐야 하는 법, 용두사미가 되어서야 쓰겠느냐!"

새롭게 세금을 거두고 나머지 농업 진흥 사업이 대대적으로 실시되면서 정나라의 농업이 빠르게 발전하기 시작했다. 나라 곳간에 가득

쌓여가는 재물을 보며 문무백관은 물론, 일반 백성 역시 입에 침이 마르도록 자산을 칭찬했다. 자산의 지도하에 정나라의 국력은 날로 확대되었다.

냉정함은 우리가 반드시 갖춰야 할 지혜이다. '이치가 올바른 것은 목소리가 크기 때문이 아니다'라는 말처럼 냉정함은 약점이나 나약함이 아니다. 오히려 상황을 객관적으로 파악하며 문제를 분석하는 행위이다. 거친 말을 일삼고 툭하면 얼굴이 벌겋게 달아올라 고함치는 사람은 겉으로 보면 대단한 것 같다. 하지만 사고방식이 단순하고 뒷심이 부족해 한번에 쓰러뜨릴 수 있다. 자신의 손에 제아무리 옳은 명분이 쥐어졌다고 하더라도, 냉정하지 못해 상대에게 우위를 내주기 십상이다.

냉정한 자세는 평소 일상생활에서 꾸준히 단련해서 얻을 수 있는 것이다. 배움을 강조하고 부지런히 도덕적인 수양에 힘을 쏟아야 한다. 그리고 항상 냉정함으로 자신을 단속해야 한다.

전망

눈앞이 아니라
미래를 보라

雍季曰: "竭澤而漁, 豈不獲得? 而明年無魚. 焚藪而田, 豈不獲得? 而明年無獸. 言盡其類. 詐偽之道, 雖今偸可, 後將無復, 不可復行, 非長術也." …… 文公曰: "雍季之言, 百世之利也. 咎犯之言, 一時之務. 務猶事, 焉有以壹時之務先百世之利者乎?"

옹계(雍季)가 조용히 입을 열었다. "물고기를 잡겠다며 연못의 물을 모두 빼버리면 어찌 물고기를 잡지 못하겠습니까? 허나 내년이 되면 잡을 물고기가 없겠지요. 사냥을 하겠다며 초목이 무성한 숲을 태우면 어찌 짐승 한 마리 잡지 못하겠습니까? 허나 내년에는 사냥감을 찾지 못할 겁니다. 사람을 속이는 음모는 지금 당장 쓸 수 있겠지만 다시는 쓰지 못할 겁니다. 이 모든 게 오래 사용할 수 있는 방법이 아닙니다!" …… 진(晉) 문공은 그 말에 고개를 끄덕였다. "옹계의 말이 백세를 이롭게 한다면, 구범(咎犯)의 말은 지금 당장 쓸 수 있을 것이다. 눈 가리고 아웅 하는 말이 백세를 이롭게 할 말보다 어찌 더 중요하겠느냐?"

《여씨춘추(呂氏春秋)·의상(義賞)》

...

눈앞의 이익이 가장 크고, 가장 그럴 듯 해보이지만 일이 끝나고 난 뒤에 우리는 한 가지 뼈아픈 현실을 직면하게 된다. 눈앞의 이익을 좇느라 생긴 부작용을 해결하는 데, 더 많은 노력과 시간을 들여야 한다는 것이다. 그만큼의 노력과 시간을 들여 무언가 다른 일을 했다면, 커다란 이익을 당장 거두지는 못하겠지만 전체적으로는 더 많은 성과를 거두었을 가능성이 월등히 높다. 성공하려면 포기하는 법을 배워야 한다. 눈앞의 이익을 포기해야만 리더의 성공 요건인 장기적인 이익을 손에 넣을 수 있기 때문이다. 눈앞의 이익에 흔들리지 말고 장기적으로, 큰 틀에서 상황을 파악해야 한다.

맹상군을 위해 '의로움'을 산 풍훤

—

제나라 재상의 자리에 오른 맹상군에게는 설읍(薛邑)이라는 봉지가 있었다. 해마다 홍수, 가뭄 같은 자연재해가 끊이지 않고 찾아오자, 세리를 보내도 돈 한 푼 거둬오지 못하는 경우가 허다했다. 이 문제로 골치를 앓고 있는 맹상군에게 누군가가 언변이 뛰어난 풍훤(憑諼)을 추천했다. 세금을 꼭 받아오라는 명령을 받은 풍훤은 떠나기 전에 맹상군에게 한 가지 질문을 던졌다.

"세금을 모두 거둬오면, 무엇을 사다드릴까요?"

"내 집에서 부족한 게 보이거든, 그걸 사오게."

설읍에 도착한 풍훤은 도탄에 빠진 백성의 참담한 모습에 말문이 막혔다. 온갖 방법을 동원해도 세금을 걷지 못할 것이라고 생각한 풍훤은 백성을 한자리에 모아놓고 차용증을 죄다 태워버렸다. 그런 뒤에 맹상군께서 이리 하라고 분부를 내리셨다며 놀란 백성을 진정시켰다. 그러자 백성은 크게 환호하며 맹상군의 인품을 입에 침이 마르도록 칭찬했다.

한편 맹상군은 세금을 받아오라고 보낸 풍훤이 빈 손으로 돌아오자, 몹시 당황했다.

"그래, 토지세는 모두 받아왔는가?"

"전부 받아냈습니다."

"그래? 그럼 그 돈으로 무엇을 사왔는가?"

"소신이 혼자서 따져보니 대인의 집에는 창고마다 금은보화가 넘쳐나고 마구간에는 살찐 말이 가득하더이다. 지금 '의로움'이 부족하기에 대인을 위해서 의로움을 샀습니다."

"응? 의로움을 어찌 산단 말인가?"

"지금 대인께서 거느린 봉지는 그리 많지 않습니다. 설읍이 외진 곳이기는 하나, 대인에게는 가장 큰 봉읍입니다. 허나 지금 대인께서는 그곳의 백성을 전혀 돌보지 않고 계십니다. 땅을 빌려준 세금 외에도 온갖 방법으로 그들을 수탈하고 있지요. 그래서 이번에 대인의 명의로 그곳 백성을 위해 빚을 갚아줬습니다. 차용증은 소신이 전부 태워버렸습니다. 이것이 대인을 위해 소신이 사온 의로움입니다."

그 말을 들은 맹상군은 기분이 무척 상했지만 차마 대놓고 불쾌감을 드러내지 않았다.

그로부터 얼마 뒤 제왕은 간언에 빠져 맹상군을 파면시키고 봉지인 설읍으로 돌아가라는 명을 내렸다. 설읍 백성이 자신을 어떻게 대할지 맹상군은 크게 걱정이 앞섰다. 하지만 그의 우려와 달리, 설읍까지 백 리도 더 남은 길에 한 무리의 사람들이 나타나기 시작했다. 맹상군을 맞이하기 위해 설읍 사람이 남녀노소 할 것 없이 달려온 것이다. 그 모습에 맹상군은 크게 감동했다.

"선생이 날 위해 샀던 의로움이 오늘에서야 빛을 보는구나!"

우리 주변에서도 이와 비슷한 상황을 쉽게 찾아볼 수 있다. 리더 중 상당수는 한동안 열심히 일한 후에 상사가 자신에게 배정한 일 혹은 자리로는 자신의 장점을 발휘할 수 없다는 사실을 서서히 깨닫는다. 당황한 표정으로 문제를 해결할 방법을 고민해 보지만 자신의 자리를 어떻게 마련해야 하는지 알지 못한다. 직장에서 성장하려면 핵심 경쟁력을 보유해야 한다. 핵심 경쟁력을 갖추지 못했거나 경쟁력이 떨어진 상태에서 쉽게 얻은 자리는 쉽게 잃을 수 있다. 그러므로 경쟁이 치열한 직장에서 '한 자리'를 차지하려면 과감하게 행동해야 한다. 눈앞의 이익 혹은 기득권을 포기하고 사회와 경제 발전의 새로운 흐름에 따라 자신의 핵심 경쟁력을 키워야 한다. 이때 생기는 고통은 핵심 경쟁력을 갖추지 못해 직장생활에서 더 이상 성장할 수 없다는 아픔에 비하면 별것도 아니다.

인생에서 선택은 무척 중요하다. 특히 인생의 기로에 서 있거나 딜

레마에 빠져있다면 흐름을 살피며 신중히 선택하는 자세가 무척 중요하게 작용한다. 선택을 배워야 자신에게 맞는 길을 찾을 수 있다. 또한 어려운 상황에 맞닥뜨렸을 때 문제를 해결할 수 있는 최적의 방법을 얻을 수 있다. 삶의 순간순간마다 우리는 항상 무엇을 버리고 무엇을 가져야 할지 고민하게 된다. 멀리 내다보는 관점에서 포기하는 법을 배우고 이해하는 것은 삶의 지혜이자 자신을 한 단계 높일 수 있는 방법이라 하겠다.

어떤 수박을 선택할 것인가?
—

한 청년이 부자를 찾아와 기세 좋게 성공하는 법을 가르쳐 달라고 청했다. 그러자 부자는 크기가 다른 수박 세 조각을 가져와 청년 앞에 놓았다.

"각각의 수박은 저마다 다른 크기의 이익을 대표하네. 자네라면 무엇을 고르겠나?"

"당연히 제일 큰 수박이죠!"

한 치의 망설임도 없이 답하는 청년을 보며 부자는 웃음을 지었다.

"그럼, 좋네. 수박을 먹어볼까?"

부자는 청년에게 가장 큰 조각을 건넨 뒤 자신은 가장 작은 조각을 먹기 시작했다. 눈 깜짝할 사이에 조각 하나를 해치운 부자는 마지막 남은 조각을 가져와 크게 한 입 베어 먹었다.

그제야 청년은 부자의 가르침을 깨달았다. 부자가 먹은 조각은 자신의 것보다 작았지만 먹은 양을 따지면 자신보다 훨씬 더 많았다. 각각의 조각이 이익을 담고 먹은 것이라면 부자는 청년보다 더 많은 이익을 거둔 셈이다.

사람의 성장과정은 자신이 알고 있는 세계에서 미지의 세계를 향해 끊임없이 나아가는 과정이다. 그러다 보니 목표는 가장 현실적인 곳에, 그리고 가장 이상적인 곳에 동시에 세워져 있곤 한다. 반대편에 서 있는 두 목표 중에서 과연 무엇을 선택해야 할까? 어떻게 해야 길을 잃지 않고 목표에 도달할 수 있을까? 장기적인 목표가 이러한 물음에 대한 정답이 될 것이다. 그래야만 눈앞의 작은 이익에 한눈 팔지 않고 자신의 목표를 향해 묵묵히 나아갈 수 있다. 눈앞의 이익에 정신이 팔리거나 개인적인 흥미나 충동적인 기분으로 취사를 결정한다면 현실을 바탕에 둔 정신 자세와 실천 가능한 행동력, 계획적으로 일을 추진하는 경제적 이상과 삶의 목표를 송두리째 잃어버릴 수 있다. 그러므로 자신의 전문적인 장점, 관심사, 선호도, 업무 환경 등을 종합적으로 검토한 뒤 상대적으로 단기적인 업무상의 성공 목표와 장기적인 삶의 목표를 확립해야 한다. 이를 바탕으로 새로운 목표에 도전하고 새로운 기회를 맞이해야 한다.

비움

채우려면
먼저 비워라

斷指以存腕, 利之中取大. 害之中取小也. 害之中取小也, 非取害也, 取利也. 其所取者, 人之所執也. 遇盜人, 而斷指以免身, 利也; 其遇盜人, 害也. 斷指與斷腕, 利於天下相若, 無擇也.

(자신의) 손가락을 끊어 팔을 지킬 수 있다면 이는 이로움 중에서 큰 것을 취한 것이고, 해로움 중에서 작은 것을 선택한 것이다. 해로움 중에서 작은 것을 선택했다고 해서 해로움을 취한 것이 아니라 이로움을 취했다고 해야 한다. (자신이) 취하기로 선택한 것을 다른 사람이 잡으려 하기 때문이다. 만일 강도를 만나 손가락 하나 내 주고 목숨을 건질 수 있다면 이것은 이로움이라 하겠다. 강도를 만난 것은 그 자체만으로 해로움이다. 팔을 지키기 위해 손가락을 내주는 것, 세상을 아름답게 만드는 것도 이와 비슷하다. 선택할 수 없다.

《묵자(墨子)・대취(大取)》

•••

인생에서 우리는 종종 '취사'의 문제에 부딪친다. 그래서 혹자는 똑똑하게 버릴 줄 알아야 한다고 말한다. 잘 버려야 그만큼 다시 잘 담을 수 있기 때문이다. 닥치는 대로 버리고 비운다고 해서 능사는 아니다. 비우기에도 목적을 지녀야 하고, 채우는 것 역시 선택할 줄 알아야 한다. 세상일이라는 것이 얻는 게 있으면 그만큼 잃는 게 있기 때문이다. 순전히 비우기를 위한 비우기는 존재하지 않는다 비움으로써 채우고, 적게 버리고 크게 채운다면 이보다 더 현명한 지혜는 없을 것이다.

세상을 살아가는 동안 우리는 많은 것을 손에 넣으려고 한다. 인간의 본성이 원래 그렇다고 하지만 욕망에 흔들려 '비우기'와 '채우기'에서 갈팡질팡한다면 예상 밖의 상황에 직면할 수도 있다. 좀 더 구체적으로 말해서 더 비우고 덜 채워서 생기는 문제가 아니라 '덜' 비우고 '더' 채우려 해서 생기는 문제를 가리킨다. 그러다 보니 일어나서는 안 될 비극이 연출되기도 한다. 삶에 대한 남다른 지혜를 갖추고 있거나 성공했다고 이야기할 만한 사람은 '취사'에 능하다. '취사'라는 짧은 단어는 삶의 오묘한 진리와 올바른 이치를 품고 있다. 자신만의 잣대로 취사를 결정할 수 있는 능력을 갖춘다면 머지않아 성공의 열쇠도 손에 넣게 될 것이다.

적을 물리친 왕단의 묘책

—

송나라 진종(眞宗) 당시 거란족은 북송 정부와 맹약을 맺으며, 그 대가로 '세뱃돈'이라는 명목하에 매년 송나라로부터 돈과 진귀한 물품을 받았다. 그러던 중 거란 황제가 조정에서 자신들에게 보내는 돈과 물품 외에 좀 더 넉넉하게 '용돈'을 챙겨달라는 서한을 보냈다. 그렇지 않을 경우, 전쟁을 준비하는 편이 좋을 것이라는 경고와 함께! 서한을 받아본 진종은 기분이 무척 상해 그들의 요구를 들어주지 않겠노라 생각을 굳혔다. 그런 뒤에 재상인 왕단(王旦)을 불러 대책을 논의했다. 진종의 뜻을 들은 왕단이 조용히 입을 열었다.

"거란이 호시탐탐 기회를 노리며 우리 정부에 맞서려 합니다. 그들과 대립한다면 송나라는 분명 위험에 처하게 될 겁니다."

진종 역시 거란과의 전쟁을 원치 않았지만, 지금으로서는 어떻게 해야 할지 몰라 답답하다는 심정이 더 컸다. 그 모습에 왕단이 다시 입을 열었다.

"출발할 날이 머지않았으니 우선 황상께서는 태산(泰山)으로 가셔서 천지에 제사를 올릴 채비를 하십시오. 이러한 상황에서 거란족이 돈을 더 달라고 매달리는 것은 그저 조정의 의도를 파악하기 위함일 뿐입니다. 그들의 조건을 들어주지 않는다면 놈들은 그것을 빌미 삼아 우리를 공격할 겁니다."

"맞는 말이오. 허나 그들에게 그리도 많은 은냥을 내주어야 하다니 너무 아깝구려."

"소신의 뜻은 매년 그들에게 내주는 30만 관에다 6만 관을 더 주자는 겁니다. 우선 돈을 빌려줄 테니 내년 세뱃돈에서 제한다고 말하면 될 겁니다."

진종은 왕단의 건의대로 거란에게 6만 관을 더 얹어서 보냈다. 훗날 왕단이 관련 부서에 진종의 뜻을 전했다.

"거란이 이전에 빌려간 6만 관은 송나라에게는 별 것도 아닌 돈이다. 그러니 세뱃돈에서 뺄 것도 없다. 내년에는 매년 그들에게 주던 대로 내어주면 된다. 이번이 마지막이다."

평소보다 6만 관을 더 받은 거란이었지만 송나라 조정의 의견을 들은 뒤 크게 부끄러워했다. 그 뒤로 돈을 더 달라는 이야기를 다시는 꺼내지도 않았고 이것을 빌미로 경성을 공격하지도 않았다.

거란에게 돈 6만 관을 더 주라며 진종을 설득한 왕단의 행동은 '실(失)'이라 할 수 있다. 하지만 이 덕분에 북송정부는 거란의 요구를 '만족'시켜줌으로써 경성의 안전을 확보했다는 점에서 '득(得)'이라고 할 수 있다. 잃는 것이 있다면 그만큼 얻는 것이 있다는 왕단의 지혜가 빛을 발하는 순간이었다.

현대사회는 다양한 개성과 매력을 지닌 사회적 요소로 결합되어 있다. 돈-명예, 일-사랑, 건강-개인적 성장 등처럼 정반대되는 지향점을 가진 이들 앞에서 우리는 과연 무엇을 선택하고 포기해야 할 것인가? 많은 사람이 마음의 결단을 내리지 못한 채 '위험한 줄타기'를 하고 있다. 절반을 얻으려면 나머지 절반을 버려야 한다. 열심히 계산기만 두드려대며 안달해 봤자 결국에는 아무것도 얻지 못하고 빈털터리로 전락할 뿐이다.

취사의 지혜를 알지 못하는 사람은 그로 인한 고통에 시달리지만,

무엇을 버리고 무엇을 취할지 명확한 기준을 가진 사람은 좀 더 넓은 시야와 유연한 사고를 지닐 수 있다. 이를테면 하나의 장면에서 전혀 다른 각도로 장면을 감상하거나 문제를 찾아낼 수 있는 것과 같다.

복잡한 이해관계, 욕망으로 물든 사회에서 포기할 줄 아는 사람은 낙관적인 자세, 관대한 마음으로 자신이 얻지 못하는 것을 좀 더 여유 있게 바라볼 수 있다. 그들에게 삶은 즐거움과 희열의 연속이다. 이와는 대조적으로 포기할 줄 모르는 사람은 열심히 계산만 하고 발만 동동 구른 채 가슴앓이를 할 뿐이다. 그러다가 끝내 목표를 이루지 못하고 잃어버린 것에 대한 미련으로 매일 고통스럽게 지낼 것이다.

포기하는 순간은 고통스럽다. 게다가 자신의 의지가 아닌 상황으로 인해 어쩔 수 없이 선택해야 할 수도 있다. 하지만 시간이 지난 뒤 지난 일을 떠올리며 당시 자신의 선택이 현명했다는 것에 자랑스러워할지도 모른다. 사회는 물론, 자신에게도 부끄럽지 않다고 여길 것이다.

누구든지 일방적으로 잃거나 혹은 얻지 않는다. 얻는 것이 있으면 잃는 것이 있고, 잃는 것이 있으면 얻는 것이 있는 법이다. 이는 영원 불변한 진리라 하겠다. 작게는 일상생활에서부터 크게는 국가 통치에 이르기까지, 이러한 진리는 이미 입증되었다. 한발 물러나면 넓은 세상이 보이고, 삼깐의 바람을 견디면 잔잔한 파도를 만날 수 있다는 말 역시 비우기와 채우기의 중요성을 보여준다. '더 큰 것을 잡으려면 작은 것을 놓아줘라', '방어가 곧 최상의 공격이다'라는 병법의 가르침 역시 얻으려면 먼저 잃어야 한다는 교훈을 들려준다.

결단

갈림길에 섰을 때
용기를 내라

世民猶未決…… 世民命卜之,幕僚張公謹自外來, 取龜投地,曰: "卜以決疑. 今事在不疑,
尚何蔔乎! 卜而不吉, 庸得已乎!" 於是定計.

(현무문(玄武門) 정변을 일으키기 전) 이세민은 왕위를 찬탈해야 하는지를 두고 마음을 정하지 못했다. …… 행동을 취해야 할지 말지를 결정하기 위해 이세민은 거북껍질로 점을 쳐보기로 했다. 마침 진왕부(秦王府)의 막료 장공근(張公謹)이 밖에서 들어와 거북껍질을 낚아채 땅바닥에 집어던졌다. "점이라는 것은 의심스러운 일을 결정할 때나 쓰는 것입니다. 지금은 하나도 의심스러운 것이 없는데 무슨 점을 친단 말입니까! 점괘가 나쁘게 나오면 행동을 취하지 않겠다는 뜻입니까?" 그래서 현무문 정변을 일으키기로 결정했다.

《자치통감 · 당기(唐紀)》

•••

놀라운 지식과 능력을 갖췄어도 눈앞에 기회가 왔을 때 머뭇거리고 한발 물러선다면 결국 모두의 기대에 한참 못 미치는 결과를 얻고 만다. '세상에서 불쌍한 사람은 성공하지 못한 사람이 아니라 우유부단하고 망설이라는 사람'이라는 말이 있다. 이러한 성격적인 약점은 자신감은 물론, 판단력마저 무너뜨릴 수 있다. 성격은 운명을 결정한다. 우유부단한 성격은 아무런 수확도 거두지 못하게 만들고 큰일을 그르치게 한다. 망설이는 사이에 자신의 눈앞에 굴러온 기회를 다른 누군가 채가는 바람에 목표 달성에 실패하기 때문이다.

무슨 일이든 기회가 왔을 때 망설이지 말고 붙잡아야 한다. 물에 물 탄 듯 술에 술 탄 듯 어물쩍거리지 말고 무엇을 취하고 무엇을 버릴지 마음을 정해야 한다. 모든 조건이 갖춰질 때까지 기다리다가는 굴러들어온 복을 제 발로 차버리고 말게 된다.

망설이다 화를 당한 춘신군
—

전국시대 초나라의 춘신군(春申君) 황헐(黃歇)은 맹상군, 신릉군, 평원군(平原君)과 함께 당시 '사공자(四公子)' 중 한 명으로 불렸다. 오랫동안 초나라의 영윤(令尹, 즉 재상)으로 일한 춘신군은 경양왕(頃襄王), 고열왕(考烈王)을 보필하며 천하에서 명성을 떨쳤다. 고열왕에게 아들이 없었던 터라, 조(趙)나라 사람 이원(李園)은 제 여동생을 고열왕에게 시집보내려

했다. 하지만 목적을 이루는 데 실패하자, 여동생을 춘신군에게 바쳤다. 이 일은 무척 은밀하게 진행된 터라 아는 사람이 그리 많지 않았다.

얼마 지나지 않아 이원의 여동생이 임신하자, 이원 형제와 춘신군은 세상의 눈을 피해 여동생을 고열왕에게 바쳤다. 훗날 사내아이가 태어나자, 조정에서는 태자로 봉했다. 한편 이원은 자신의 행동이 세상에 알려질까 전전긍긍한 나머지 춘신군을 사지로 몰아넣기로 결심했다. 춘신군의 막료인 주영(朱英)은 춘신군에게 이원을 멀리 하라고 여러 번 경고했지만 춘신군은 매번 귓등으로 흘러들었다. 고열왕이 승하하자, 이원은 사람을 시켜 춘신군을 끝내 암살했다. 춘신군에 대한 사마천의 평가는 다음과 같다.

"끊어야 할 때 끊지 못하다가 결국 화를 입고 말았다."

경쟁이 치열한 현대사회에서 여전히 많은 사람이 마음의 갈피를 잡지 못하고 방황하고 있다. 문제에 맞닥뜨리면 망설이고 망설이다 또 망설인다. 이리 생각해 보고 저리 생각해 보고, 그것만으로 성에 안 찼는지 또 생각해 본다. 시간은 사람을 기다려주지 않는다. 시기를 놓쳐 땅을 치고 후회하는 어리석은 짓을 더 이상 저지르지 마라.

단칼에 사신을 죽인 시가굉

—

시가굉(柴可宏)은 오대십국시대에 속하는 남당(南唐)의 대신이다. 당시 남당은 오월(吳越) 등과 종종 전쟁을 벌이곤 했다. 어느 날, 오월이 남당의 전략요지인 상주(常州)를 치러 군대를 보냈다. 상주를 내주면 나라를 내줘야 한다는 말이 있을 정도로, 남당에게 상주는 필사의 각오로 지켜야 할 곳이었다. 그래서 남당의 후주인 이욱(李煜)은 상주를 구하라며 시가꾕을 급파했다. 남다른 재주를 지닌 시가꾕은 평소 많은 사람으로부터 시기와 질투를 받았는데, 특히 이정고(李征古)는 시가꾕을 눈엣가시처럼 여겼다. 추밀사인 이정고는 병권을 장악하고 있었다. 마침 상주를 구하기 위해 강력한 병사가 필요했던 시가꾕에게 이정고는 젖비린내 나는 어린 병사나 기력이 빠진 노병만 넘겼다. 자신이 죽기를 바라는 이정고의 뜻을 알아차린 시가꾕은 아무런 대응도 하지 않고 군대를 이끌고 상주로 향했다.

목적지를 향해 시가꾕 일행이 절반 정도 왔을 무렵, 이정고는 시가꾕을 제거할 수 있는 기회를 제 스스로 버렸다며 크게 후회했다. 이번 기회에 다른 사람을 이용해 그의 병권을 박탈하기로 마음먹은 이정고는 시가꾕에게 돌아오라며 사신을 보냈다. 시가꾕 일행을 따라잡은 사신이 이정고의 명령을 선포했다. 순순히 병권을 내놓을 것이라는 당초의 예상과 달리, 시가꾕은 크게 반발했다.

"내 이미 적군을 소탕할 작전을 다 세워놓았네. 놈들을 없앨 때가 오기만 기다리고 있는데 나더러 지금 돌아오라고? 네 놈은 분명 가짜 추밀사 사신이 분명하다! 내게 감히 거짓 명령을 전하다니!"

"추밀사의 명령을 네가 감히 어기겠다는 것이냐!"

"여봐라, 저 가짜 사신을 끌어내 당장 목을 쳐라!"

상황이 이상한 방향으로 돌아간다고 판단한 사신이 황급히 변명을 늘어놓기 시작했다.

"소신은 진짜 추밀사가 보낸 사신입니다. 그 증거로 영전(令箭)을 보여드리겠습니다."

"진짜라고 해도 거짓이다. 추밀사 대인이 직접 이 자리에 온다고 해도 단칼에 베어버릴 테다."

말이 떨어지기 무섭게 시가꿩은 사신을 참수시키라고 명했다. 그 뒤 군대를 이끌고 오월 군대를 기습한 시가꿩은 단숨에 대승을 거뒀다. 이정고가 다른 반응을 보일 때까지 기다리지 않고 과감하게 사신의 목을 벤 덕분에 시가꿩은 오월과의 전투에서 기선 제압에 성공했다.

우리의 삶 역시 이와 다르지 않다. 선택의 기로에 섰을 때 용기를 내서 잘못된 것을 과감히 버리고, 옳은 것을 망설임 없이 골라야 한다. 그래야 성공에 한발 더 다가갈 수 있고, 쉼 없는 노력을 통해 자신이 결국 승리의 주인공이 될 것이라 확신할 수 있다.

일처리 역시 마찬가지이다. 모든 것을 다 가질 수는 없는 법이다. 둘 중 하나를 골라야 한다면 재빨리 결단을 내려라. 얼렁뚱땅 미루다가 시기를 놓쳐 불필요한 손해를 입는 어리석음을 저지르지 마라. 우리 앞에 펼쳐질 수많은 길 곳곳에는 선택의 기로가 놓여있다. 매번 그 기로에 설 때마다 어느 쪽으로 가야 하는지 선택해야 한다. 무엇을 버리고 무엇을 얻을지 꼼꼼하게 따져 보라. 중요한 이유가 아니라면 과감히 버리고, 자신의 삶과 일에 도움이 될 만한 요소를 골라라. 그렇게 하나하나 신중히 검토하고 선택하다 보면 성공이라는 정상에 점점 다가가는 자신을 발견할 수 있을 것이다.

볼테르는 사람을 힘들게 하는 것은 멀리 있는 높은 산이 아니라, 신발에 들어있는 모래 알갱이라고 말했다. 인생이라는 기나긴 길에서 우리는 언제든지 신발에 들어있는 모래를 버릴 줄 알아야 한다. 우리를 유혹하는 것을 과감히 버릴 수 있어야만 먼 곳에 있는 높은 산에 올라 인생 성공이라는 목표를 쟁취할 수 있다.

될 수 있는 대로 많은 가르침을 들어야 한다.
그러나 그것을 입에서 낼 때에는 참으로 납득한 것만으로 하고
조금이라도 의심스러운 것은 입 밖으로 내는 것을 삼가야 한다.
그렇게 함으로써 비난을 적게 받게 되는 것이다.

논어

6장

윗사람과
잘 지낼 수 있는
지혜

거리

적당한 '안전거리'를
유지하라

太史公曰: "蘇建語餘曰: '吾嘗責大將軍至尊重, 而天下之賢大夫毋稱焉, 原將軍觀古名
將所招選擇賢者, 勉之哉. 大將軍謝曰: "自魏其, 武安之厚賓客, 天子常切齒. 彼親附士
大夫, 招賢絀不肖者, 人主之柄也. 人臣奉法遵職而已, 何與招士!'"驃騎亦放此意, 其為
將如此.

태사공(太史公, 사마천)께서 대장군 위청(衛靑)에 대해 소건(蘇建) 장군으로부터
들은 일화는 이러하다. "나는 대장군께서 지나치게 존귀하다고 책망한 적이
있네. 그러나 전국의 현사와 명망 있는 인물들은 대장군을 칭송하기는커녕
인재를 모으는 일에 더욱 매진해야 한다고 지적했었지. 뛰어난 재주를 가진
인재들을 휘하에 두려 했던 고대 명장의 용인술을 배워야 한다고 하더군. 허
나 대장군께서는 주변의 이러한 뜻을 모두 물리치며 이리 말씀하시더군.
"위나라 기후(其侯, 두영(竇嬰))와 무안후(武安侯, 전분(田蚡))가 빈객을 후하게 대
접하자 천자께서 이를 무척 못마땅하게 여기셨네. 사대부와 평소 친하게 지
내고 그들을 위로해 주는 일을 비롯해 인재를 모으고 못난 자를 파면시키는

것은 국군의 권한이 아니던가? 대신이라면 법도를 지키고 주어진 일만 잘하면 되거늘, 어찌하여 인재를 모으는 일에 함부로 나선단 말인가?" 표기장군(驃騎將軍, 곽거병(霍去病))께서도 이런 생각을 좇으셨네.

《사기 · 위장군표기열전(衛將軍驃騎列傳)》

•••

차가운 북풍 한파가 기승을 부리는 겨울날, 기력이 빠진 고슴도치두 마리가 몸을 잔뜩 웅크린 채 오들오들 떨고 있었다. 온기를 나누고자 자신도 모르는 사이 서로에게 다가가던 순간, 고슴도치는 상대의몸에 난 가시에 '푸욱'하고 찔리고 말았다. 자세를 제아무리 바꿔 봐도 아무런 효과도 없었다. 결국 고슴도치들은 멀찌감치 떨어진 채 추위를 피하려고 몸을 웅크렸지만 저절로 몸이 떨릴 만큼 추운 날씨 탓에 슬금슬금 상대의 곁에 다가오곤 했다. 불편한 상황을 몇 차례 치른끝에, 고슴도치들은 추위를 피할 수 있으면서 동시에 서로의 가시에찔리지 않아도 되는 적당한 거리를 찾는 데 성공했다. 이를 '고슴도치원칙'이라고 한다. 복잡한 세상에서 우리가 다른 사회구성원과 조화를 이루며 평화를 맛볼 수 있는 키워드는 바로 '적당한 거리감'이 아닐까? 상대와의 거리가 가까울수록, 혹은 깊은 관계를 유지한다고 해서 사회생활이 올바르다거나 대인관계가 원만하게 유지되고 있다고성급하게 결론지을 수 없다. 특히 직장에서 상사를 상대할 때는 가시돋친 고슴도치처럼 서로 적당한 거리를 유지할 수 있는 지혜를 발휘해야 한다.

상사와 지나치게 가까운 거리를 유지했다가 상사가 바뀌게 될 경우 예상하지도 못한 난처한 상황에 휘말릴 수 있다. 쉽게 말해서 자신도 모르는 사이에 새로운 상사로부터 '낙인' 찍힌 채, 변명 한마디 해 보지 못하고 '연좌'되어 무대 밖으로 끌려가고 만다. 반면 상사와 멀지도, 그렇다고 가깝지도 않은 거리를 유지하면 상사가 바뀌었을 때의 난감한 상황을 피할 수 있다. 하지만 상사와 적당한 거리를 유지하는 데 무엇보다 가장 중요한 전제조건은 상사와 평소 원만한 관계를 유지하고 있어야 한다는 점이다.

적당한 거리는 모든 사회생활의 기본이다. 하지만 이보다 더 중요한 것은 상대에게 관심을 갖고 항상 대비하는 자세를 지니는 것이다. 상대에 상관없이, 같은 자리에서 상대를 똑같이 대해야 한다. 자신이 모시게 될 상사나 혹은 자신이 다루게 될 부하직원에 대해서도 마찬가지이다. 요컨대 균형의 미가 성공으로 가는 지름길이라 하겠다.

별도의 보상을 거절한 부필
—

송나라의 명신인 부필(富弼)은 영종 재위 시절 추밀사로 일했다. 보좌에 막 오른 영종이 선제가 남긴 물건을 전부 꺼내 조정 대신에게 나눠주었다. 선물을 받은 대신들이 감사의 뜻으로 머리를 숙이며 절을 올리자, 영종은 부필만 남고 모두 물러가라고 했다.

대신들이 모두 자리를 떠나는 것을 확인한 영종이 부필 앞에 다른 선물을 꺼내놓으며 별도로 내리는 상이라고 말했다. 그 이야기에 부필이 급히 무릎을 꿇으며 받을 수 없다는 뜻을 밝혔다. 자신의 권유를 여러 번 거절하는 부필의 모습에 영종은 끝내 불쾌한 표정을 감출 수 없었다.

"대단치도 않은 물건이니 더 이상 사양하지 마시구려."

담담한 어조로 이야기를 꺼내는 영종을 향해 부필은 간곡한 목소리로 대답했다.

"별 볼 일 없는 물건이라고 하시나, 황상께서 별도로 내리시는 상이니 결코 받을 수 없습니다. 소신이 지금 이걸 받게 되면 훗날 황상께서 별도로 일을 부탁하셨을 때, 무슨 자격으로 진언을 고할 수 있겠습니까?"

그 말에 영종은 부필의 됨됨이를 크게 칭찬하며 더 이상 상을 권하지 않았다.

부필은 한 시대를 대표하는 명신이자, 동시에 위대한 지혜를 지닌 현자라 하겠다. 사실 영종이 부필에게만 별도로 상으로 내리려던 것은, 그에게 은혜를 베풀어 긴밀한 관계를 맺기 위함이었다. 그런 점에서 부필이 상을 거절했던 것은, 황제의 황은이 아니라 관계가 지나치게 가까워지는 것을 경계한 것이었다. 그래야 황제가 잘못을 저질렀을 때 당당하게 잘못을 지적하고 충고를 건넬 수 있기 때문이다. 상사와 적당한 관계를 유지할 줄 아는 지혜는 그 어느 때보다 복잡한 사회를 살아가는 우리가 반드시 배워야 할 교훈이라 하겠다.

상사와 지나치게 친밀할 경우 잠재적인 위기상황에 처할 수 있다면, 다시 말해서 상사와의 거리가 멀수록 좋다는 뜻일까? 불편한 상황이 생기면 가능한 한 멀찌감치 피해가고 도망치는 것이 현명한 선택일까? 정답은 'No'다!

정서적인 유대감을 형성하지 못한 채 관계가 소원해질 경우, 상사가 당신을 발견하고 이해할 기회 자체가 사라질 수 있다. 그렇게 되면 실력을 갖추고도 윗선에 발탁될 가능성이 낮아질 수밖에 없다. 그밖에도 동료와 갈등을 겪을 때 상사의 이해와 공감을 사기 어렵다. 너무 가깝게 지내서도, 그렇다고 너무 멀어도 안 되는 상사와의 관계를 어떻게 풀어나가야 할까? 그 답은 바로 중용의 미덕이라 하겠다. 다른 사람의 시기와 오해를 피할 수 있는 적당한 거리, 동시에 다른 사람이 함부로 공격할 수 없는 '안전거리'를 유지해야 한다.

상사와 독대하는 시간이 지나치게 길어도 안 된다. 함께 있는 시간이 길수록 주변으로부터 쓸데없는 의심과 추측을 불러일으키기 쉽다. 상사와 스스럼없이 어울리거나 지나치게 친한 행동을 자제하라. 수상한 사이가 아니냐는 주변의 억측을 낳을 수도 있다. 상사와 농담을 주고받는 횟수를 줄여라. 적당한 시간과 장소에서 상사와 적당한 수준의 농담을 주고받는 것은 괜찮다. 하지만 지나치게 자주 상사와 농담을 즐길 경우, 두 사람의 관계를 의심케 하는 불쾌한 상황을 만들 수 있다. 그뿐만 아니라 적절치 못한 농담으로 얼굴을 붉히는 상황이 벌어질 수도 있다. 상사의 삶에 끼어드는 상황 자체를 피하는 것도 좋다. 개인적인 사생활을 처리하는 데 걸핏하면 부하 직원을 동원하는 상사도 더러 있다. 적당한 핑계가 없다면 가끔 도와줘도 무방하지만 이것이 습관이 되면 곤란해질 수 있음을 명심하라.

낮은 자세

적절하게
자신을 낮춰라

甘羅曰: "君侯何不快之甚也?" 文信侯曰: "吾令剛成君蔡澤事燕三年, 燕太子丹已入質矣, 吾自請張卿相燕而不肯行." 甘羅曰: "臣請行之." 文信侯叱曰: "去! 我身自請之而不肯, 女焉能行之?" 甘羅曰: "大項橐生七歲爲孔子師. 今臣生十二歲於茲矣, 君其試臣, 何遽叱乎?"

기분이 좋지 않아 보인다는 감라(甘羅)의 말에 문신후(文信侯, 여불위(呂不韋))가 입을 열었다. "강성군(剛成君) 채택(蔡澤)을 연(燕)나라로 보낸 지 3년이 되었다. 진(秦)나라에서 연나라 태자 단(丹)을 인질로 삼고 있기에 장경(張卿)더러 연나라에서 상국의 자리에 오르라고 권했지. 허나 장경이 내 요청을 계속 거절하고 있구나." "제가 가서 설득해 봐도 되겠습니까?" "허튼소리 말거라! 이 몸이 직접 청해도 거절했는데 너라고 별수 있을 것 같으냐!" "항탁(項橐)은 일곱 살 어린 나이에 공자의 제자가 되었습니다. 열두 살인 저라고 못할 것이 어디 있겠습니까? 어찌 써 보지도 않고 대뜸 역정부터 내신단 말입니까?" 그 말에 문신후가 고개를 끄덕였다.

《사기 · 저리자감무열전(樗里子甘茂列傳)》

190

•••

'몸을 낮춘다(謙卑)'는 말은 한나라 동중서(董仲舒)의《춘추번로(春秋繁露)·통국신(通國身)》에 등장한다.

"자신을 낮출 수 있는 사람은 인자하고 현명하기에 무슨 일이든 이룰 수 있다. 그러므로 자신을 다스릴 수 있는 사람은 욕심부리지 않고 최선을 다하니 지극히 옳은 경지에 이를 수 있다. 마찬가지로 나라를 다스리는 사람 역시 스스로 몸을 낮춰야 지극히 현명한 수준에 도달할 수 있다."

글에서 알 수 있는 예로부터 자신을 낮추는 마음가짐은 군자, 나아가 성공한 사람이 갖춰야 할 도덕적 소양 중 하나였다. 실생활에서도 이러한 사실은 이미 입증되었는데, 특히 겸손함은 전통사회에서 높이 평가하는 미덕 중 하나로 평가받고 있다. 자신의 힘을 함부로 드러내지 않고 평소 열심히 단련하는 마음가짐에 대한 우리 사회의 긍정적인 평가는 시간과 장소에 상관없이 이어져 내려오고 있다.

겸손한 사람은 평소 자신의 실력을 드러내지 않고 묵묵히 수련하다가, 절호의 순간에 실력을 드러내며 그 가치를 인정받는다. 그들 중 대부분은 상당한 인격적 소양은 물론, 뛰어난 교양과 지식, 능력마저 갖추고 있다. 이를 바탕으로 누가 봐도 성공적인 삶을 누리며 사업에서도 승승장구한다. 하지만 뭐든지 지나치면 모자람만 못한 법이다. 지나치게 겸손할 경우, 자칫 자기비하로 이어질 수 있기 때문이다. 겸손함과 자기비하는 엄연히 다르다. 겸손함이 자신의 재능을 함부로 과시하지 않고 한 걸음 뒤로 슬며시 물러나 있는 것이라면, 후자는 자신의 실력을 깎아내리는 것이다. 자신에 대한 정확한 인식 혹은 판단이 부족할 경우 과감한 일처리나 자신의 가치관을 고수할 수 없다. 무슨 일이든 자신감 있게 처리하지 못하고 자신의 목소리를 내지 못하기 때문에 한 번의 좌절만으로도 크게 풀이 죽어 당장에라도 세상이 망할 것처럼 행동한다.

겸손함과 자기비하는 '종이 한 장 차이'에 불과하다. 지나친 겸손함이 자기비하로 쉽게 이어질 수 있기 때문에 자기비하를 항상 경계하는 자세를 취해야 한다. 현대사회에서 자기비하에 빠진 사람에게는 발전의 기회는 물론 성공할 기회도 주어지지 않기 때문이다.

그렇다면 자기비하란 무엇인가? 자신을 부정적으로 평가하거나 자아의식이 부족한 것을 가리킨다. 열등감에 휩싸이게 되면 자신의 이미지나 능력, 성격 등을 부정적으로 바라보게 된다. 또한 자신의 부족한 점을 다른 사람의 장점과 비교하며 자신을 남보다 못한 존재라고 여기기 쉽다. 그러나 보니 사람들 앞에서 점점 자신감을 잃고 별것 아닌 작은 일에도 쉽게 좌절하고 포기하게 된다. 지금보다 더 나은 상황을 기대하기 어렵기 때문에 앞으로 더 나아가지 못하고 점점 뒤로 밀려나는 것이다.

내성적인 성향의 사람은 쉽게 자기비하에 빠질 수 있다는 심리학적 이론이 있다. 내성적인 사람은 다른 사람으로부터 자신에 대한 긍정적 평가 혹은 높은 평가를 받는 걸 꺼린다. 대신 다른 사람과 비교하는 과정에서 자신의 단점을 다른 사람의 장점과 비교하는 걸 선호하기 때문에 점점 자신감을 잃고 자괴감에 빠지기 쉽다.

사람의 성공 여부는 성격과 깊은 관련이 있다. 사회는 일종의 거대한 인생교실이다. 수많은 좌절과 시련을 겪으며 우리는 다양한 모습으로 변한다. 그 결과, 이전의 내가 아닌 새로운 나로 살아가게 된다. 똑같은 사람이건만 수십 년 동안 힘들게 살아오면서 전혀 다른 사람이라고 생각될 만큼 우리는 변해간다.

오스트리아 출신의 심리학자 아들러(Alfred Adler)는 《의미 있는 삶(What Life Could Mean to You)》이라는 책에서 이렇게 이야기했다.

"자기비하라는 단어를 듣는 순간, 많은 사람이 부정적인 인상을 떠올린다. 하지만 모든 사람은 성장과정에서 이러저러한 다양한 원인으로, 정도의 차이는 있지만 저마다 열등감을 지니고 있다. 거의 모든 사람에게서 이러한 성향을 찾아볼 수 있다. 그러므로 자기비하와 그것을 초월하는 정신은 '사람을 읽을 수 있는' 관점을 제시해 준다고 하겠다."

진 목공을 설득한 음이생

—

BC 645년 진(晉)나라는 진(秦)나라와의 전쟁에서 패한 것도 모자라, 국군인 혜공(惠公)을 포로로 내주고 말았다. 진 목공(穆公)은 진나라와 평화로운 관계를 구축하기로 결심했지만 혜공을 석방해 고국으로 돌려보내는 문제에 대해서는 줄곧 마음을 정하지 못했다. 그러자 진(晉)나라에서 음이생(陰飴甥)을 사신으로 보냈다.

진나라의 내정에 별다른 문제가 없느냐는 목공의 물음에 음이생이 잔뜩 어두운 얼굴을 한 채 입을 열었다.

　"나라 안 사정은 말하기 어려울 정도로 혼란할 따름입니다. 국군을 잃어 부끄럽다며 일부 소인배가 태자를 세워 국군으로 삼아야 한다고 주장하고 있습니다. 군자들이 국군을 아끼는 마음이 대단하지만 우리의 잘못을 알고 있기에 그저 진나라의 은덕에 감사드릴 따름입니다."

　"국군이 돌아오기를 모두 바라고 있다는 것인가?"

　"저희가 진나라에 함부로 굴고 못된 심보를 품었기 때문에 진나라에서 결코 국군을 돌려보내지 않을 것이라고 생각하는 소인배 무리가 적지 않습니다. 허나 관용의 미덕을 아는 군자들은 국군이 반드시 돌아오실 것이라고 믿고 계시지요. 진나라가 줄곧 은혜를 베풀고 덕을 쌓았기 때문에 저희들의 잘못을 용서해 주실 거라고 생각하고 있답니다."

　진나라의 대표로 나선 음이생은 비굴하지도, 그렇다고 '뻣뻣한' 자세도 취하지 않았다. 겉으로는 자국 내에서 일어나는 군자와 소인배 사이의 논쟁에 대해 언급하면서도 귀에 거슬리지 않게 혜공을 돌려달라는 진나라의 뜻을 전했다. 또한 상대의 경계심을 낮추기 위해 몸을 낮추면서도 결코 자신을 비참한 수준까지 끌고 내려가지 않음으로써, 목공이 혜공을 풀어주기로 결심하는 데 일조했다.

　현대사회가 발전하려면 자기비하에 시달리는 사람이나 열등감에 사로잡힌 사람이 아니라, 적절하게 자신을 낮출 수 있는 사람이 필요하다. 특히 치열한 경쟁이 펼쳐지고 있는 직장이라는 무대에서 자신을 적시에 '팔아야' 할 줄도 알아야 한다. 그래야 복잡한 사회에서 자신이 설 자리를 찾고 삶의 가치를 실현할 수도 있다. 어쩌면 당신은 가장 우수하거나 혹은 가장 뛰어난 인물이 아닐 수도 있다. 하지만 가장 나쁘거나 가장 뒤떨어지지만 않으면 된다. 그러니 어떤 순간에도 자신감을 잃지 마라. 자신을 항상 단속해 바른 자세를 유지하되, 비굴하지도 혹은 오만하게 굴어서도 안 된다.

이와 함께 자신의 약점을 보완하는 데 능숙해야 한다. 그러기 위해서는 무엇보다도 자신의 부족한 점을 정확하게 알고 있어야 한다. 모든 일에 뛰어난 사람은 없다. 한 분야에서 능력의 한계를 드러낸다고 해도 다른 분야에서 자신의 장점을 충분히 발휘하기만 하면 된다. 긍정적으로 사고하고 부단한 노력을 통해 자신의 약점을 장점으로 승화시킬 수 있다면 지금의 약점에 발목 잡힐 일은 없을 것이다. 오히려 이를 발판 삼아 더 빨리 성공을 차지할 수도 있다.

그러니 자신감과 자기비하 사이에서 적절한 균형을 찾아라. 일상생활에서 겸손하되 지나치게 몸을 낮추지 말고, 겸손해서는 안 될 때 과감히 자신의 능력을 뽐내라. 자신을 적극적으로 팔 줄 알고, 거침없이 자신을 자랑하는 법을 배워라.

이를 위한 몇 가지 충고를 건네 보자면 우선 시기, 상황에 따라 겸손해야 한다. 이를테면 회사 내부에서 인재를 초빙하거나 업무 관련 보고를 할 경우, 몸을 사려서는 안 된다. 이러한 상황에서 겸손해 봤자,

승진 기회를 놓칠 뿐이다. 둘째, 기회가 왔을 때는 절대로 놓치지 마라. 중요한 기회가 왔다면 빠르게 공략하고 과감하게 기회를 잡아야 한다. 지나치게 겸손한 태도를 유지해봐야 승진 혹은 성장의 기회를 제 발로 걷어차 버릴 뿐이다. 그렇다면 기회를 어떻게 잡아야 할까?

상사 혹은 경영주가 당신을 발탁할 생각을 품고 있다면 과감하게 자신을 드러내라. 자신감, 자립심, 자기 노력을 통해 자신의 실력을 마음껏 뽐내야 한다. 자신의 성장과 관련된 중요한 기회가 찾아왔다면 용감하게 덤벼 승리의 월계관을 차지하라. 적당한 시기에 상사에게 자신이 그간 쌓은 성과를 알려 다른 사람과 다른 자신만의 개성과 노력을 드러내라. 그래야 자신을 향한 상사와 경영주의 눈길을 단단히 사로잡을 수 있다.

겸손함에도 철저한 전략이 필요하다는 사실을 명심하라. 겸손함에도 정도가 필요하며, 상대에 따라 정도를 달리할 줄 아는 지혜와 융통성이 필요하다.

분수

자신의 자리를 지켜라

抵建康, 與弼同日對, 鵬第壹班, 弼次之. 鵬下殿, 面如死灰, 弼造膝. 上曰: "飛適來奏乞
正資宗之名. 朕諭以卿雖忠, 然握重兵於外, 此事非卿所當預也." 弼曰: "臣雖在其幕中,
然初 不與聞. 昨到九江, 但見飛習小楷. 凡密奏, 皆飛自書耳." 上曰: "飛意似不悅, 卿自
以意開喻之." 弼受旨而退. 嗟夫! 鵬為大將, 而越職及此, 取死宜哉!

건강(建康)에 도착한 악비(岳飛)가 설필(薛弼)과 함께 황상을 알현하러 왔다.
악비가 먼저 황상을 뵈옵고 그 다음으로 설필이 알현에 나섰다. 황상을 뵌
악비가 전(殿)아래에 내려왔는데 낯빛이 죽은 재처럼 무척 어두웠다. 잠시
뒤 입실한 설필을 황상께서 가까이 부르신 뒤 말씀하셨다. "악비가 방금 건
국공(建國公)을 황태자로 세우자는 청을 올렸소. 그래서 짐은 충정에서 우러
나온 말이기는 하지만 병권을 쥐고 있는 이상 내정에 참여해서는 안 된다고
선을 그었소." "소신이 악비의 휘하에 있으나 이 일은 전혀 아는 바가 없습니
다. 어제 구강(九江)으로 배를 타고 오다가 소해(小楷)를 연습하는 악비의 모
습을 보았습니다. 황상께 올릴 상소문을 직접 쓰는 것 같더군요." "짐의 말에

악비가 무척 기분 나빠 하는 것 같더군. 그대의 의견대로 악비를 바른 길로 인도해 주시구려." 황제의 명을 받은 설필이 자리를 물러났다. 오호라! 대장의 자리에 오른 악비가 장수의 권한을 넘어서서 지금의 지경에 오른 것은 스스로 멸망을 초래하는 것이 아닌가?

《악국금타졸편(鄂國金佗稡編)》

•••

직장에서 모든 조직은 피라미드 구조로 이루어져 있다. 피라미드의 맨 꼭대기에 자리 잡은 리더를 중심으로, 제도화와 법규화를 통해 계급이 정해진다. 명확하게 구분되는 상하 관계는 능력에 따라 기용, 승진이 결정되며, 개인의 목표는 조직 목표의 달성을 통해 실현된다. 개인이 추구하는 목표 역시, 조직 내의 개인 위치에 따라 결정된다. 지금의 자리를 단단히 지키면서 등급에 따라 승진하는 방법을 통해 조직 역시 상당한 안정감을 확보할 수 있다.

모든 단위 혹은 조직의 관리 구조는 기본적으로 계급제를 통해 운영된다. 이러한 계급제는 크게 '수평관계'와 '수직관계'로 구분되는데, 직장인은 수평관계와 수직관계로 이루어진 '관계망' 속에서 살아간다. 의식적 혹은 무의식적으로 위의 두 관계를 통해 조직 구성원은 자신의 이익 최대화를 추구한다. '수직관계'가 '통제-피통제', '통제-반통제'로 이루어져 있다면, '수평관계'는 '경쟁-협력'이라는 관계로 이루어져 있다고 하겠다. 개별 직장 및 전체적인 사회구조 모두 권력이 모든 것을 지배하는 '피라미드' 구조를 이루고 있기 때문에, 권력이 지배하는 구조 속에서 상사는 부하직원에 대해 상당한 지배력을 휘두를 수 있다. 쉽게 말해서 상사의 손에 부하직원의 미래가 달려있다는 뜻으로, '수직관계'가 '수평관계'를 주도하고 있음을 보여주는 사례라 하겠다.

업무를 처리하다 보면 자신의 호의를 제대로 알아주는 사람이 없다며 불평하는 사람을 어렵지 않게 볼 수 있다. 반평생 남을 위해 살아왔건만 아무도 고마워하지 않는다는 것이다. 사실 이러한 고민은 자신의 분수를 제대로 파악하지 못한 것에서부터 비롯된다.

나라를 다스리는 방법을 묻는 제(齊) 경공(景公)에게 공자는 '임금은 임금답게, 신하는 신하답게, 아버지는 아버지답게, 자식은 자식답게'라고 대답했다. 윤리문화를 바탕으로 성립된 고대 중국의 정치철학적 특징을 감안해, 공자는 일반 백성의 가정을 가지고 국가 운영을 설명했다. 위의 글에서 말하는 공자의 메시지는 간단명료하다. 국가 운영이란 대단히 어렵거나 결사의 각오를 필요로 하는 일이 아니라, 그저 각자 맡은 바 임무를 완수하기 위해 최선을 다하는 사회질서를 구축하는 것이다. 리더는 리더로서 처리해야 할 일을 하고, 아랫사람은 아랫사람의 입장에 서서 최선을 다한다. 아버지는 아버지로서의 책임을 짊어지고 자식은 자식으로서 마땅히 효도하면 된다. 리더가 리더답지 않고 아랫사람이 아랫사람답지 못하다면, 아버지가 제 책임을 저버리고 자식 역시 의무를 내팽개친다면 국가 운영에 대해 더 이상 이야기할 여지가 없다. 이러한 상황에서 평범한 백성은 둘째 치고 일국을 다스리는 군주라면 먹을 식량이 있어도 걱정되는 마음에 식량을 감히 입에 댈 수 없어야 한다. 공자의 이러한 국가 운영 이념은 현대 관리 이념과 일맥상통한다.

현대적인 관리를 위한 전제조건은 합리적인 조직 구조의 구축이라 하겠다. 일관적인 지휘, 통일된 지휘체계를 갖추었을 뿐만 아니라, 각 부문, 계층 간의 직책, 권한을 명확히 해야만 질서 있는 시스템을 갖출 수 있다. 그렇지 않고 조직 내 직책이 불분명하고 권한 역시 명확히 구분되지 않는다면 지휘체계의 불량, 체계성을 상실한 관리로 인해 조직 전체가 흔들릴 수 있다. '그 자리에 있지 않으면 그 정사, 정책에 함부로 간섭하지 말라(不在其位, 不謀其政)'는 공자의 가르침을 명심하라.

모자를 담당하는 시종이 매를 맞은 이유

—

어느 날 술에 취한 한(韓) 소후(昭侯)가 옷을 입은 채 침상에서 잠을 청하고 있었다. 곁에 있던 모자를 관리하던 시종이 주군이 감기라도 들세라 걱정되는 마음에 겉옷을 덮어줬다. 얼마 뒤 잠에서 깨어난 소후가 옆에 있던 시종에게 누가 자신에게 겉옷을 덮어줬는지 물었다. 모자를 담당하는 시종이 그랬다는 말에 소후의 낯빛이 어두워지더니 두말하지 않고 겉옷을 관리하는 시종과 모자를 담당하던 시종을 벌하라는 명령을 내렸다.

옷을 관리하는 시종은 소후에게 옷을 걸쳐줘야 할 때 제 맡은 바 일을 게을리했으니 벌을 받는 것이 옳다. 하지만 소후에게 겉옷을 덮어준 모자를 담당하는 시종은 순전히 호의에서 선행을 하다 상은커녕 매질을 당하고 말았다. 누가 봐도 무척이나 억울할 일이지만 소후는 다른 사람과는 전혀 다른 관점에서 문제에 접근했다. 모든 사람은 저마다 해야 할 일이라는 것이 있고, 자신의 권한을 뛰어넘어서는 안 된다고 생각한 것이다. 그래서 옷을 담당하는 시종은 자신의 책무를 다하지 않아 벌 받아 마땅하고, 모자를 관리하는 시종은 월권했으니 이 또한 처벌해야 한다고 판단했다.

위의 이야기에서 전하는 메시지는 분명하다. 조직에 포함된 모든 구성원은 저마다의 자리를 지켜야 한다. 그리고 그 자리에 있는 사람만이 자리와 관련된 일을 언급할 자격이 있다. 전체 조직에서 자신의 위치를 정확하게 파악하지 못하는 행동은 무척 위험하다. 조직 내에서 가장 흔히 볼 수 있는 대표적인 월권 행동으로 계급을 무시한 건너뛰기식 보고가 있다. 직위체계를 무시한 건너뛰기식 보고는 직장 내 최대 금기 중 하나이다. 이러한 보고는 직속상사를 무시한 행위로 받아들여져 쉽게 갈등을 불러일으킬 수 있고, 정상적인 업무 프로세스를 망칠 수 있다. 엄격하게 관리되는 조직일수록 계급 체계를 무시한 보고는 용납되지 않는다.

처한 위치에 따라 주어진 정책 결정권이 다르다는 사실을 리더들은 명심해야 한다. 어떤 결정은 당신이 해도 되지만, 반드시 상사가 처리해야 할 일이 있다. 요컨대 저마다 자신만의 자리가 있는 것이다. 낄 자리, 안 낄 자리 구분하지 못하고 함부로 덤벼들지 마라. 다른 사람의 영역에 함부로 손대지 마라. 그렇지 않으면 상사와 동료로부터 경계와 배척을 당할 수밖에 없다. 무엇을 해야 할지, 혹은 무엇을 하지 말아야 할지 정확히 아는 것은 그 자체만으로도 이미 훌륭한 지혜이자 위대한 용기이다. 자신의 본분을 지키고 주어진 자리에서 함부로 벗어나지 않아야 평탄한 직장생활도 가능한 법이다.

성과를 올린 사람은 자신의 위치를 정확히 찾을 줄 안다는 특징을 보여준다. 무엇을 해야 하고, 무엇을 하지 말아야 하는지 정확히 알기 때문에 함부로 나서지 않고 정도의 원칙을 지킨다. 그래야만 다른 사람과 충돌 없이 어울리며 신뢰와 긍정적인 평가를 받을 수 있다. 아울러 개인적인 일을 성공시키는 데 불필요한 걸림돌을 피할 수도 있다.

겸허함

재주를 믿고
함부로 날뛰지 말라

> 子顯性凝簡, 頗負其才氣. 及掌選, 見九流賓客, 不與交言, 但舉扇壹捴而已. 衣冠竊恨之.
> …… 大同三年, 出為仁威將軍, 吳興太守, 至郡未幾, 卒, 時年四十九. 詔曰: "仁威將軍,
> 吳興太守子顯, 神韻峻擧, 宗中佳器. 分竹未久, 奄到喪殞, 惻愴於懷. 可贈侍中' 中書令.
> 今便舉哀." 及葬請謚, 手詔"恃才傲物, 宜謚曰驕".

소자현(蕭子顯)은 평소 단정하고 검소함을 추구했지만 자신의 재주만큼은 남
다른 자부심을 느끼고 있었다. 관리 선발을 담당하게 된 소자현은 각계 인사
와 만남을 가졌는데 그저 손에 쥐고 있는 부채만 가볍게 흔들 뿐, 이들과 함부
로 이야기를 주고받지 않았다. 그 모습에 많은 사대부가 남몰래 소자현을 시
기하기도 했다. …… 대동(大同) 3년, 소자현은 인위장군(仁威將軍), 오흥태수
(吳興太守)의 자리에 올랐으나, 역임한 지 얼마 되지 않아 세상을 등졌다. 그의
나이 49세 때의 일이다. 그의 죽음을 안타깝게 여긴 황제께서 조서를 내리
셨다. "인위장군, 오흥태수 소자현은 고매한 인품과 남다른 재주를 가진 자
로, 황실 안에서도 뛰어난 재능을 자랑했다. 관직을 받은 지 얼마 지나지 않

아 세상을 등졌으니, 그저 가슴이 아플 뿐이로다. 그래서 시중, 중서령(中書令)의 관직을 하사하겠노라. 오늘 진정한 슬픔으로 그의 장례를 치러야 할 것이다." 장례식에서 시호(諡號)를 내려달라는 누군가의 요청에 황상께서 친히 붓을 들었다. "소자현은 재주를 가지고 오만하게 굴었으니, '교(驕)'라는 시호를 내려야 옳을 것이다."

《양서(梁書)·소자현전(蕭子顯傳)》

•••

뛰어난 재주를 내세우며 남을 깔보는 사람을 주변에서 쉽게 볼 수 있다. 잘난 체해봤자 기껏해야 주변으로부터 환대를 받지 못하는 일상생활과 달리, 직장에서 이러한 행동은 자신에게 큰 손해를 가져줄 뿐이다. 역사적으로 남다른 재능을 지니고도 성공하지 못한 인물들에게서 '자신의 재주를 믿고 함부로 날뛰었다'는 공통점을 찾아낼 수 있다. 오만한 태도는 자신의 능력이 100% 발휘됨을 방해하는 것은 물론, 성장 자체를 불가능하게 만들 수 있다.

못다 핀 꽃 한 송이, 예형

—

동한 말년에 빼어난 재주를 지닌 예형(禰衡)이라는 청년이 있었다. 청렴결백하고 대쪽 같은 성품을 평소 높이 평가하던 청년은 지나치게 강직하고 오만한 나머지 걸핏하면 다른 사람을 무시하곤 했다. 그의 남다른 기질을 기특하게 여긴 공융이 조조에게 예형을 추천했다. 평소 다른 사람에 대한 칭찬이 인색하던 공융이 예형을 크게 칭찬하자, 조조는 도대체 어떤 인물인지 호기심이 들었다. 하지만 자신을 만나러 오라는 조조의 이야기를 듣고도 예형은 병을 핑계로 끝끝내 승상부를 찾지 않았다. 예형은 조조를 못마땅하게 여기는 것도 모자라 무척 증오하던 터라 조조에 대해 좋지 않은 소리를 쏟아내기도 했다. 이러한 사실을 알게 된 조조가 예형을 눈엣가시처럼 여기기 시작했다. 호시탐탐 제거할 기회를 노렸지만 예형의 재주와 명성 탓에 천하의 조조도 함부로 손을 대지 못했다.

도저히 이렇게 참고만 있을 수 없다는 생각에 조조는 작은 꾀를 냈다. 예형을 골려주겠다던 조조가 뜻밖에도 예형에게 벼슬자리를 내렸다. 하지만 말이 좋아 나라의 녹을 먹는 관리이지, 조조는 예형을 북치는 관리, 즉 고리(鼓吏)에 앉혔다. 이것만으로도 성이 차지 않았는지, 커다란 연회를 베풀어 손님을 잔뜩 초대한 뒤 모두가 보는 앞에서 예형에게 북을 치도록 했다. 조조의 명령에 예형은 입고 있던 옷을 훌훌 벗더니, 실오라기 하나 몸에 걸치지 않고 냅다 북을 치기 시작했다. 그 모습에 연회에 참석한 사람들이 쑥덕거리자, 난처해진 사람은 예형이 아니라 연회를 연 조조였다.

"허허, 망신 주려던 예형에게 내가 망신을 당할 줄이야!"

예형을 추천했던 공융은 그의 행동을 나무라는 한편, 조조 앞에서 예형을 감싸느라 정신이 없었다. 상황을 수습하기 위해 공융은 예형더러 조조에게 사죄할 것을 강력하게 권했다. 그러겠노라 약조한 예형이었지만 순순히 머리 숙일 리 만무했다. 평상복을 입은 예형은 한 손에 3척 길이의 지팡이를 쥔 채 조조가 지내는 승상부로 향했다. 입구에 도착한 예형은 갑자기 지팡이로 땅을 쾅쾅 내리치며 조조를 향해 온갖 욕설을 퍼붓기 시작했다. 그 모습에 화가 머리끝까지 난 조조가 공융을 급히 찾았다.

"예형 하나 없애는 것은 내겐 닭이나 쥐 한 마리 잡는 것처럼 별것도 아닌 일일세. 허나 그자가 거짓 이름을 내걸고 있는 탓에 주변에서 오히려 나를 비난하더군. 더 이상 내 손을 더럽히고 싶지 않으니 예형을 유표(劉表)에게 보내려 하네. 자네 생각은 어떤가?"

이렇게 해서 예형은 조조의 휘하에서 내쳐졌다.

한편 유표와 형주의 사대부는 평소 예형의 뛰어난 재주와 명성을 흠모하던 터라, 두 손 벌려 예형을 환대했다. 인재를 얻었다는 기쁨에 유표는 예형이 자신의 상소문을 찢은 일에도 크게 개의치 않았다. 하지만 그 뒤에도 예형이 자신에게 계속해서 무례를 범하며 모욕을 일삼자, 화를 참지 못하고 강하(江夏) 태수(太守) 황조(黃祖)에게 보냈다.

불같은 성격으로 유명한 황조였지만 예형에 대한 평판을 잘 알고 있던 터라, 그를 후하게 대접했다. 하지만 예형은 여전히 오만방자한 태도를 고치지 못했다. 심지어 황조 앞에서 대놓고 욕설을 퍼붓기도 했다. 더 이상 그 모습을 두고 볼 수 없었던 황조가 홧김에 부하들에게 예형을 없애버리라고 명령했다. 사실 황조의 수하들도 예형을 무척 못마땅하게 여기고 있던 터라, 기회를 놓치지 않고 칼을 들고 덤벼

들었다. 한편 이 소식을 들은 황조의 아들 황사(黃射)가 급한 마음에 신발도 제대로 신지 못하고 달려왔지만 끝내 예형을 구하지 못했다. 황조 역시 자신의 성급한 판단을 크게 후회하며 예형을 위해 후하게 장례식을 치러줬다. 예형이 황조의 수하들에게 목숨을 잃은 것은 그의 나이 고작 26세 때의 일이다.

예형은 천하가 인정할 만한 재주를 지녔지만 '천상천하, 유아독존'이라는 오만함에 도취됐다. 모욕당한 예형이 조조를 맹비난한 것은 충분히 이해할 수 있는 사건이다. 하지만 좌천된 자신을 따뜻하게 받아준 유표와 황조를 비웃고 심기를 불편하게 한 행동은 누가 봐도 적절치 않다. 뛰어난 언변으로 황조의 '칼날'을 피해 목숨을 건졌다 한들 언젠가 누구에게 미움을 사 비명횡사하리라는 것이 불 보듯 뻔했다.

다른 사람을 배려하지 않고 자신만 내세울 줄 안다면 인생이라는 여정에서 다시는 일어서지 못할 정도로 고꾸라질 수 있다. 능력과 상관없이, 오만한 태도는 스스로 제 발등을 찍는 것과 진배없기 때문이다.

자기 자신의 수양에만 힘쓰되, 함부로 주변을 무시하지 않아야 비굴하지도, 그렇다고 오만하지도 않은 자리를 찾을 수 있는 법이다. 하늘도 자신의 높음을 스스로 이야기하지 않고, 땅도 자신의 두터움을 스스로 자랑하지 않는다고 하지 않던가? 과장해서 말하는 사람과 어울리려는 사람은 없을 것이다. 자신에게 불손한 언행을 일삼는 사람과는 더더욱 함께 하려 하지 않을 것이다. 그래서 장자(莊子)를 비롯해 노자, 공자 모두 함부로 자신의 재주를 드러내지 말고 겸손해야 한다고 강조했다.

살다 보면 저절로 깨닫게 되는 인생의 몇 가지 진리가 있다. 그중 하나는 이 세상 누구도 혼자일 수는 없다는 것이다. 제아무리 출중한 능력을 갖춘 사람이라도 말이다. 한나라의 한신은 한신이 지휘하는 병사가 많으면 많을수록 좋다는 평이 있을 정도로 뛰어난 통솔력을 자랑하는 인물이었다. 하지만 걸핏하면 다른 사람을 무시하고 머리를 숙이지 않은 탓에 끝내 여후(呂后)에게 죽임을 당하고 말았다.

쇠를 달구는 데 정신 팔린 혜강

—

위진(魏晉) 시대에 풍류로 유명한 죽림칠현(竹林七賢) 중 한 명인 혜강(稽康)은 오만불손한 태도로 비명횡사한 대표적인 인물이다.

위나라 대신 종요(鍾繇)의 아들인 종회(鍾會)는 위나라 사마의(司馬懿) '집단'의 핵심 멤버 중 한 명으로 높은 유명세와 막강한 영향력을 자랑했다. 어느 날 종회가 빈객을 잔뜩 데리고 혜강을 찾았다. 마침 손님들이 도착했을 무렵, 혜강은 평소 좋아하는 무쇠를 담금질하고 있었다. 푹푹찌는 여름의 뜨거운 햇살 아래, 혜강은 손님들을 나 몰라라 한 채 온몸에 땀을 줄줄 흘리며 계속해서 망치를 내려쳤다. 평소 혜강의 기괴한 언행을 익히 알고 있던 터라 종회는 아무 말 없이 자신의 빈객들과 함께 묵묵히 기다렸다. 하지만 그로부터 2시간이 지나도록 혜강은 종회 등이 보이지도 않는다는 듯 여전히 같은 자세로 망치질

에만 정신이 팔려 있었다.

그 모습에 종회는 끝내 불편한 심기를 감추지 못했다.

'나를 2시간 동안 세워 두는 자가 세상에 어디 있단 말인가? 혜강이라는 놈이 미치지 않고서야……'

발길을 돌리는 종회를 보며 여태껏 아무 말도 없던 혜강이 입을 열었다.

"무슨 말을 듣고 오셨소? 또 무엇을 보고 가시오?"

자신의 잘못에 아랑곳하지 않는 혜강의 말에 종회는 더더욱 치욕스러웠지만 가까스로 화를 내리누르며 입을 열었다.

"들을 것을 듣고 왔고, 볼 것을 보고 갑니다!"

종회는 차가운 말 한마디만 던진 채 뒤도 돌아보지 않고 그 자리를 떠났다.

이번 사건에 아무런 생각도 없던 혜강과 달리, 종회는 속으로 이를 갈며 복수할 기회만 호시탐탐 노렸다. 훗날 혜강이 친구 여안(呂安)과 여손(呂巽) 사건에 연루되면서 수감되는 일이 생겼다. 이 소식을 접한 종회는 혜강에게 복수할 기회가 드디어 왔다며 한걸음에 사마소(司馬昭)에게 달려가 진언했다.

"조위(曹魏)의 장수들이 병사를 모아 모반을 꾸밀 때, 혜강은 그들을 원조하려 했었습니다. 게다가 혜강과 여안 등은 평소 오만방자하기로 유명한 자로, 이들을 처형해 풍습을 바로 세워야 할 것입니다."

사실 예전부터 혜강의 정치 논평을 못마땅하게 여겼던 사마소는 옳고 그름을 호도하는 종회의 꼬임에 넘어가 혜강을 처형하라는 명령을 내리고 말았다.

혜강은 오만한 성격 탓에 비극적인 죽음을 맞이하고 말았다. 종회의 인물 됨됨이나 재주에 상관없이, 조정 대신인 그가 자신을 공손하게 대한 것만으로도 혜강은 그에게 머리를 숙였어야 옳다. 혜강의 죽음은 속 좁은 종회의 성격 탓이기도 하지만, 혜강 스스로 화를 자초한 바가 더 컸다.

혜강이야기를 통해 재능이 성공 혹은 명예를 거머쥐는 데 도움이 되기도 하지만, 제대로 관리하지 못했을 경우 일은 물론 심지어 생명까지 위협할 수 있다는 것을 알 수 있다.

직장생활에서 뛰어난 능력을 자랑하는 사람을 어렵지 않게 만날 수 있다. 언제까지나 승승장구할 것처럼 보이지만, '아침'에 반짝 두각을 드러냈다가 '저녁'에 속절없이 사라지는 '하루살이' 신세로 전락한 경우도 적지 않다. 이러한 상황이 빚어지게 된 데는 여러 가지 이유가 존재하겠지만 지나치게 거만한 데다 친화력마저 부족해 주변과 끊이지 않고 마찰을 빚은 탓이 가장 크다 하겠다.

제아무리 직장에서 개인의 능력을 강조한다고 하지만 오만한 사람은 어디에서도 환영받지 못한다. 지금 직장을 구하려는 취업 준비생이라면 무엇보다도 자기 자신을 정확히 이해해야 한다. 그래야 직장 내에서 자신의 자리를 찾고 상사, 동료들과 함께 협동정신을 발휘해 더 나은 자신, 나아가 성공을 향해 나아갈 수 있기 때문이다.

상대를 업신여기고 자신의 재주만 높이 평가하는 어리석은 실수를 범하지 마라. 항상 평정심을 가지고 사람과 세상을 대하고 조용히 내공을 닦아라. 여기서 말하는 내공은 지식과 경험 외에도, 몸과 마음의 단련을 의미한다. 높은 수준까지 내공을 쌓게 되면, 무엇이든 편안히 자신의 뜻대로 이룰 수 있을 것이다.

책임감

공을 다투지도 말고
잘못을 미루지도 말라

初, 邵陽之役, 昌義之甚德叡, 請曹景宗與叡會, 因設錢二十萬官賭之. 景宗擲得稚, 叡徐擲得盧, 遽取壹子反之, 曰: "異事", 遂作塞. 景宗時與群帥爭先啟之捷, 叡獨居後, 其不尙勝率多如是, 世尤以此賢之.

당초 소양(邵陽) 전투에서 (통수(統帥)) 창의지(昌義之)가 서예(書叡)의 인품을 높이 평가하여 (대장) 조경종(曹景宗)에게 서예와의 만남을 주선해 달라고 청했다. 창의지가 20만 전(錢)을 내놓더니 모두에게 돈을 걸고 내기하자고 권했다. 조경종이 '치(稚)'를 던지자, 서예가 머뭇거리며 패를 꺼내더니 '노(盧)'자를 꺼냈다(승리). 재빨리 패를 뽑아 뒤집은 서예가 '이상하다'는 말을 꺼내놓으면서 '색(塞)'으로 바꿨다(패배). 조경종은 종종 여러 장수에게서 승리를 거둔 공로를 빼앗았으나, 서예는 자신이 가장 뒤에 남기를 자청했다. 공로를 다투지 않은 경우가 셀 수 없이 많은 서예를 많은 사람이 크게 존경했다.

《남사(南史) · 서예전(書叡傳)》

•••

직장에서 우리는 여러 사람 혹은 팀과의 긴밀한 협조를 통해 성공이라는 결과를 거머쥘 수 있다. 하지만 혼자서 싸우고 실적을 올리기란 사실상 불가능하다. 공로를 세우고 조금이라도 자신을 돋보이게 만들려는 것은 사람이라면 누구나 가지고 있는 본능일 것이다. 그렇다고 해서 수단과 방법을 가리지 않고 다른 사람의 공로를 자신의 것으로 삼으려는 어리석음을 저질러서는 안 된다. 이런 경우의 사람은 대개 집단과의 관계 설정에 서툴러 그저 자기 자신만 드러내려는 성향이 강하다. 자신에게 유리한지 저울질한 뒤, 유리하다고 판단하면 움직이고 그렇지 않으면 다른 사람에게 책임을 미루는 것이다. 특히 직장생활에서 이런 성향의 사람은 자기 자신에게 유리한 게 무엇인지 항상 '계산기'를 두드려대기 때문에 업무 효율이 낮고 책임감 역시 부족하다.

공로를 차지하려는 행동과 책임을 미루는 행동은 긴밀하게 연결되어 있다. 다시 말해 공로 다투기를 즐기는 사람은 대개 다른 사람에게 책임을 전가하려는 경향이 강하다.

공로를 차지하기 위해 죽음을 선택한 유문정
—

수나라 말년에 천하가 큰 혼란에 휩싸이자, 이연이 병사를 일으켜 수나라를 전복시키고 당나라를 세웠다. 이연과 함께 수나라를 향해 반기를 들고 일어선 수많은 장수 중에서도 유문정(劉文靜)과 배적(裴寂)이 눈부신 활약상을 보여줬다.

유문정은 장수 가문 출신이었지만 초반에는 별 볼 일 없는 현령에 불과했다. 어느 날, 오랫동안 알고 지내던 배적과 함께 성 위의 봉홧불을 바라보던 유문정이 감탄을 금치 못하며 입을 열었다.

"우리 가문은 몰락하고 있네. 나 역시 일개 현령에 불과하니……. 도대체 어떻게 해야 난세 속에서 살아남아 내 포부를 이룰 수 있단 말인가?"

"요새처럼 혼란한 세상에서 자네와 내가 손을 잡는다면 분명 큰일을 이룰 수 있을 걸세."

그 후 두 사람은 당시 태원(太原)을 지키고 있던 이연에게 몸을 의탁했다. 그 후 오랫동안 계속되는 전투에서 두 사람은 이연을 위해 혁혁한 공로를 세우며, 당나라의 탄생에 크게 이바지했다. 그 때문에 이연은 유문정과 배적을 개국공신이라며, 새로운 정부를 운영할 인물로 크게 기용했다.

하지만 당시의 유문정은 예전의 그가 아니었다. 새로운 왕조의 탄생에 자신이 지대한 공로를 세웠다는 사실에 무척 기고만장한 상태였기 때문이다. 특히 자신의 능력과 공로가 배적보다 한참 위라며 내심 우쭐해 있었다. 하지만 이연으로부터 배적보다 낮은 지위를 하사받자 노골적으로 불만을 드러내기 시작했다. 국가 대사나 정책과 같은 중요한 사건에 관한 토론이 열릴 때마다 유문정은 사사건건 배적의 의견을 반대했다. 한번은 동생과 집에서 술을 마시던 유문정이 술에 취한 나머지 큰 칼을 꺼내들고 고래고래 소리를 지르기 시작했다.

"기필코 내 손으로 배적을 죽이고 말리라!"

기분이 나아질 기미가 보이지 않자, 유문종은 급기야 국법을 어기고 무당을 집안으로 불러들이기도 했다. 조정의 법령을 어긴 죄로 투옥된 유문종이 재판을 받게 됐다. 재판대에 오른 유문종은 자신의 죄를 반성하기는커녕 오히려 볼멘소리로 억울하다고 항변했다.

"당초 병사들을 모을 때 나와 배적의 지위는 비슷비슷했소. 허나 지금 배적은 나보다 더 높은 관직에 오르고, 나보다 더 큰 관저에서 지내고 있지 않소? 나는 다른 평범한 사람과 다름없는 상을 받았으니 마음에 불만이 생길 수밖에……. 그래서 술김에 원망을 뱉어낸 것뿐이오!"

이연이 유문종을 열심히 옹호했지만 주변의 반대가 원체 심한 터라 상황은 점점 꼬여만 갔다. 평소 괄괄한 성격의 유문종이 자주 폭언을 일삼는 것도 모자라 불온한 마음을 품고 있다는 제보가 속속 이어졌다. 당장 별다른 기색이 없지만 내버려두면 후환이 될 것이 분명하다며 이연에게 화근을 뿌리째 뽑아야 한다는 요청이 쏟아졌다. 주변의 한결같은 반응에 이연은 결국 마음의 정리를 하고 유문정을 처형시켰다.

유문종은 자신이 처한 처지나 받은 대우에 불만을 품은 것도 모자라 남의 공로를 차지하려고 날뛰다가 결국 자신의 주인에게 죽임을 당하고 말았다. 이러한 화를 피하려면 자신의 공로를 무조건 앞세우지 말라. 겸손하고 신중하되, 자신을 함부로 내세우지도 말고 책임을 남에게 뒤집어씌우지도 말라. 그렇지 않으면 자신의 앞길을 제 손으로 망칠 수 있다.

용감하게 자신의 책임을 떠안은 범저

—

전국시대 진(秦)나라에서 10년 동안 재상의 자리에 오른 범저(范雎)는 내정과 외교 분야에서 괄목할 만한 성과를 올리며 소왕(昭王)으로부터 깊은 신임을 얻었다. 국내 사무는 물론 진나라 '최고경영자' 자리마저 쥐락펴락할 만큼 막강한 영향력을 자랑하다 보니 다른 나라의 제후들도 범저의 눈치를 보는 경우가 허다했다.

남다른 인재 사랑을 가진 범저는 소왕에게 종종 인재를 추천하곤 했는데, 그 덕분에 많은 사람이 조정으로부터 중용을 받았다. 어느 날, 범저의 추천을 받아 발탁된 인재 2명이 중죄에 연루되는 사건이 발생했다. 당시 진나라의 법률에 따르면 당사자를 추천한 사람에게도 똑같은 책임을 물어야 했다. 한마디로 말해서 죄인을 추천한 범저 역시 처형을 당해야 했다. 하지만 소왕은 범저를 차마 죽이지 못하고 사형을 면해줬다. 게다가 좌천이나 강등시키지도 않고 그저 경고 몇 마디로 사태를 일단락 지으려 했다. 이 사실을 알게 된 범저는 자신도 마땅히 책임을 져야 한다는 생각에, 병을 핑계로 재상 자리에서 물러난 뒤 자신을 대신할 사람을 추천했다.

더 이상 죄를 묻지 않겠다는 소왕의 결정에도 범저는 자신도 책임을 져야 한다고 판단했다. 이러한 행동은 자신의 실수를 남에게 전가하지 않겠다는 의지의 표현이라 하겠다.

용감하게 자신의 책임을 인정할 줄 아는 것은 성공한 지도자가 되기 위한 필수조건이다. 세상에 완벽한 사람이란 없다. 사람을 대하는 일이나 업무에서 우리는 언제든지 실수할 수 있다. 실수를 저질렀다고 해서 그것 자체로 크게 문제가 될 일은 아니다. 자신의 실수를 발견하고 과감하게 고친 뒤 다음에 똑같은 실수를 저지르지 않도록 자신을 관리하고 단속하는 것이 더 중요하기 때문이다. 그러므로 리더라면 어떤 능력을 가지고 있든, 혹은 어떤 일을 하고 있든 자신의 실수를 인정할 수 있는 용기가 필요하다. 이름이나 이로움을 차지하겠다는 마음을 접고 '다투지 않는 마음'을 길러야 한다. 여기서 말하는 다투지 않는 마음이란, 아무것도 하지 않는다는 것이 아니라 자신만의 원칙, 소신을 가지고 '만족함을 아는(知足) 범위' 안에서 실제 여건에 따라 자신의 능력과 업무관계를 조율하는 것을 의미한다.

일과 삶에서 다른 사람의 공로를 빼앗지 않고 마땅히 자신의 책임을 질 줄 아는 자세를 갖추려면 다음의 두 가지 사실을 명심하라. 첫째, 이익만 좇고 손해를 피하지 말라. 자신에게 유리한 것을 선택하고 불리한 것을 피하는 것은 직장인이라면 누구나 지니고 있는 본능일 것이다. 그렇다고 해서 자신을 위해 다른 사람에게 피해를 줘선 안 된다. 동료에게 부정적인 영향을 주는 일이라면 애당초 하지 마라. 둘째, 자신을 지나치게 내세우지 마라. 경쟁이 치열한 사회에서 자신을 드러낸다는 것은 일종의 생존본능이라 하겠다. 그렇다고 해서 자신을 내세우는 데만 집착하다 보면 다른 사람의 공로를 빼앗고 자신의 잘못을 남에게 미루는 잘못을 저지르기 쉽다. 자신을 드러내기 위해 동료들을 '들러리'로 세우는 방법이 아니라, 주어진 일을 잘 마무리할 수 있도록 팀의 단결력, 협력을 최대한 끌어올릴 방법을 연구해야 한다.

근원이 깨끗하고 맑으면 그 흐름도 깨끗하고 맑다.
근원이 흐리고 탁하면 그 흐름도 흐리고 탁하다.
모든 것은 근본을 바르게 해야 하는 것이다.
위가 바르면 아래는 저절로 바르게 되는 것이다.

순자

7장

아랫사람에게
통하는 지혜

쓴소리

자극 역시
격려다

張儀於是之趙, 上謁求見蘇秦. 蘇秦乃誡門下人不為通, 又使不得去者數日. 已而見之,
坐之堂下, 賜僕妾之食. 因而數讓之曰∶ "以子之材能, 乃自令困辱至此. 吾寧不能言而
富貴子, 子不足收也." 謝去之. 張儀之來也, 自以為故人, 求益, 反見辱, 怒, 念諸侯莫可事,
獨秦能苦趙, 乃遂入秦. 蘇秦…… 乃言趙王, 發金幣車馬, 使人微隨張儀, 與同宿舍, 稍稍
近就之, 奉以車馬金錢, 所欲用, 為取給, 而弗告. 張儀遂得以見秦惠王. 惠王以為客卿,
與謀伐諸侯.

소진(蘇秦)을 만나기 위해 장의(張儀)는 조(趙)나라로 건너갔다. 소진은 하인
더러 장의에게 아무것도 알려주지 말라고 한 뒤 며칠 동안 오도 가도 못하게
잡아두라고 일렀다. 며칠 뒤 장의를 부른 소진이 그를 당(堂) 아래에 앉히더
니 노비나 시첩이 먹는 밥상을 내주었다. 그것도 모자라 장의를 보며 혀를
끌끌 찼다. "자네 같은 재주를 지닌 사람이 꾀죄죄한 꼴을 하고 있다니 이게
어찌된 영문인가? 나라면 부귀영화를 누릴 수 있는 자리에 자네를 추천해
줄 수도 있네. 헌데 기용할 만한 가치가 자네에게 있는지 모르겠군." 그런 뒤
장의를 집 밖으로 내쫓았다. 어릴 때부터 알고 지내던 소진으로부터 도움을

받을 수 있을 것이라는 생각에 장의는 내심 기대가 컸다. 하지만 환대는커녕 냉대를 받게 되자 엄청난 수치심에 휩싸였다. 소진이 있는 조나라를 상대할 만한 실력을 가진 나라는 진나라뿐이라는 생각에 장의는 망설이지 않고 진나라로 향했다. 얼마 뒤 소진은 조나라 왕의 허락 하에 재물과 가마를 준비한 뒤 사람을 시켜 장의에게 보냈다. 소진의 시종은 장의와 함께 객잔에 머물며 곁에서 부지런히 그를 보필했다. 수레, 말, 돈은 물론 도움이 필요할 때마다 최선을 다해 장의를 보필했으나 결코 누구의 지시를 받고 하는 것인지 밝히지 않았다. 천신만고 끝에 진나라 땅을 밟은 장의가 진 혜왕을 알현했다. 혜왕은 장의를 객경(客卿)으로 임명한 뒤 제후를 칠 계획을 세웠다.

《사기 · 장의열전(張儀列傳)》

...

쓴소리는 상대의 자존심과 반발심을 이용해 잠재력을 이끌어내는 방식이다. 사람은 누구나 남에게 지기 싫어한다. 이러한 심리를 극적인 수단을 동원해 자극함으로써 상대의 숨어있는 능력을 최대한 끌어내 최대의 효과를 노리는 것이다. 그런 점에서 상당한 효과를 기대할 수 있는 지혜임이 분명하지만 상대, 환경과 조건에 따라 적절히 그 수위를 조정할 줄 알아야 한다. 또한 지나치게 남용할 경우 부작용을 낳을 수 있다는 점도 잊지 말아야 한다. 이와 함께 적절한 '밀고 당기기'도 필요하다. 지나치게 상대를 몰아낼 경우, 오히려 상대의 사기를 무너뜨릴 수 있다. 그렇다고 너무 느슨하게 내버려두면 상대의 자존심에 아무런 자극도 주지 못해 예상한 효과를 거둘 수 없다.

자극적인 수단으로 상대를 분발시키는 방법은 그리 생소한 것이 아니다. 역사적으로도 이러한 장면은 쉽게 포착할 수 있다. 때로는 자신을, 혹은 친구를 독려하기 위해 자극적인 상황을 만들어내곤 하는데 그 목적이 조금 다르다. 자신에게 사용할 경우 아군의 사기를 북돋기 위하는 데 목적이 있지만 친구나 동료에게 사용할 때는 힘을 함께 합치자는 결심을 공고히 다지는 데 궁극적인 목적을 두고 있다.

일부러 주유를 '폄하'한 제갈량

—

질투에 눈이 먼 주유가 조조의 손을 빌려 제갈량을 해치려 하자, 이를 눈치 챈 제갈량이 오만한 주유의 성격을 이용해 손쉽게 위기를 모면했다. 우선 제갈량은 조조군의 군량미를 약탈해 오자는 주유의 계획에 선뜻 동의한 뒤, 주유와 사이가 좋은 노숙(魯肅)을 찾아갔다.

"내 여태껏 온갖 전투를 치러왔소. 수중전, 지상전, 기마전은 물론 전차전에서도 승승장구하니 그간 세운 공로만 해도 주유보다 수백 배나 많을 것이오. 주공근(周公瑾)께서는 수중전에 강하나 지상전에는 약한 듯하구려. 그나마 그대가 지상전에서 길을 가로막고 요새를 지켜 주어서 얼마나 다행인지 모르겠소."

노숙으로부터 제갈량의 말을 들은 주유는 화가 머리끝까지 났다.

"내가 지상전에 약하다고? 그자에게 갈 필요 없다고 하시오. 내가 직접 기마병 1만 명을 이끌고 취철산(聚鐵山)으로 가서 조조군의 군량 보급로를 끊겠소!"

노숙으로부터 이 말을 들은 제갈량이 그에게 단도직입적으로 문제를 꺼내놓으며 속내를 떠보기 시작했다.

"공근이 나더러 보급로를 끊으라고 한 것은 사실상 칼을 쥔 조조에게 나를 밀어 넣는 것과 마찬가지 아니겠소?"

이처럼 제갈량은 호승한 성격을 가진 주유의 심리를 감안해 자신을 한껏 띄우고 주유를 낮춤으로써 원하는 목적을 달성했다.

상대를 자극하는 목적은 이성을 잃을 정도로 분노하게 만든 뒤 잘못된 판단을 내리도록 유도하는 데 있다. 고대 병서에도 상대의 심리를 이용한 '사기 진작(激氣)', '독려(勵氣)', 그리고 '분노-혼란(怒而撓之)' 전략이 등장한다. 전자가 자신과 아군을 위한 것이라면, 후자는 상대방을 물리치는 데 목적이 있다.

악운을 격려한 악비
—

민간에서 유행한 《악비전(岳飛傳)》에는 다음과 같은 이야기가 등장한다. 남송 시대 악비가 자신의 일가족을 이끌고 금(金)나라 군대에 맞서자, 금나라에서는 용맹하기로 유명한 태자 김탄자(金彈子)를 출전시켰다. 연거푸 승전보를 올리는 김탄자에게 맞서겠다며 악비의 큰 아들 악운(岳雲)이 출전시켜 달라는 청을 올렸지만 악비는 이를 받아들이지 않았다. 그는 상대를 과소평가하는 실수를 다른 사람도 아닌 친아들이 저지를까 두렵다는 고백까지 털어놨다.

"김탄자는 뛰어난 용기와 실력을 지닌 명장이다. 보통 사람은 엄두도 낼 수 없는 적을 상대해야 한다면, 아비인 내가 출전하는 편이 나을 것이다."

아버지의 말에 혈기 넘치는 악운은 이를 악물며 김탄자의 목을 베어오기 전까지 죽어도 돌아오지 않겠노라 맹세했다. 고전 끝에 김탄자를 물리친 악운이 득의양양하게 개선했다.

현대 심리학에 따르면 사람에게는 엄청난 잠재력이 숨겨져 있는데, 평소에는 쉽게 모습을 드러내지 않다가 커다란 자극을 받게 되면 봇물 터지듯 '터져' 나온다고 한다. 악비는 바로 이런 점을 이용해 필승의 각오로 전투에 나서도록 아들을 격려했다. 그래야만 상대를 과소평가하는 어리석은 잘못을 저지르지 않고, 젖 먹던 힘까지 쥐어짜낼 수 있다는 걸 알았기 때문이다. 악비가 무조건 자식의 편을 들고 감싸주려고만 했다면 악운은 승리는커녕 비명횡사했을지도 모를 일이다.

누가 봐도 믿을 만한 능력을 지닌 사람은 자신감 부족이 아니라 자신감 과잉에 사로잡혀 있다. 어떤 일도 자신을 쓰러뜨리지 못하리라 생각한다. 이런 사람에게도 자극법은 효과적이다. 상대를 자극하는 방식을 동원해 문제의 결과까지 꼼꼼하게 계산하도록 유도해서 승산을 높이기 때문이다. '나무는 나뭇가지가 벗겨지는 걸 두려워하고, 사람은 사기가 높아지는 걸 두려워해야 한다'는 중국 속담이 있다. 역사적으로 아랫사람을 자극하고 경계시키는 전략은 대부분 상대의 결심이 흔들릴 때 동원되곤 했다.

황충을 움직인 제갈량

정군산(定軍山)에서 조조의 장수 하후연(夏候淵)과 결전을 벌일 인물로 유비와 제갈량은 황충을 지목했다. 군령을 받은 황충에게 제갈량이 차분히 입을 열었다.

"하후연은 무예실력은 물론, 전략에도 밝은 인물이옵니다. 결코 만만한 상대가 아니니 장군께서는 경계를 늦춰서는 아니 됩니다. 힘에 부칠 것 같으면 운장(雲長) 장군을 보내 드리겠습니다."

적지 않은 나이였지만 황충은 상대를 꺾겠다는 의지를 불태웠다. 게다가 평소 관우를 몹시 못마땅하게 여기고 있었던 터라, 관우의 이름을 듣자마자 반드시 이기고 오겠노라 호언장담했다.

필승의 각오를 다지며 전쟁터를 향하는 황충의 모습을 확인한 제갈량이 재빨리 유비에게 입을 열었다.

"말로 노장군을 자극하지 않았다면, 제아무리 명을 받았다고 해도 승리하지 못할 것입니다. 주공께서는 이제 마음 놓으셔도 됩니다."

얼마 뒤 황충이 하후연을 크게 물리치고 커다란 공로를 세웠다는 소식이 들려왔다.

제갈량이 관운장을 언급하는 방식으로 황충을 폄하한 것은, 그가 체면을 중시하는 사람이라는 점을 잘 알고 있었기 때문이다. 황충은 제갈량의 말에서 자신을 무시하고 있다는 것을 간파했다. 더 이상 얕잡혀서는 안 된다는 생각에, 자신이 관운장보다 능력이 부족하지 않다는 것을 증명하기 위해 황충은 죽을 각오로 적군에게 달려들었다. 그 결과, 대승이라는 성과를 올릴 수 있었다.

상대의 잠재력을 끌어내려는 말이라고 해서 단순히 상대를 폄하하거나 부정하는 것이 전부가 아니다. 상대를 자극하면서도 가르침을 전하고 자존심 강한 상대의 특징을 이용해 음으로 양으로, 혹은 직·간접적인 표현으로 상대를 자극한다. 이를 통해 자신의 존엄을 지키도록 상대를 유도함으로써 더 나은 결과를 추구할 수 있도록 독려하는 것이다.

이처럼 상대를 자극하는 방법은 좋은 결과를 가져다주지만 결코 남용해서는 안 된다. 일단 잘못 사용할 경우, 상대의 열정을 끌어올리기는커녕 오히려 사기를 짓밟아놓을 수 있기 때문이다. 게다가 누구에게나 통하는 것도 아니다. 주로 경험이 부족하거나 감정적인 사람에게 적합하다. 신중한 일처리, 풍부한 경험, 해박한 지식을 자랑하는 사람에게는 별다른 자극을 주지 못한다. 지나치게 꼼꼼하거나 열등감이 강한 사람, 혹은 내성적인 사람의 경우라면, 가급적 상대를 자극하지 않도록 해야 한다. 자존심을 건드리는 말로 인해 상대가 당신의 의도를 괴롭힘, 비웃음으로 이해한다면 정반대의 결과를 가져올 수도 있기 때문이다.

상대를 자극시키는 방식에 '수위 조절'은 필수다. 수위를 적절하게 조절해야만 상대의 잠재력을 끌어내 원하는 목적을 달성할 수 있다. 요컨대 상대의 반응을 면밀히 살피며 자극해야 한다. 지나치게 날카로운 말은 저항심을 불러일으킬 수 있다. 이와 마찬가지로 날카롭고 객관적인 비판을 담지 못한 말 역시 상대를 자극할 수 없다. 여기에서 중요한 점이 말하는 사람부터 올바른 태도를 갖춰야 한다는 것이다. 상대를 자극하는 것은 '말'이지 '태도'가 아니다. 상대를 자극하겠다며 상대가 보는 앞에서 스스로 체면을 내던진다면 상대에게 혐오감만 심어줄 뿐이다.

天年智慧

존중

행동으로 아랫사람을 감동시켜라

楚已亡龍且, 項王恐, 使盱眙人武涉往說齊王信…… 韓信謝曰: "臣事項王, 官不過郎中, 位不過執戟, 言不聽, 畫不用, 故倍楚而歸漢. 漢王授我上將軍印, 予我數萬眾, 解衣衣我, 推食食我, 言聽計用, 故吾得以至於此. 夫人深親信我, 我倍之不祥, 雖死不易. 幸為信謝項王!"

초나라 군대가 명장 용저(龍且)를 잃은 후 위기감에 휩싸이자 항왕(項王, 즉 항우)은 제왕(齊王) 한신에게 투항을 권유하기 위해 우이(盱眙) 출신의 무섭(武涉)을 보냈다. 하지만 한신은 무섭에게 거절의 뜻을 전했다. "항왕의 휘하에 있을 때, 내 관직은 기껏해야 낭중에 불과했소. 지위 역시 창을 쥔 무사와 다름없었소. 항왕은 내 말을 귀담아듣지 않고, 내 계략도 사용하지 않았소. 그렇기에 항왕을 버리고 한왕(漢王, 즉 유방)에게 투항할 수밖에 없었소. 한왕께서는 내게 상장군의 인장을 내려주시고 수만 명의 병사를 이끌게 하셨소. 게다가 내게 입으라며 입던 옷을 벗어주셨고, 날 위해 맛난 음식을 내려주셨소. 내 말에도 귀 기울여 주셨기에 지금과 같은 자리에 오를 수 있었소. 나를 존중해주고 믿는 사람을 배반한다면 이보다 불길한 일이 어디 있겠소? 그러니 나는 죽더라도 한왕을 배신할 마음은 없소. 부디 내 대신 항왕의 뜻을 거절해 주시오!"

《사기·회양후열전(淮陽侯列傳)》

...

리더로서 '사람의 마음을 사는 것'은 아랫사람을 효과적으로 관리할 수 있는 중요한 수단이다. 사람의 마음을 사는 방법을 알지 못한 채, 그저 권력으로만 내리누르려고 하면 오히려 인심을 잃을 뿐이다.

혈육을 집어던진 유비

—

혈육을 집어던져 사람의 마음을 산 유비의 일화는 널리 알려져 있다. 《삼국지》에 해당 내용이 없는 것으로 보아, 《삼국연의》의 작가가 허구로 지어낸 이야기 같다. 그럼에도 상당한 설득력을 지니고 있다는 점에서 주목해볼 만하다.

장판파(長坂坡) 전투에서 조운(趙雲)은 유비의 혈육을 보필하기 위해 목숨을 내던졌다. 조조 군이 살기등등하게 덤벼들자, 유비는 모두의 비호 아래 간신히 포위망을 탈출했지만 혈육을 데리고 나오는 데 실패했다. 이때 조운이 죽을 각오로 포위망을 뚫고 들어가 간신히 유비의 아들인 아두(阿斗)를 데리고 탈출했다. 온몸이 만신창이가 된 조운으로부터 아들을 건네받은 유비가 젖먹이를 인정사정없이 땅바닥으로 집어던졌다.

"어린 핏덩이 때문에 하마터면 소중한 장수를 잃을 뻔 했다!"

허겁지겁 아두를 품에 안은 조운은 유비의 말에 감동해 뜨거운 눈물을 펑펑 쏟아냈다.

"소신이 제아무리 아둔하다고 해도 결코 주군을 배반하지 않겠나이다!"

예로부터 사람의 마음을 움직이는 데 정(情)만한 것이 없다고 했다. 정을 움직여야 마음이 움직이고, 마음이 움직여야 뭐든지 뜻하는 대로 이루어지는 법이다. '사람의 마음을 산다'는 말을 요새 의미로 풀이하자면 사람의 마음을 한데 모으는 것이라 하겠다. 민심을 얻는 자가 천하를 얻는다는 말처럼, 아랫사람의 마음을 얻는 사람만이 성공한 리더가 될 수 있다. 그렇다면 리더는 사람의 마음을 어떻게 모아야 할까? 경험을 통해 우리는 감정보다 중요한 것은 없다는 걸 알고 있다. 리더라면 누구보다도 감정이 풍부하고, 감정에 솔직할 줄 알아야 한다. 이성적으로 감정을 이용하는 법도 익혀야 한다. 그래야만 적절한 순간에 아랫사람을 감동시키는 행동을 통해 상대의 마음을 살 수 있기 때문이다.

가후에게 무릎 꿇은 조비
—

모사 가후(賈詡)에 대한 아버지 조조의 남다른 사랑을 잘 알고 있던 조비(曹丕) 역시 그의 지혜와 영향력을 높이 평가했다. 어느 날 저녁 가후의 관저를 찾은 조비는 가후를 보자마자 무릎을 꿇더니 자신을 구해달라고 청했다. 당시 위왕(魏王)으로 봉해진 조조를 아버지로 둔 조비가 가후에게 무릎을 꿇는다는 것은 단순한 예절의 표현이 아니었다. 가후는 한참 아래의 신분인 자신에게 가르침을 달라며 무릎 꿇는 조비의 남다른 도량에 크게 감동했다. 조비를 위해 충성을 다할 것을 맹세한 가후는 훗날 조비가 조조의 신임을 받는 데 크게 일조했다. 그 결과, 당초 조조가 가장 마음에 두고 있었던 조식(曹植)을 제치고 조비는 조조의 후계자로 우뚝 설 수 있었다.

무심한 듯하지만 진심으로 상대에게 관심을 기울이는 리더의 모습에 많은 사람이 감동한다. 이러한 행동은 진심으로 상사를 위해 일하고 싶다는 생각이 절로 들게 할 만큼 아랫사람을 감동시키는 효과를 가져 온다. 모든 서신의 맨 마지막에 항상 친필로 서명하는 루스벨트 전 미국대통령을 여전히 많은 사람이 기억하고 있는 것은, 자신이 중요한 인물로부터 존중받고 있다는 사실에 크게 감동했기 때문이다.

번쾌에게 가르침을 청한 유방
—

사람의 마음을 잘 사기로 유명한 유방이었지만, 자신의 목을 노리는 항우가 연 홍문연에서 절체절명의 순간을 맞이했다. 시퍼런 칼날을 흔들며 검무를 추는 항우의 수하를 지켜보며 천하의 패공(沛公), 즉 유방도 식은땀을 뻘뻘 흘렸다. 변소에 가고 싶다며 자리에서 일어난 유방은 번쾌를 밖으로 불렀다.

"지금 나왔는데 하직 인사를 올리지 못했으니 이를 어쩌면 좋단 말이냐?"

지금 홍문연에 다시 들어가자니 자신의 생사를 알 수 없고, 그렇다고 예의를 지키려고 홍문연으로 들어갈 수도 없는 노릇. 갈팡질팡하는 유방의 나약한 모습에 번쾌는 자신의 목숨을 바쳐서라도 주군을 지켜야겠노라 마음먹었다.

"큰일을 하려면 작은 일에 연연해서는 안 되는 법입니다. 큰 예절을 지키려면 사소한 양보쯤이야 거절할 수 있는 법. 지금 저들이 칼과 도마라면 우리는 그 위에 올려져 있는 물고기와 다름없습니다. 이런 상황에서 하직인사를 하지 않은 게 무슨 대수랍니까?"

이렇게 해서 번쾌는 다른 장수들과 함께 유방을 보필한 채 홍문연을 무사히 빠져나왔다.

"이를 어쩌면 좋단 말이냐!"라는 유방의 외마디 외침에 법도를 거스른 그의 실수는 용서받을 수 있었다. 게다가 힘없는 군주를 지켜야 한다는 용사의 책임감과 용기를 불러일으켰다. 표면적으로 봤을 때, 유방은 별다른 재주는 없는 것 같지만 그의 휘하에 들어간 소하(蕭何), 한신, 진평(陳平) 등 천하의 유명한 인재가 목숨을 걸고 충성을 다했다. 자존감이 대단한 장량(張良)조차 하늘에서 패공을 내렸노라 극찬했다. 유방이 뛰어난 재주와 높은 자존심을 가진 여러 인재를 한데 모을 수 있었던 데는 남다른 통찰력, 판단력 그리고 특별한 방법 없이는 불가능했다. 여기서 말하는 특별한 방법이란 자신을 위해 일할 수 있도록 상대의 마음을 사는 걸 뜻한다.

리더라면 사람을 효과적으로 부릴 줄 알아야 한다. 사람을 제대로 부리려면 무엇보다도 사람의 가능성을 알아볼 수 있는 혜안이 필요한데, 문제는 세상에 완벽한 사람이란 없다는 것이다. 그렇기 때문에 상대의 단점보다는 장점을 발굴하고 계발하는 데 더욱 집중해야 한다. 예로부터 지혜로운 사람에게서 전략을 취하고, 아둔한 자에게서 힘을, 그리고 용감한 자에게서 용기를 취하라고 했다. 요컨대 모든 사람은 저마다의 장점과 단점을 가지고 있다. 단점이 있다고 해서 상대를 무조건 폄하하거나 무시해서는 안 된다. 다양한 개성을 지닌 사람을 특성에 따라 상대하고 장점을 키워야 한다. 하지만 한 가지 공통적인 사실은, 상대가 어떤 특성을 지녔든 충분히 존중해야 한다는 것이다. 아랫사람을 존중할 줄 모르는 사람은 아랫사람으로부터 어떠한 신뢰나 존경을 받지 못한다. 관리자와 아랫사람은 업무적으로 서로 다른 역할을 수행하고 있을 뿐, 인격적으로는 평등하다. 그 어떤 리더도 아랫사람의 도움 없이는 원하는 목표를 이룰 수 없다. 아랫사람이 업무상 저지른 작은 실수를 너그럽게 용서하지 못해 문제가 생겼을 경우, 얻는 것보다 잃는 게 더 크다는 것을 명심하라. 관리자와 아랫사람 사이에 갈등이 불거지면, 더 큰 피해를 보는 것은 관리자다.

위동정의 뺨을 갈긴 강희제

—

중국의 유명 작가 얼위에허(二月河)의 역사소설 《강희대제(康熙大帝)》에 등장하는 재미있는 에피소드를 하나 소개해 보겠다.

미복(微服)을 입고 잠행에 나선 강희제가 하도(河道)를 돌아다니다가 그곳의 날건달들과 시비가 붙었다. 강희제의 신분을 알 리 없는 상대가 무력을 쓰려 하자, 강희제의 위사(衛士)이자 당시 하도를 관리하던 위동정(魏東亭)은 크게 당황한 나머지 사태를 어떻게 해결해야 하는지 몰라 발만 동동 굴렀다. 그 모습에 강희제가 위동정의 뺨을 크게 갈겼다.

현지에서도 알아주는 관리가 아무 소리 하지 못하고 얻어맞는 모습에, 날건달이라도 머리에 든 건 있었는지 서로 눈치를 주고받다가 냅다 줄행랑치고 말았다. 그날 저녁, 강희제는 위동정의 집을 찾았다.

"짐이 요새 그대를 엄하게 대하는 것은 그대를 강하게 단련하기 위함이네. 그대에게 관직을 내리는 것은, 짐의 말 한마디면 할 수 있는 일일세. 허나 그리 되면 그대를 훌륭한 인재로 키울 수 없지. 짐이 원하는 사람이 되려면 좀 더 고생하고 노력해야 하는 법. 그래서 그대를 엄하게 대하는 것일세. 짐의 뜻을 알아줄 텐가?"

강희제의 말에, 위동정은 내심 황상을 원망하던 마음이 눈 녹듯 사라지는 걸 깨달았다. 따귀 사건 이후, 강희제를 향한 위동정의 충심은 더욱 불타올랐다.

사람의 마음을 사는 데 물질적인 보상만으로는 부족하다. 가장 중요한 것은 자신이 중요한 사람이라고 느끼도록 아랫사람을 존중하고 아껴야 한다.

리더라면 다양한 방식으로 다양한 사람을 관리하는 법을 배워야 한다. 하지만 그 전에 아랫사람을 먼저 존중할 줄 알아야 한다. 아랫사람이 의견을 밝힐 때 제대로 귀 기울이지 않고 무시하는 상사를 우리 주변에서 쉽게 찾아볼 수 있다. 혹은 아랫사람의 능력이나 경험이 자신만 못하다며 듣는 둥 마는 둥 하기도 한다. 이러한 관리자라면 상대를 존중할 줄 아는 기본적인 소양이 부족하다고 할 수 있다. 상대가 이야기할 때는 반드시 하고 있던 일을 잠깐 멈추고 진지하게 이야기를 들어줘야 한다. 다른 사람을 충분히 이해할 줄 아는 사람만이 아랫사람의 정확한 지적을 허심탄회하게 받아들일 줄 안다. 설사 상대가 잘못된 의견을 제시하거나 견식이나 능력의 한계로 실수를 저지른다고 해도 너그러이 용서해 줄 수 있다.

상벌

칭찬은 공개적으로,
질책은 개인적으로 하라

太宗初聞靖破頡利, 大悅 …… 於是大赦天下, 酺五日. 禦史大夫溫彦博害其功, 譖靖軍
無綱紀, 致令虜中奇寶, 散於亂兵之手. 太宗大加責讓, 靖頓首謝. 久之, 太宗謂曰: "隋將
史萬歲破達頭可汗, 有功不賞, 以罪致戮. 朕則不然. 當赦公之罪, 錄公之勛." 詔加左光祿
大夫, 賜絹千匹, 眞食邑通前五百戶. 未幾, 太宗謂靖曰: "前有人讒公, 今朕意已悟, 公勿
以爲懷." 賜絹二千匹.

이정(李靖)이 돌궐의 일릭 카간(頡利可汗)의 막사를 함락했다는 소식에, 당 태
종께서 크게 기뻐하며 전국에 사면령을 내렸다. 어사대부(御使大夫) 온언박
(溫彦博)은 이정의 세력이 커질까 두려운 마음에 태종에게 상소문을 올렸다.
"이정이 이끄는 군대의 기강이 문란하여 돌궐의 귀한 보물을 전부 관병에게
약탈당하고 말았습니다." 이 사실을 알게 된 태종이 이정에게 책임을 묻자,
이정이 절을 올리며 용서를 구했다. 그로부터 한참 시간이 지난 뒤에 태종께
서 말씀하셨다. "수나라의 사만세(史萬歲)가 타르두 카간(達頭可汗)을 물리쳤
으나, 문제(文帝)는 상을 내리기는커녕 작은 죄를 핑계로 참수시켜 버렸다.
짐은 그리 하지 않을 것이다. 그대의 치적을 기록할 것이고, 또한 그대의 죄

를 사해줄 것이다." 태종께서는 이정을 좌광록대부(左光祿大夫)로 봉한 뒤 비단 1천 필(匹)을 내려주셨다. 하사받은 식읍(食邑)만 도합 500호(戶)에 달했다. 얼마 뒤 태종께서 이정에게 이리 말씀하셨다. "이전에 누군가가 그대에 관해 안 좋은 말을 했으나 이제는 짐이 그대의 인품을 알았으니 그때 일을 마음에 두지 말게." 그런 뒤에 비단 2천 필을 또다시 하사하셨다.

《구당서(舊唐書)·이정열전(李靖列傳)》

•••

청나라 후반의 명신인 호림익(胡林翼)은 아랫사람에게 효과적으로 상벌을 내리는 방법에 대해 이렇게 말씀하셨다.

"관리가 아랫사람의 장점을 칭찬할 때는 공개적인 장소에서 해야 한다. 하지만 아랫사람의 과실을 단속할 때는 아무도 없는 곳에서 가르쳐야 한다."

모두가 보는 앞에서 부하직원을 칭찬하면, 상대방의 자존감을 높여줌으로써 자신이 상사로부터 주목받고 있다는 정보를 전달할 수 있다. 이런 경우, 더 나은 결과를 얻기 위해 부하직원을 독려하는 효과로 이어진다. 하지만 이와는 반대로 모두가 보는 앞에서 잘못을 지적하면 상대방의 자존심에 상처를 입힘으로써 잘못을 반성하기는커녕 오히려 상사에 대한 원망과 불만을 키울 수 있다. 실수는 부끄러운 것이다. 어느 누구도 다른 사람 앞에서 자신의 치부를 드러내려 하지 않는다. 하지만 진심에서 우러나온 칭찬이라면 기꺼이 다른 사람 앞에서 자랑하려 할 것이다.

리더는 부하직원을 평가할 수 있는 권력을 가지고 있다. 이 권력을 얼마나 효과적으로 사용하느냐에 따라 성공적인 팀 운영이 결정된다. 칭찬은 공개적인 장소에서, 질책은 사적인 장소에서 하라는 호림익의 말은 리더가 부하직원을 평가할 수 있는 '스킬'의 일종에 불과하다. 이 외에도 리더가 깨닫고 습득해야 할 다양한 스킬이 존재한다.

들기 좋은 몇 마디 말만으로는 극적인 효과를 기대하기 어렵다는 점에서, 상을 내리는 것은 효과적인 커뮤니케이션 스킬이다. 다른 사람을 표창할 때에도 일정한 원칙과 스킬이 필요하다. 입에서 나오는 대로 칭찬을 쏟아내 봤자, 오히려 역효과를 불러올 뿐이다. 가식과 위선이 판치는 현대사회에서 우리는 진심과 진실을 갈망한다. 다른 사람에게 상을 내릴 때에도 진심 어린 격려와 애정이 필요하다. 이것이야말로 대인관계를 결정하는 가장 중요한 척도이기 때문이다.

증국번의 칭찬기술

—

증국번은 아랫사람을 칭찬하는 방법으로 다른 사람의 성장을 독려하는 데 무척 능숙했다고 알려져 있다. 어느 날, 군대 사무를 논의하기 위해 증국번은 여러 장수를 소집한 뒤 먼저 입을 열었다.

"모두 알고 있듯이, 홍수전(洪秀全)이 장강(長江) 상류에서 동쪽으로 남하해 강녕(江寧)을 점령하면서 강녕 상류지역은 그의 근거지가 되었네. 지금 우리는 호북(湖北), 강서, 강녕 상류지역을 수복했으니, 이제 남은 것은 안휘 성(安徽省) 뿐이라네. 우리가 안후이마저 수복한다면, 강녕은 조만간 고립되고 말 걸세."

그 순간, 조용히 침묵을 지키고 있던 이속빈(李續賓)이 조심스레 끼어들었다.

"척(滌, 증국번의 자가 척생(滌生)이라고 해서 이리 부른 것이다)장군의 뜻은, 병사를 이끌고 안후이로 가겠다는 것인지요?"

증국번은 자신의 다음 계획을 정확하게 맞춘 이속빈을 무척 뿌듯한 눈빛으로 쳐다봤다.

"적암(이숙빈의 자가 적암(迪庵)이다)의 말이 정답이네! 평소에도 이미 생각해 두고 있었나 보군. 장수라면 적군의 요새나 막사를 부수는 것도 중요하지만, 가장 중요한 능력은 전황의 맥을 정확하게 짚어야 하는 걸세. 이 점에서 적암이 여기 있는 자네들보다 한 수 위로구만."

진심에서 우러나온 증국번의 칭찬에는 상대방의 호감을 사기 위한 위선 따위는 들어있지 않았다. 이러한 칭찬은 상대방을 격려해 줄 뿐만 아니라 다른 사람에게도 긍정적인 자극제로 작용할 수 있다. 현명한 리더라면 아랫사람을 칭찬할 때 자신의 진심을 드러내야 한다. 이와 함께 상을 내릴 때에는 반드시 구체적인 내용도 담아야 한다. 보상을 내리는 이유가 구체적이고 명확할수록 그 효과가 확연하게 드러나기 때문이다. 공허하고 의례적이기만 한 칭찬이나 보상은 구체적인 평가내용이 없기 때문에 상대에게 무성의하다는 인상을 심어줄 수 있다. 이와 달리 구체적인 보상은 정확한 목표성을 지니고 있다는 점에서 상대에게 더 큰 감동을 선사할 수 있다.

공적인 활동을 하다 보면 다른 사람의 단점이나 잘못을 어렵지 않게 발견할 수 있다. 이런 경우, 즉시 잘못을 지적하고 비평하는 행동은 반드시 필요하다. 다른 사람을 비평할 때는 반드시 진지한 태도를 유지해야 하고, 상대방의 입장에 서서 관심, 애정, 진심을 보여줘야 한다. 상대의 장점은 이야기하지 않고 단점만 지적한다면 상대는 억울해하거나 심지어 당신을 원망할 수도 있다. 그러므로 가급적 주관적인 의견을 배제하고, 반드시 객관적이고 합리적으로 비평해야 한다. 그렇지 않을 경우, 상대의 자기방어와 반항심을 불러일으킬 수 있다. 공개적인 장소를 가급적 피하고, 적당한 장소를 골라 적당한 시기에 개인적으로 진지하게 이야기를 주고받아라. 잘못을 저지른 부하직원을 계속해 타박해서도 안 된다. 상대는 이미 자신의 잘못에 대해 충분히 죄책감을 느끼고 있기 때문이다. 계속되는 질책보다는 부하직원을 위로하면서 상황의 심각성에 대해서만 언급한다면 당사자 스스로 자신의 잘못을 고치는 계기를 마련할 수 있다.

안자가 알려주는 비평의 기술

춘추시대 제나라의 국군인 경공은 유달리 사냥을 즐기는 것으로 알려져 있다. 얼마나 사냥을 즐겼던지 야생토끼를 잡을 수 있는 매를 직접 기를 정도였다. 어느 날, 매 사육을 담당하던 촉추(燭鄒)가 한 순간의 실수로 매를 놓치고 말았다. 이 사실을 알게 된 경공이 크게 진노하여 촉추를 끌고 나가 참수시키라고 명했다. 그 순간, 안자(晏子)가 나타나 경공에게 입을 열었다.

"촉추는 크게 세 가지 죄를 지었습니다. 그런 자를 쉽게 죽도록 할 수야 없지요. 소신이 저자의 죄목을 모두 공표한 뒤에 처형하십시오!"

자신의 말에 고개를 끄덕이는 경공을 보며, 안자가 모든 사람이 보는 앞에서 촉추를 향해 입을 열었다.

"촉추, 그대는 대왕을 위해 매를 기르던 자이거늘 매가 날아가도록 하고 말았으니 이것이 자네의 첫 번째 죄일세. 매 때문에 대왕께서 사람의 목숨을 해치게 됐으니 이것은 두 번째 죄. 자네를 처형하면 천하의 제후가 현사를 멀리하고 매를 아끼는 대왕의 인품을 알게 될 터이니 그게 세 번째 죄일세."

말을 마친 안자가 경공에게 자신의 말이 모두 끝났다며 촉추를 처형하라는 청을 올렸다. 하지만 안자의 말을 들은 경공은 부끄러운 마음에 촉추의 형벌을 면해주었다.

안자가 질책한 대상은 아랫사람이 아닌, 자신이 모시는 주군이었다. 그러면서도 아랫사람의 잘못을 넌지시 짚고 넘어갔다는 점에서 좋은 귀감이 된다. 겉으로 봤을 때 안자는 촉추의 죄목을 하나하나 따지는 듯했지만 사실상 사람보다 매를 아낀 경공을 질책했다. 위의 이야기에서 우리는 한 가지 교훈을 얻을 수 있다. 간접적으로, 은근히 상대의 잘못을 질책할 경우 상대 스스로 자신의 잘못을 깨닫고 진심으로 상사의 뜻에 따르도록 이끌 수 있다.

어떻게 비평하느냐에 따라 비평의 효과가 결정된다. 다른 사람을 비평할 때는, 적당한 시기와 적당한 수위를 조정함으로써 상대방이 있는 그대로의 비평과 충고를 받아들일 수 있도록 해야 한다.

포용

감싸주되
눈감아 주지 말라

王若曰: "孟侯, 朕其弟, 小子封. 惟乃丕顯考文王, 克明德慎罰; 不敢侮鰥寡, 庸庸, 祇祇
威威, 顯民, 用肇造我區夏, 越我一, 二邦以修我西土. 惟時怙冒, 聞於上帝, 帝休, 天乃大
命文王. 殪戎殷, 誕受厥命越厥邦民, 惟時敍, 乃寡兄勗. 肆汝小子封在茲東土."

주공이 주(周) 성왕(成王)을 대신해 강숙(康叔)에게 입을 열었다. "강숙! 위대하
고 영민하신 네 아버지 문왕(文王)께서는 도덕으로 백성을 교화하시고, 신중
하게 법과 벌을 사용하셨다. 세상 천지에 기댈 곳 하나 없는 사람도 함부로
무시하지 않으셨고, 뛰어난 재주를 가진 자를 발굴하는 데도 능하셨다. 존중
할 만한 가치가 있는 사람을 존중하셨고 경외해야 할 일에는 스스로 몸을 낮
춰 경외하셨다. 자신의 백성을 아끼셨기에 천하(區夏)에 기업(基業)을 세우고
우방들과 함께 서쪽을 다스릴 수 있었다. 문왕의 노력을 들으신 하느님께서
크게 기뻐하시며 문왕에게 천명을 내리셨다. 하느님의 명령과 도탄에 빠진
은나라 백성의 부름으로, 은(殷)나라를 멸망시키고 문왕의 사업을 계승하는

것은 네 형 무왕(武王)이 노력해서 얻은 성과이니라. 이제는 젊은 너를 동쪽 영토에 봉하노라."

《상서(尙書)·강고(康誥)》

...

사람은 누구나 실수하기 마련이다. 그런 사람으로 구성된 조직에서 실수나 잘못을 어떻게 받아들여야 할까? 상사라면 아랫사람의 과실을 어떻게 처리해야 할까?

진(秦)나라 승상인 이사(李斯)는 '간축객서(諫逐客書)'에서 이렇게 이야기했다.

"태산은 한 줌의 흙도 버리지 않기 때문에 가장 높이 솟을 수 있었습니다. 그리고 황하나 바다가 아무리 작은 시냇물이라도 버리지 않고 다 받아들이기 때문에 어마어마한 수량을 이룰 수 있었습니다."

다시 말해서 좋은 리더가 되려면 아랫사람을 품을 만한 넉넉한 아량과 도량을 갖춰야 한다. 그렇다고 해서 무조건 실수를 눈감아 주라는 것이 아니다. 포용에도 정도와 원칙이 있어야 한다.

아랫사람이 일부러 실수나 잘못을 저지른 게 아닌 이상, 너그럽게 용서해 주고 관심을 기울여 주어야 한다. 아랫사람과 함께 문제가 일어나게 된 원인을 찾아보고 교훈을 찾는 것이다. 마음의 짐을 덜어주며 다시 도전할 수 있도록 독려해 주는 것도 잊어서는 안 된다. 한 번 실수에 책임 운운하며 다그치지 마라. 실수한 것 가지고 대뜸 상대를 의심하는 행동은 업무상 활력을 반감시킬 뿐만 아니라 지속적인 성장도 저해할 수 있다. 아랫사람의 실수를 너그러이 용서해 주는 행동은 대개 상대를 더욱 분발시키는 효과로 이어진다. 그러므로 아랫사람의 재능을 높이 평가하고 작은 실수에 연연하지 말라. 힘내라며 열심히 응원해줘야 상대도 진심으로 감동하는 법이다. '선비는 자신을 알아주는 사람을 위해 죽는다'는 말처럼, 상사로부터 신뢰와 관심을 받으면 업무 집중도가 한결 높아진다.

당 태종의 포용정책

—

당 태종은 아랫사람의 잘못을 적절히 눈감아줄 줄 알았던 명군으로 평가된다. 대신이 실수를 저질렀다고 해도 원칙적인 문제가 아니라면 가능한 한 너그러이 용서해주려 노력했다.

동한 채옹(蔡邕)은 고묵(枯墨, 마른 묵)으로 쓰는 '비백서(飛白書)'를 창안했다. 거침없이 빠르게 써 내려가는 필법으로 글자에 흰 공백이 나타난다고 해서 '비백서'라고 부른다. 비백서를 무척 좋아하던 태종 덕분에 채옹은 천하에 명성을 떨치기 시작했다. 눈으로 감상하는 것으로는 성에 차지 않았는지, 태종은 자신이 직접 붓을 들고 비백서를 즐겨 쓰기도 했다. 그 결과, 태종이 직접 쓴 비백서를 당시 사람들은 앞다투어 소장하기도 했다.

어느 날, 태종은 현무문에서 삼품 이상 되는 조정 대신을 위한 연회를 열었다. 경직된 분위기는 술잔이 몇 번 오가는 동안 어느새 사라지고, 누구나 할 것 없이 기분 좋게 술잔을 기울였다. 비백서로 쓴 '복(福)' 자를 내려달라는 요청에, 태종은 그 자리에서 붓을 꺼내들고 시원스레 글자를 썼다. 기분 좋게 취기가 오른 상태인지라, 군신 간의 예의는 잠시 잊고 연회에 참석했던 대신들이 비백서를 차지하기 위해 앞다투어 달려 나왔다. 한바탕 난리법석이 난 와중에 평소에도 거침없기로 유명한 상시(常侍) 유계(劉洎)가 태종의 보좌로 뛰어오르더니 태종의 손에서 비백서를 낚아챘다. 얼마나 기뻤던지 유계는 연신 큰 소리로 웃음을 터뜨리며 덩실덩실 춤까지 췄다. 그 모습에 술기운에서 번쩍 깬 몇몇 대신들이 군신 간의 예의를 망각했다며 유계를 나무랐다. 급기야 이들은 머리를 조아리며 황상을 함부로 모욕한 유계를 참수시켜야 한다고 주장했다. 유계 역시 사태의 심각성을 깨닫고 허겁지겁 무릎을 꿇은 채 자신의 죄를 용서해 달라고 청하기 시작했다. 긴장감이 흐르는 가운데, 태종이 난데없이 웃음을 터뜨렸다.

"황제나 황후의 가마에 앉으려고 갖은 핑계를 대려는 비빈들이 있다는 이야기는 일찍이 들어본 적 있소. 허나 내 글을 얻으려고 조정 대신들이 보좌에 올라탄 것은 생전 처음 보는 일이구려. 예법이 비록 엄하다 하나 술 취한 사람에게는 해당하지 않는 법이오. 게다가 유계는 짐의 글을 소중히 여기는 마음에 그런 것이니 그것을 어찌 죄라 할 수 있겠소? 내 복사뼈만 밟지 않았으면 됐소이다."

이렇게 해서 태종은 예법대로라면 처형시켜 마땅한 조정 대신의 목숨을 구했다.

하급 관리와 일반 백성을 대할 때면, 태종은 그 어느 때보다 인자하고 관대했다. 태종은 매년 여산(驪山)을 찾아 사냥을 즐기곤 했는데 여산에는 황제를 위한 전용 사냥터가 없었던 탓에 다른 사람의 출입을 막기 위해 주변에 높은 벽을 세워두었다. 어느 날, 사냥터 정상에 오르던 태종의 눈에 무너져버린 담벽이 들어왔다. 그 모습을 유심히 보던 태종이 시위에게 조용히 입을 열었다.

"사냥터 주변의 담벽이 무너지고도 아직까지 수리되지 않은 것은 사냥터를 관리하는 자가 게으름을 피웠기 때문이다. 그 죄를 물어 참수시키는 것이 당연하다. 그렇다고 해서 짐이 그자의 목을 벤다면 그들의 잘못을 억지로 찾아내 꼬투리를 잡고 물어진 것이라며 나를 탓할 것이다. 그렇다고 죄를 묻지 않는다면 기강이 무너질 수 있는 법."

말을 마친 태종은 산길이 높아 위험하다며 아무것도 보지 못한 것처럼 다른 산골짜기로 이동했다. 그 후, 사냥터 관리는 다른 사람이 눈치채지 못하게 태종이 자신의 잘못을 용서해줬다는 사실을 깨달았다. 하해와 같은 은혜에 감동한 관리는 앞으로 직분에 충실한 관리가 되겠노라 맹세했다.

한편 제주(齊州) 사람인 은지충(殷志冲)은 황제의 자리를 태자에게 넘기라는 내용을 담은 서한을 태종에게 올렸다. 재위 중인 황제에게 퇴위를 권하는 것은 황제에 대한 커다란 모욕으로, 마땅히 참수해야 옳았다. 이 소식을 접한 태자가 패륜을 저질렀다는 누명을 뒤집어쓸까 전전긍긍하며 태종 앞에서 울음을 터뜨릴 정도였다. 대신들 또한 이번 사단을 일으킨 은지충을 잡아들여 죽여야 한다며 분통을 터뜨리기도 했다. 하지만 태종은 고개를 저으며 조용히 입을 열었다.

"은지충이 나더러 황제 자리를 태자에게 넘기라고 했다. 내가 잘못을 저지른 것이라면 그자의 서신은 용기 있게 직언을 올린 것이라 하겠다. 허나 그런 것이 아니라면 이자는 미친 것이 분명하다. 넓고 넓은 세상에서 어찌 미치광이 하나 정도야 품을 수 없겠느냐?"

태종의 말 한마디에 은지충은 사면됐다.

당 태종은 넓은 아량으로 조정 대신과 백성의 잘못을 용서했다. 그렇다고 해서 무조건 실수를 눈감아 주는 방임적인 태도를 취한 것은 아니다. 그는 충분히 납득할 수 있는 이유가 있는 경우, 자신의 원칙과 소신에 따라 상대를 용서했다. 원칙 있는 포용과 용서만이 조정 대신과 백성에게 진정한 감동을 선사할 수 있다는 걸 잘 알고 있었기 때문이다.

이유 있는 용서를 하려면 아랫사람의 잘못을 정확하게 바라볼 줄 알아야 한다. 이를테면 업무가 손에 익지 않거나 능력 부족 혹은 덜렁거리는 습관 탓에 업무에서 끊임없이 사소한 실수를 저지르는 사람이 있다. 업무상 책임을 이행하지 않거나 업무 처리에 소홀한 바람에 업무를 그르쳐 경제적인 손실을 입히는 사람도 있다. 관리자라면 우선 상황을 정확히 파악해야 한다. 문제를 보완할 수 있다면 최대한 효과적인 조치를 취함으로써, 피해 정도를 최소화하는 것이다. 또한 부하직원과 함께 실수를 저지르게 된 원인을 진지하게 분석해야 한다. 이때 부하직원이 한 일을 100% 부정하는 경솔한 발언을 하지 않도록 주의해야 한다.

부하직원이 저지른 실수를 진지하게 평가하고 교육하라. 심각한 피해를 입혔다면 엄격한 처벌도 내려야 한다. 이와 함께 아랫사람이 실수를 저지를 수 있다는 상황 자체를 관리자 스스로 인정해야 한다. 부하직원의 의도치 않은 실수, 특히 과감하게 개혁을 추진하거나 중대한 사업을 진행하는 부하직원이라면 적극적으로 그들을 이해하고 응원하라. 실수라는 하나의 사실이 아니라 전체적인 틀, 긍정적인 관점에서 그들을 바라봐야 한다. 한 번 저지른 실수를 가지고 물고 늘어지는 게 아니라, 그들 스스로 문제가 일어나게 된 상황을 파악하고 교훈을 얻어 새로운 자신감으로 다시 도전할 수 있게 도와주는 것이다. 또한 아랫사람이 실수를 저지르게 된 데 자신이 연관되어 있다면, 솔선수범해서 자신의 잘못을 인정하고 책임을 져야 한다. 교묘하게 자신의 책임을 아랫사람에게 전가해 피해를 보게 하는 일이 없도록 자신을 단속해야 한다.

경계

한 사람을 벌주어
백 사람을 경계하라

翁歸治東海明察, …… 及出行縣, 不以無事時. 其有所取也, 以壹警百, 吏民皆服. 恐懼改行自新. 東海大豪郯許仲孫為奸猾, 亂吏治, 郡中苦之. 二千石欲捕者, 輒以力勢變詐自解, 終莫能制. 翁歸至, 論棄仲孫市, 一郡怖栗, 莫敢犯禁. 東海大治.

윤옹귀(尹翁歸)가 동해군(東海郡)을 다스리던 시절, 손바닥 들여다보듯 군내의
현황에 훤했다. …… 여러 현을 순찰하기 위해 자리를 비우더라도 특별한 사
건이 일어나지 않았다. 순찰에 나섰다가 죄를 진 자가 있으면 한 명을 처벌
해 여러 명에게 경계심을 심어줬다. 그러자 관리와 백성이 윤옹귀의 명에 순
종했고, 어떤 이들은 자신의 잘못을 고치기도 했다. 동해군 담현(郯縣)의 대
토호 허중손(許仲孫)은 간사하고 교활한 자로, 관리의 기강을 해치고 풍기를
문란하게 하는 등 많은 문제를 일으켰다. 군수들이 체포하려고 할 때마다,
허중손은 세력을 동원하거나 교묘한 수법으로 매번 법망을 빠져나오곤 했
다. 이러한 사실을 알게 된 윤옹귀는 부임하자마자 허중손을 저잣거리로 끌

고 나와 참수시켰다. 그 모습에 군민 전체가 크게 놀라니, 그 뒤로 어느 누구도 법령을 어기지 않았다. 그리하여 동해군은 태평성대를 이룰 수 있었다.

《한서(漢書)·윤옹귀전(尹翁歸傳)》

•••

　경계는 경고, 훈계의 뜻이다. 조직 내 일부 구성원은 개성, 습관 등의 이유로 여러 차례 조직제도를 무너뜨리거나 주어진 임무를 제대로 달성하지 못한다. 이러한 상황에서 엄격한 수단으로 경고하지 않을 경우, 당사자의 잘못을 시정해줄 수 없을 뿐만 아니라 주변 사람이 문제를 답습하도록 만들 수 있다. 이러한 문제가 장기적으로 진행될 경우, 조직 내 기강이 흐트러질 수 있을 뿐만 아니라 일에 대한 조직구성원의 책임감을 약화시킴으로써 제대로 된 관리를 실시할 수 없다. 그러므로 관리자는 적절한 순간에 엄격한 수단을 동원해야 한다. 잘못을 저지른 아랫사람에게 경고하고 다른 사람이 똑같은 잘못을 답습하지 못하도록 훈계하는 것이다. 흔히 말하는 '일벌백계'는 조직 내에서 자주 사용되는 방법이다.

　'일벌백계'라는 말 자체는 경고라는 의미를 담고 있다. 조직 내에서 의견 일치를 보지 못해 업무에 지장이 생겼을 때, 하나의 목소리를 내고 법령이 관철될 수 있도록 강력한 수단을 사용하는 것을 가리킨다.

　사회에서 '제대로 된 사람'이 되기 어렵다는 말처럼, 현대 직장생활에서 우수한 관리가 되는 건 더욱 어렵다. 특히 관리를 주로 담당하는 중간 관리자의 경우 골치 아픈 문제에 종종 직면하게 된다. 새로운 정책을 실시하는 과정에서 기득권을 유지하기 위해 정책에 저항하는 세력이 항상 등장하기 때문이다. 이들의 거센 저항에 중간 관리자는 속수무책으로 당하기 십상이다.

곽위의 '일벌백계'

949년 후한의 반란군 장수 이수정(李守貞)이 군사를 이끌고 하서(河西, 지금의 간쑤(甘肅)) 성 허시(河西) 주랑(走廊)에 주둔하고 있던 곽위(郭威)를 공격했다. 곽위의 장수들이 술이라면 사족을 못 쓴다는 사실을 잘 알고 있던 이수정은 행동에 나서기 전에 사람을 하나 사서 술장수로 위장시킨 뒤 곽위의 부대 안으로 들여보냈다. 얼마 뒤 곽위의 병사들이 술에 취해 곯아떨어진 것을 확인한 이수정이 잽싸게 하사 군영을 기습했다. 이 사실을 알게 된 곽위는 특별한 상을 내리거나 연회를 여는 경우가 아니라면, 하서 지역에서 어느 누구도 입에 술을 대서는 안 된다는 명을 내렸다. 이를 어길 시에는, 신분의 고하를 막론하고 참수할 것이라는 경고와 함께.

곽위의 최측근 장수인 이심(李審)은 수많은 전투에서 탁월한 실력을 자랑하며 큰 공을 세웠다. 어느 날, 자신의 업적을 축하하는 연회에서 이심은 평소와 다름없이 부하들과 술을 마시려 했다. 곽위가 금주령을 내렸다는 사실을 알고 있던 수하들이 이심을 뜯어말렸지만 소용

없었다. 곽위와는 어릴 때부터 콩 한쪽도 나눠 먹던 사이라며, 술 몇 잔 마셨다고 곽위가 자신을 죽일 리 없다며 큰소리까지 쳤다. 호언장 담하는 이심을 보며, 부하들도 안심하고 술을 들이켰다.

이 사실을 알게 된 곽위는 사람을 시켜 이심을 불러들인 뒤 호되게 야단치더니, 급기야 이심을 끌고 나가 참수시켜 버렸다. 그 모습을 지 켜보며 곽위의 병사들은 커다란 충격을 받았다. 이심과 곽위의 남다 른 우애를 잘 알고 있던 이들이라, 설사 이심이 군령을 어겼더라도 곽 위가 눈감아주리라 생각했기 때문이다. 이 일을 계기로 어느 누구도 함부로 술을 입에 대지 않았고, 곽위의 군령을 철두철미하게 따랐다.

사실 모든 조직에는 리더의 머리를 아프게 만드는 '문제아'가 있기 마련이다. 어떤 이들은 자존감이 원체 높아 다른 사람과 원만하게 지 내지 못하고, 나이를 무기 삼아 관리자의 권위를 무시하기도 한다. 작 은 이익에 눈이 멀어 전체의 이익을 해치는 어리석은 이들도 있다. 이 들은 조직제도의 한계를 계속해서 도발하며 업무질서를 해치고 조직 의 업무효율을 떨어뜨린다. 이들에 대한 처벌이 이루어지지 않는다면 아랫사람이 이들의 잘못된 행동을 무턱대고 따라 할 수도 있다. 또한 잘못을 저지르고도 합당한 처벌을 받지 않을 경우, 부하직원의 적대 감, 분노를 유발함으로써 전체적인 업무 환경에 부정적인 영향을 끼 치게 된다. 그러므로 문제아에 대한 올바른 관리는 관리자의 임무일 뿐만 아니라, 모든 부하직원의 이익과도 직결되어 있다. 그래서 리더 는 '일벌백계'를 위해 적당한 처벌을 적절한 순간에 내려야 한다.

국군의 충신을 죽인 전양저

—

춘추시대 말엽, 경공이 재위하고 있던 당시 제나라의 군사력이 점점 쇠약해지기 시작했다. 전국을 쥐 잡듯 뒤져도 병사를 맡길 만한 인물이 나타나지 않자, 병사들이 훈련에 소홀히 하는 등 군기가 크게 떨어졌다. 이러한 상황을 보다 못한 안영(晏嬰)이 경공에게 당시로서는 지위가 낮은 전양저(田穰苴)를 추천했다. 전양저와 면담을 가진 경공은 문무를 겸비한 그의 실력에 크게 감탄하며, 그 자리에 당장 대사마(大司馬)로 임명했다. 이것만으로 부족했는지 경공은 진(晉)나라와 연나라의 적군을 쳐부수라며 전양저에게 병사를 내주기로 했다. 경공으로부터 명을 받은 전양저가 조용히 입을 열었다.

"비천한 출신의 소인을 대부(大夫)보다 높은 자리에 앉히셨으니, 병사들이 제 말에 복종하지 않고 백성 역시 믿으려 하지 않을 것입니다. 그러니 대왕께서 가장 아끼시고, 나라 안에서도 높은 자리에 오른 대신을 보내 협력토록 해 주십시오."

그 말에 경공은 자신의 충신인 장가(莊賈)를 보냈다. 한편 왕궁을 나선 전양저가 장가에게 내일 오전에 부대 입구에서 만나자고 정중히 청했다.

이튿날 정오, 일찌감치 부대에 도착한 전양저가 병사들에게 시간을 측정하는 측량대와 물을 떨어뜨려 시간을 확인하는 측우기를 세우라고 했다. 장가가 도착하는 대로 전군은 완전무장한 채 출정할 준비를 하라는 명령도 내렸다. 하지만 약속한 시간이 지나도록 장가는 모습을 드러내지 않는 것이 아닌가! 화가 머리끝까지 난 전양저가 측량대의 목판을 베어버리고, 측우기에 담긴 물을 죄다 쏟아버렸다. 그러더니 당장 부대를 소집하라는 군령을 선포했다.

황혼이 뉘엿뉘엇 질 무렵, 알딸딸하게 술에 취한 장가가 마침내 부대에 모습을 드러냈다. 전양저가 짐짓 화를 누르며 약속한 시간에 나타나지 않는 이유를 따져 묻자, 장가는 아무렇지 않다는 표정으로 초대받은 연회에 다녀오느라 늦었노라 대답했다. 그 말에 전양저는 국사를 가벼이 여겼다며 군법관을 당장 불러들였다.

"군법에 따라 아무 이유 없이 시간을 지체했다면 어떤 처벌을 내려야 하느냐?"

"법에 따라 참수함이 옳습니다."

그 말에 장가는 사태의 심각성을 그제야 깨달았다. 허겁지겁 사람을 찾아 자신을 구해달라는 청을 경공에게 전하도록 했다. 하지만 그가 보낸 심부름꾼이 미처 돌아오기도 전에 전양저가 장가의 목을 벴다. 그 모습에 전군이 말 그대로 경악했다.

한편, 경공이 보낸 사신이 부대 안으로 달려 들어와 장가를 사면시키라는 뜻을 전했다. 그러자 냉랭한 표정의 전양저가 으르렁거리듯 말을 뱉어냈다.

"그자는 지금 밖에 있으니, 군명을 받지 못할 것이다! 그런데 부대 안에서 함부로 말을 타고 다닌 자에게는 어떤 처벌을 내려야 하는가?"

전양저의 물음에 군법관은 떨리는 목소리로 대답했다.

"목을 베야 합니다."

"홍, 허나 그대는 군왕의 사신이니 목을 베지는 않겠다."

그 후 전양저는 사신의 시종과 그가 타고 온 수레를 끌던 말 한 마리를 죽인 뒤 경공에게 이를 보고하라고 돌려보냈다.

이번 사건으로 충격에 빠진 제나라 병사들은 더 이상 항명하지 않고, 전양저의 명령에 순순히 복종했다. 그 결과, 종이호랑이라고 불렸던 제나라의 전투력이 대폭 개선됐다.

처벌은 그 자체가 목적이 아니라 효과적인 관리를 위한 수단에 불과하다. 인성을 중시하는 교육을 강조하는 시대에 강압적인 관리수단을 점점 찾아보기 어려운 것은 어찌 보면 당연한 일이라 하겠다. 하지만 관리가 제대로 이루어지지 않는다면 필요한 범위에서 처벌은 필요하다고 본다.

세계적으로 철저히 '인성화'된 관리는 단 한 번도 이루어진 적이 없다. 부하직원이라면 특정 '부서'에 들어가 그곳의 '규정'을 따라야 한다. 규정을 위반했다면 처벌을 받는 것은 원망의 여지가 없는, 지극히 당연한 일이다.

많은 부서에서 가장 흔히 볼 수 있는 처벌이 바로 벌금이다. 부서 안에서 이루어지는 경제적 제재로, 부하직원의 경제적 이익에 직접적인 영향을 준다는 점에서 퇴사, 연봉삭감, 좌천의 뒤를 잇는 경고 조치라 하겠다.

직장에서 근무하는 지인 중 한 명이 자신이 소속된 부서에서 인성화된 관리를 실시한 적이 있다고 알려줬다. 고액 연봉, 다양한 복지혜택, 무료 의료서비스를 누리는 것 외에도 별다른 구속 없이 편히 지낼 수 있었다. 게다가 그들에게 규정이나 제도는 없는 것이나 다름없었다. 중대한 실수를 저지른 것이 아니라면, 법률 위반에 따른 책임을 지거나 비난을 받는 경우가 드물었기 때문이다. 벌금은 낼 필요도 없었다. 처음에는 부서에 대한 남다른 애정에 힘입어, 부서 구성원 모두 자발적으로 일을 도맡아 처리하고 규칙을 지켰다. 하지만 시간이 지날수록 업무에 소홀해지고 규칙에 둔감해지는 등 잘못된 현상이 전염병처럼 급속히 퍼져나가 부서 전체를 마비시키고 말았다.

그러던 중 새로 부임한 상사가 '엄격한 제도나 법률로 기강을 다스리겠다'는 결심을 보여주겠다며 페널티 시스템을 동원해 본격적인 관리에 나섰다. 상사는 고위 임원들에게 상황을 보고한 뒤 다음과 같은 규정을 내렸다.

'아랫사람의 일상적인 업무 실수와 규정 위반 행위는 사태의 경중, 피해 정도에 따라 경고, 엄중 경고, 인사고과 기록, 강등, 해직, 유임, 벌금, 제명 등 다양한 수위의 처벌을 내린다.'

해당 정책이 실시된 후 효과는 상당히 고무적이었다. 부서 전체에 만연해 있던 많은 문제도 어느덧 하나둘씩 해결되었다.

자기가 나서고 싶으면 먼저 남을 내세워 주고 자기가 발전하고 싶으면 남을 먼저 발전시켜준다.
이것이 인자(仁者)의 태도이다.

논어

8장

원만한
인간관계를 위한
지혜

사고성

/

소중한 인연을
얻어라

魯公伯禽之初受封之魯, 三年而後報政周公, 周公曰: "何遲也?" 伯禽曰: "變其俗, 革其
禮, 喪三年然後除之, 故遲." 太公亦封於齊, 五月而報政周公. 周公曰: "何疾也?" 曰: "吾
簡其君臣禮, 從其俗為也." 及後聞伯禽報政遲, 乃嘆曰: "嗚呼, 魯後世其北面事齊矣! 夫
政不簡不易, 民不有近; 平易近民, 民必歸之."

당초 노공(魯公) 백금(伯禽, 주공의 아들)이 노(魯)나라에 봉해지고 3년이 지난 뒤
에 주공에게 시정을 보고하러 왔다.

"왜 이리 늦었느냐?"

"그동안 그곳의 풍속을 개혁하고, 그곳의 예의를 바꿨습니다. 상복을 입은
사람이 3년 뒤 상복을 벗을 때까지 기다려야 효과를 볼 수 있기에, 그래서 늦
었습니다."

한편 제나라에 봉해진 강태공(姜太公)이 봉해진 지 5개월 만에 주공에게 그동
안의 업무결과를 보고하러 왔다.

"왜 이리 빨리 왔느냐?"

"그곳에 행해지던 군신간의 예의범절을 간소화하고, 모든 것을 그곳의 풍속에 따라 행하였습니다."

훗날, 강태공은 백금이 한참 뒤에 시정결과를 보고하러 왔다는 이야기를 듣고 크게 탄식했다.

"아아! 노나라는 훗날 제나라의 신하가 되겠구나. 위정자가 정사를 간소화하지 않으면 백성이 가까이 다가오지 못하는 법이다. 위정자가 반포한 법령이 쉽고 다가서기 쉬운 것이라면, 백성 스스로 그 아래 머리를 조아릴 것이다."

《사기 · 노주공세가(魯周公世家)》

...

개성을 강조하는 현대사회에서 남과 다른 생각을 지닌 자신을 대단하게 여기는 사람들이 있다. 리더가 자신을 특별하게 대해주기를 바라는 이들은 다른 사람과의 교류에서 시도 때도 없이 자신의 특별함을 내세운다. 거기다 다른 사람을 무시하거나 의심하고 심지어 시기하기도 한다. 업무회의에서 자신의 의견을 앞세우려 애쓰는 것도 여기에 포함된다. 논쟁을 벌일 때면 어떻게든 상대를 내리누르려고 하기도 한다. 이러한 현상으로 생겨나는 가장 직접적인 결과는 대인관계의 실패이다. 자신을 지나치게 강조하다 보니, 자신을 집단에서 소외시킴으로써 집단 내 자신의 기반을 약화시키고 마는 것이다.

사람을 사귀는 데 능한 유비

—

글방에서 공부하던 어린 유비는 남다른 총기와 의리로, 동학들과 서로 도우며 돈독한 관계를 유지했다. 장성한 유비와 친구들은 각자 살길을 찾아 뿔뿔이 흩어진 뒤에도 여전히 서로 연락을 주고받으며 지냈다. 여러 친구 중에서도 석전(石全)이라는 친구는 글방에서 공부하던 시절부터 유비와 허물없이 지냈다. 석전은 글방 공부가 끝나면 집으로 돌아가 노모를 봉양하며 시간이 날 때마다 장작을 패거나 글자, 그림을 팔아 생계를 마련하곤 했다. 형편이 여의치 않은 석전을 유비는 종종 집으로 초대해 형편 닿는 대로 도와주었다. 시간이 지날수록 유비와 석전은 친형제 못지않은 우애를 나누는 소중한 벗으로 발전했다.

훗날 유비가 한 왕실을 부흥시키겠다며 군대를 일으키더니 동한 말년의 대혼전에 뛰어들었다. 대단치 않은 세력을 보유하고 있던 유비는 간신히 다른 사람의 휘하에 들어가 목숨을 연명하던 중에 전투에서 대패하고 말았다. 석전은 부하를 모두 잃고 혈혈단신으로 탈출한 유비를 숨겨주기도 했다. 덕분에 유비는 죽을 고비를 넘길 수 있었다.

그 후 유비는 장비, 관우와 함께 도원결의를 맺으며 생사를 함께 하자고 맹세했다. 무슨 일이든 두 형제와 상의하고, 상부로부터의 압력에 밀려 동생들을 난처하게 만들지 않도록 유비는 최선을 다했다. 또한 자신을 높이기 위해 형제들에게 소홀하지 않고 마치 자신의 수족처럼 소중히 여겼다. 이처럼 사람을 아끼는 유비에게 감동한 관우와 장비는 한마음으로 유비를 따랐다. 나중에 몸을 의탁할 곳이 없어 정처 없이 헤매거나 외부로부터 온갖 유혹이 쏟아졌지만 형제간의 뜨거운 우정은 단 한순간도 흔들리지 않았다. 관우는 형인 유비를 따르기 위해, 조조의 뜨거운 구애를 뒤로하고 형수님들을 모신 채 막강한 적장을 연거푸 물리쳤다. 유비 역시 특유의 진실함, 붙임성으로 조운, 제갈량과 같은 충성스러운 보좌를 얻었다. 이들의 노력에 힘입어 유비는 삼국시대의 한 축인 촉나라를 세우며 천하에 명성을 떨쳤다.

'울타리 하나 세우는 데 말뚝 세 개가 필요하고, 영웅 한 명이 탄생하는 데 3명의 도움이 필요하다'는 중국 속담이 있다. 세상에는 혼자서 해낼 수 있는 일이 많지 않다. 그래서 리더 혹은 상사라며 거드름 피우거나 자신을 남보다 대단한 사람이라고 잘난 척해선 안 된다. 그보다는 주변 동료, 친구와 원만한 관계를 유지하는 편이 현명하겠다. 그래야만 중요한 순간에 외톨이가 되지 않고 다른 사람으로부터 도움을 받을 수 있다. 상대에게 호감을 심어주고 붙임성 있게 행동하는 것은 친구를 멀리 밀어내는 것이 아니라 더 많은 친구, 소중한 인연을 얻을 수 있는 비결이다.

편작이 말하는 의술
—

춘추 전국 시대의 명의 편작(扁鵲)은 위로 형님 두 명을 모시고 있었다. 삼형제 모두 의술에 통달했지만 명성만 놓고 본다면 막내인 편작, 차남, 그리고 장남 순이었다. 삼형제 중에서 누구의 의술이 가장 뛰어나냐는 위(魏) 문공(文公)의 물음에 편작이 차분히 입을 열었다.

"큰 형님의 의술이 가장 뛰어나시고, 그다음이 둘째 형님입니다. 송구스럽게도, 소신의 실력이 가장 부족합니다."

"응? 그렇다면 어찌하여 네 명성이 가장 높은 것이더냐?"

"큰 형님은 병이 밖으로 나타나기 전에 병자를 치료할 정도로 의술이 뛰어나십니다. 하지만 병자는 큰 형님이 미리 병을 제거한 것을 알지 못하기 때문에 형님의 의술이 얼마나 뛰어난지 모릅니다. 둘째 형님은 막 발병하였을 때 병을 치료하기 때문에 사람들은 둘째 형님이 작은 병만 치료할 줄 안다고 생각합니다. 두 형님께 비하면 제 의술은 보잘 것 없습니다. 병세가 위중한 병자가 찾아오면 소인은 그저 경맥을 짚어 침을 놔주거나 사혈을 합니다. 때로는 연고를 발라주기도 하지요. 그렇게 해서 병이 나으면, 사람들은 제 의술이 뛰어나다며 칭찬합니다. 그 덕에 소인의 명성이 가장 널리 알려져 있으나 의술은 삼형제 중에서 가장 부족합니다."

"말 한번 잘하는구나!"

천하에 그의 이름을 모르는 이가 없을 정도로 유명한 편작이었지만 자신을 항상 다른 사람의 뒤에 둘 정도로 무척 겸손했다고 한다. 다른 사람에게 환대를 받을 만큼 자신을 집단 안에 적절히 녹여낼 줄 알았던 편작은 이를 통해 위 문왕과 다른 사람으로부터 깊은 신뢰와 높은 평가를 받았다.

사람들의 눈길을 피해 조용히 일을 처리하고 행동한다면, 자신의 특별함을 강조하지 않는다면, 당신의 재능을 알게 된 사람들이 자연스레 당신을 특별하게 대할 것이다. 반대로 자신은 남들과 다르다며 오만한 태도로 사람을 대한다면, 제아무리 뛰어난 재능을 가지고 있다 해도 진심 어린 존경을 받을 수 없다. 자신이 군계일학이라는 사실을 주변의 '닭'에게 알리려다가, 닭에게 우리 밖으로 쫓겨날 수 있음을 명심하라. 좋은 인연을 얻고 싶다면, 자신의 특별함을 직접적으로 강조하는 것이 아니라 먼저 자신을 집단 안에 자연스레 녹여낼 줄 알아야 한다.

믿음

약속을 지켜
신뢰를 얻어라

仆管仲曰: "吾始困時, 嘗與鮑叔賈, 壹分財利多自與, 鮑叔不以我為貪, 知我貧也. 吾嘗為
鮑叔謀事而更窮困, 鮑叔不以我為愚, 知時有利不利也. 吾嘗三仕三見逐於君, 鮑叔不以
我為不肖, 知我不遭時也. 吾嘗三戰三走, 鮑叔不以我怯, 知我有老母也. 公子糾敗, 召忽
死之, 吾幽囚受辱, 鮑叔不以我為無恥, 知我不羞小節而恥功名不顯於天下也. 生我者父
母, 知我者鮑子也." 鮑叔旣進管仲, 以身下之. 子孫世祿於齊, 有封邑者十餘世, 常為名大
夫. 天下不多管仲之賢, 而多鮑叔能知人也.

관중은 이렇게 말했다. "당초 내가 가난하던 시절에 포숙아와 함께 장사를
했다. 번 돈을 나눠가질 때 내가 더 많은 돈을 챙겼지만 포숙아는 날 탐욕스
럽다고 생각하지 않았다. 내가 가난하다는 걸 알았기 때문이다. 그를 위해
일하다 오히려 문제를 키우고 말았지만 포숙아는 날 아둔한 사람으로 취급
하지 않았다. 일하다 보면 사람의 뜻으로 어쩔 수 없는 순간이 있다는 걸 알
았기 때문이다. 관리로 세 번 임명됐지만 매번 파면되는 나를 포숙아는 무능
하다고 여기지 않았다. 내 재능을 펼칠 때를 만나지 못했다는 걸 알았기 때문
이다. 전투에 세 번 참전했지만 세 번 모두 도망치는 날 포숙아는 비겁하다

고 여기지 않았다. 집에 모셔야 할 노모가 있다는 걸 알고 있기 때문이다. 공자규가 실패하자 소홀(召忽)은 그를 따라 죽었지만 난 모욕을 당할지언정 자결할 생각은 없다. 포숙아는 그런 나를 염치도 모르는 무지렁이로 보지 않는다. 내가 작은 것에 얽매이지 않고 천하에 이름을 알리지 못한 것을 더 수치스럽게 생각한다는 걸 알기 때문이다. 날 낳아준 것은 어버이지만, 날 이해한 것은 포숙아니라." 포숙아는 관중을 추천한 후, 오히려 그의 휘하에 들어갔다. 포숙아의 자손은 제나라에서 대대손손 나라의 녹을 먹고 살았으니, 봉지를 하사받은 자손만 해도 수십 대에 이른다. 그리고 그 자손 중에서 많은 사람이 대부의 자리에 올랐다. 천하 사람들은 관중의 유능함을 칭찬하지 않았으나, 포숙아야말로 사람을 이해하는 인물이라며 크게 칭찬했다.

《사기 · 관안열전(管晏列傳)》

•••

"친구를 사귈 때는 믿음을 지키고 약속을 반드시 지켜라."

《논어(論語) · 학이(學而)》에 나오는 구절이다. 공자의 말씀대로 할 수 있다면 친구 사이에 흔들리지 않는 신뢰를 쌓을 수 있을 것이다. 역사적으로 상사와 부하직원 혹은 친구 사이에 '지기(知己)'를 만난 이야기가 적지 않다. 이 점으로 미루어볼 때, 다른 사람을 신뢰해야만 다른 사람으로부터 존경과 관심을 받을 수 있다는 것을 알 수 있다.

신뢰는 사람과 사람 사이의 교류, 공감대를 증진시켜 주는 연결고리이다. 충분한 신뢰를 바탕으로 해야만 진정한 친구가 될 수 있기 때문이다. 이러한 신뢰관계는 우연히 만들어지는 것이 아니다. 오랫동안 서로를 이해하고 관심을 기울여야 하는 노력을 통해 만들어진다. 특히 직장 내에서 상사와 부하직원 사이의 신뢰 관계는 무척 보기 드물다. 그만큼 취약하다는 뜻으로 풀이할 수도 있다. 수많은 역사적 사실을 통해 신뢰는 상호관계를 한층 돈독하게 만들어주는 '마법의 열쇠'라는 것을 알 수 있다.

끝까지 제갈근을 믿은 손권
—

동한 말년에 천하가 혼란에 빠지자, 제갈량의 형인 제갈근(諸葛瑾, 자는 자유(子瑜))이 강동으로 피난 왔다. 손권의 매제로부터 추천을 받아 손권을 만나게 된 제갈근은 후한 대접을 받았다. 장리(長吏)를 시작으로 제갈근은 남군태수(南郡太守)를 거쳐 대장군, 예주목(豫州牧)의 자리에 올랐다. 하지만 제갈근이 손권에게 중용되자 주변에서 잡음이 끊이지 않았다. 그를 시기한 무리는 제갈근이 동생 제갈량에게 사주받아 손권을 속이고 있으며 유비와 내통하고 있다는 소문을 만들어냈다. 순식간에 제갈근에 관한 소문이 동오 전체로 퍼져나갔다. 시비에 밝은 손오의 명장 육손이 상소문을 올리며 화재진압에 나섰다.

"제갈근은 솔직한 자로, 충심으로 오나라를 섬기고 있습니다. 불충한 일을 한 적 없으니 부디 거짓말에 속지 마십시오."

상소문을 본 손권 역시 같은 생각이었다.

"자유가 나를 도운 지 많은 시간을 흘렀으니, 그 은혜를 어찌 잊을 수 있겠느냐? 서로에 대해 모르는 것이 없을 정도로 자유와 나는 서로를 잘 안다. 도의에 맞지 않는 일은 하지 않고, 도의를 저버리는 말 또한 하지 않는 게 자유니라. 유비가 제갈량을 동오에 보냈을 때, 나는 자유더러 우리를 위해 일해 달라고 동생 제갈량을 설득하라고 일렀네. 그때 자유가 이런 말을 하더군. '제 동생 제갈량은 유비에게 몸을 의탁했으니 유비에게 충성을 다하는 것은 당연한 일입니다. 소인은 주군을 위해 일하니, 주군께 충성을 다할 것입니다. 자신이 몸담은 곳의 주군을 따르는 것은 당연한 일이니, 도의상 어긋나는 말을 할 수 없습니다. 제 동생은 동오에 남지 않을 것입니다. 제가 촉한에 가지 않는 것처럼 말입니다.' 이처럼 제갈근의 남다른 품성을 내가 익히 알고 있거늘, 출처도 알 수 없는 헛된 말을 내가 어찌 믿겠는가? 자유는 나를 저버리지 않을 것이고, 나 역시 자유를 저버리지 않을 것이네."

손권은 거짓말에 속아 제갈근을 의심하기는커녕 오히려 이전보다 그를 더 아끼고 믿었다. 제갈근이 한다는 일에 간섭하지 않았고, 함부로 추측도 하지 않았다. 리더가 거짓말에 속아 부하직원을 신용하지 못한다면 결국 자신의 일만 망치고 만다.

역사적으로 유명한 인물의 인생 여정을 가만히 살펴보면 이른바 성공했다는 사람들 옆에는 충성스러운 동료가 있었다. 동료 사이에 필요한 것이 바로 신뢰이다. 신뢰는 협력의 기반으로서, 서로 간의 신뢰 없이는 힘을 합쳐야 할 이유가 사라질 수 있다. 신뢰는 우리가 단단히 걸어 잠근 마음의 벽을 여는 열쇠이자, 소중한 보물이다. 어느 누구도 돈을 주고 신뢰를 살 수 없고, 온갖 유혹과 무력으로도 얻을 수 없기 때문이다. 마음속 깊은 곳, 가장 순수한 곳에서 저절로 우러나오는 신뢰는 우리의 영혼을 구하고, 더럽혀진 영혼을 깨끗하게 씻어내려 자신감을 불어넣는다.

옥을 받은 기성자

—

춘추시대 노나라의 대부 기성자(紀成子)가 진(晉)나라의 관리로 초빙되었다. 위(衛)나라에서 재상으로 있던 친구 곡성(谷成)이 이 사실을 듣고 진나라로 향하는 길에서 친히 기성자를 기다렸다. 기성자를 만난 곡성이 술 한잔 마시자며 집으로 초대했다.

그날 저녁, 두 사람은 오랜만에 환담을 나누며 즐거운 시간을 보냈다. 곡성의 집에는 악기가 잔뜩 진열되어 있었지만 어찌된 일인지 곡성은 악기를 연주하라고 명하지 않았다. 당시 정세에 대해 이야기를 나누던 중 기성자는 뭔가 심상치 않은 기운을 느꼈다. 곡성이 웃는 낯으로 자신을 대하고 있지만 무슨 일이라도 있는 듯 내내 우울한 기색을 비추고 있었기 때문이다. 기분 좋게 취기가 올랐을 무렵, 곡성이 기성자에게 최고급 옥(玉璧)을 건넸다. 기성자는 사양하지 않고 냉큼 옥을 받아들었다.

훗날 진나라에서 노나라로 귀국하던 기성자가 위나라를 지나게 됐는데, 지난번 자신을 환대해 주던 곡성에게 아무런 인사도 없이 발길을 재촉했다. 그 모습에 한 시종이 의아한 듯 조심스레 입을 열었다.

"대인, 지난번 위나라 곡성 재상께서 좋은 술로 대인을 맞이해 주셨습니다. 두 분께서 환담을 나누셨던 것으로 기억하는데, 어찌하여 이번에는 인사도 하지 않고 가시는지요? 예의에 어긋나는 것이 아닙니까?"

"지난번 곡성이 내게 술을 먹자며 집으로 초대했을 때, 나와 함께 즐거운 시간을 보내려고 그런 것이라 생각했네. 하지만 곡성은 집 안에 온갖 악기를 두고도 연주하라고 하지 않았네. 뭔가 마음속에 걱정이 있다는 뜻이지. 나중에 내게 옥을 건넸는데 그의 눈빛에서 흥겨운 겉모습과 달리 마음속에 걱정이 있다는 것을 눈치 챘다네. 그가 내게 옥을 건넨 것은 위나라에 변란이 일어날 것이라고 추측했기 때문이라네."

말을 마친 기성자가 서둘러 위나라를 떠났다. 위나라로부터 30리 떨어진 곳을 지날 무렵, 위나라에 반란이 일어났으며 그 와중에 곡성이 죽임을 당했다는 소식이 전해졌다.

이 소식을 접한 기성자가 즉시 마부에게 마차를 돌려 위나라로 달려가라고 명했다. 혼란에 휩싸인 위나라로 돌아간 기성자가 천신만고 끝에 곡성의 식구를 구출해낸 뒤 노나라로 데리고 왔다. 그런 뒤에 자신이 사는 집 옆에 그들을 위한 집을 사고 자신의 녹봉 중 일부를 건넸다. 훗날 곡성의 아들이 장성하자 기성자는 자신이 받았던 옥을 다시 되돌려줬다.

기성자는 곡성의 눈빛에서 친구가 자신에게 도움을 청하고 있음을 확신했다. 생사를 보장할 수 없는 미래에 자신의 혈육을 돌봐달라는 친구의 간절함이었다. 기성자는 친구의 믿음을 저버리지 않고 평생을 걸쳐 약속을 지켰다.

사람과 사람 사이에는 충분한 신뢰가 필요하다. 신뢰가 있어야 충성심을 얻을 수 있고, 신뢰가 있어야 우정을 더욱 아름답게 키울 수 있기 때문이다. 신뢰는 마음속에 자라는 사시사철 푸른 소나무와 같다. 소나무 아래 서 있다 보면 우리의 영혼이 생명의 녹음을 마음껏 내뿜고 있다는 것을 느낄 수 있다. 사람과 사람 사이에 거리가 존재하지 않는다는 소중한 진리를 다시금 깨달을 것이다.

입단속

때에 따라
적절한 말을 하라

孔子之周, 觀於太廟右陛之前, 有金人焉, 三緘其口, 而銘其背曰: "古之愼言人也. 戒之哉! 戒之哉! 無多言, 多口多敗. 無多事, 多事多患. ……" 孔子顧謂弟子曰: "記之, 此言雖鄙, 而中事情.《詩》曰: 戰戰兢兢, 如臨深淵, 如履薄冰. 行身如此, 豈以口遇禍哉!",

주나라 도성에 도착한 공자께서 주나라 천자의 태묘(太廟)을 찾았다. 태묘의 오른쪽 계단 앞에는 청동으로 만든 사람 형상의 동상이 서 있었는데, 입 주변이 세 겹으로 봉해져 있었다. 게다가 청동상의 등 뒤에는 이런 내용의 명문이 새겨져 있었다. "이것은 신중히 말하라는 고대의 가르침을 전하는 동상이다. 이를 본보기로 삼아라! 말을 많이 하지 마라. 말을 많이 해봤자, 실패할 뿐이다. 쓸데없이 일을 만들지 마라. 사방에 일을 키우는 사람은 지면하게 되는 위험도 많아질 뿐이다." 동상을 살펴보던 공자께서 제자들을 향해 입을 열었다. "이 말들을 명심하거라. 비록 거친 말일지언정 세상 살아가는 도리에 맞는 말이다.《시경》에 이러한 말이 있다." 일을 하려거든 무릇 무슨 일을 하든지 신중하고 경계하라. 깊은 연못 앞에 서 있는 것처럼, 얇은 빙판 위를 걷는 것처럼 조심 또 조심하라. "위기에 처했더라도 언행에 신중하다면 무사히 문제를 해결할 수 있지만 말이 많으면 쓸데없는 화만 부를 뿐이다!"

《설원(說苑) · 경신(敬愼)》

•••

마음을 차분히 가라앉히고 한번 진지하게 생각해 보자. 대인관계에서 어려움을 겪고 있는 게 평소 신중하지 못한 발언 때문은 아닐까? 말하는 사람은 아무 의도 없이 말했는지 모르지만 듣는 사람이 특별한 의미로 받아들인다면 결국에는 대인관계에서 문제가 생기기 마련이다.

고대 계몽작품인《증광현문(增廣賢文)》에는 다음과 같은 구절이 등장한다.

'옳고 그름을 따지러 오는 사람은 그 자신이 바로 시빗거리가 된다', '가만히 앉아서 자신의 과거를 되돌아보라. 다른 사람의 잘못된 점을 함부로 입에 올리지 마라.'

사람이 모이는 곳이라면 다양한 개성을 지닌 사람을 볼 수 있다. 그리고 그곳에는 다른 사람의 장단점에 대해 이러쿵저러쿵 떠들거나 옳고 그름을 따지길 좋아하는 사람이 항상 존재하기 마련이다. 그러므로 대인관계에 관한 이야기는 아예 꺼내지 않는 게 최선이다. 누군가가 당신 앞에서 제3자에 대한 이야기를 꺼내놓는다고 해도 침묵을 지켜야 한다. 그렇게 할 수 없는 상황이라면 이야기에 함부로 끼어들지 말고, 마구잡이로 소문을 퍼뜨려서도 안 된다.

공자는 《논어》에서 일은 빠르게 하고 말은 신중히 하라고 두 번이나 강조했다. 공자 역시 신중한 발언을 얼마나 강조했는지 쉽게 알 수 있다. 말을 적게 하라는 것이지 말을 아예 하지 말라는 뜻이 아니다. 해야 할 말은 하고 TPO(시간, 장소, 상황)에 따라 적절히 말할 줄 알아야 한다. 옛말에 이르기를 군자는 세 번 입을 봉한다고 했다. 직장에서 자신이 하려는 말이 상대 혹은 업무에 피해를 주는 것은 아닌지, 혹은 이익을 가져다 주는 것은 아닌지 확신할 수 없다면 이야기하지 않는 편이 현명하다.

입 때문에 망한 하약필
—

북주(北周)의 대장 하돈(賀敦)은 전쟁터에서 혁혁한 공로를 세우며 조정에서 막강한 영향력을 자랑했다. 하지만 조정에서 하사한 상이 마음에 들지 않았던지 걸핏하면 조정이 공정하지 못하다며 사방에 불만을 터뜨렸다. 결국 조정의 권위를 무너뜨리는 하돈을 못마땅하게 여기던 권신이 자결해서 속죄하라는 명을 내렸다.

죽음을 코앞에 둔 하돈이 아들 하약필(賀若弼)을 찾았다.

"내가 입단속을 하지 못해 주살 당하게 되었구나. 너는 앞으로 진지하게 생각해 본 뒤에 입을 열거라."

자신과 같은 실수를 반복하지 말라는 뜻에서 하돈은 송곳으로 아들의 혀를 찌르기도 했다. 피를 토하고 있는 아들에게 하돈은 입을 함부로 놀리지 말라고 당부했다.

젊은 시절, 불의를 참지 못하고 정직한 성격을 가졌던 하약필은 조정에서 남다른 명성을 떨쳤다. 북주 제왕(齊王) 우문헌(宇文憲)이 하약필을 자신의 기실참군(記室參軍)으로 삼을 만큼 유달리 그를 아꼈다고 한다. 얼마 뒤, 정현공(亭縣公)에 오른 하약필은 소내사(小內史)에 임명되며 승승장구했다. 수 문제가 수나라를 수립하면서, 하약필은 수나라를 떠받치는 중요한 기둥이자 개국공신으로 떠올랐다.

정계에 처음 발을 들였을 무렵, 하약필은 아버지의 유언을 가슴 깊이 새기며 자신을 단속했지만 신분이 상승할수록 점점 거드름을 피우기 시작했다. 조정에서 내린 관직을 못마땅하게 여긴 하약필이 사방에서 소란을 피우자, 결국 조정에서 파면당하고 말았다. 그럼에도 아직까지 정신을 차리지 못한 하약필은 자신의 잘못을 반성하기는커녕 오히려 조정을 비난하는 발언의 수위를 높여갔다. 결국 감옥에 투옥된 하약필을 문제가 따끔하게 야단쳤다.

"내가 재상으로 삼은 고경(高熲), 양소(楊素)를 그대가 무능한 자라고 소문을 냈다지? 내가 이걸 어떻게 받아들여야 하겠는가?"

누군가가 하약필을 참수해야 한다는 상소문을 올렸지만, 문제는 그가 세운 공로를 생각해 목숨만은 살려줬다.

어느 날, 태자 양광(楊廣)이 하약필과 조정 내 뛰어난 장수들에 대한 이야기를 나누게 됐다.

"양소, 한금호(韓擒虎), 사만세 세 사람 모두 뛰어난 명장이네. 그래도 이 중에서 가장 뛰어난 자가 누구라고 생각하는가?"

양광의 물음에, 하약필은 거침없이 입을 열었다.

"양소는 뛰어난 무공 실력을 갖췄지만 전략을 세울 줄 모릅니다. 한금호는 전쟁터를 누비는 장수라고 하지만 정작 군사를 이끌 줄 모릅니다. 사만세를 용맹하다고 하지만 그것 외에 별다른 재주는 없습니다."

"그렇다면 그대는 누가 진정한 장수라고 생각하는가?"

"그것이야 전하의 안목에 달려있지요."

거들먹거리는 하약필이 무척 괘씸했는지, 훗날 황제의 자리에 오른 양광은 단 한 번도 하약필을 중용하지 않았다. 상황이 이렇게 되자, 조정과 황제에 대한 불만이 쌓일 대로 쌓인 하약필은 동료들과 함께 뒤에서 감 놔라 배 놔라 하며 사사건건 시비를 걸었다. 결국 하약필은 사형을 당하여 아버지의 전철을 그대로 따르고 말았다.

독선에 빠진 하약필은 뒤에서 상대의 옳고 그름을 제멋대로 따지다가 끝내 비명횡사하고 말았다. 이러한 역사적인 교훈을 참고해 동료나 친구에 대해 함부로 험담을 늘어놓는 어리석음을 범해선 안 될 것이다. 직장에서 원하는 목표를 이루고 싶다면 한 가지 법칙을 명심하라. 다른 사람에 대해 이러쿵저러쿵 떠들지 말고 그 시간에 현실적인 일, 자신에게 도움이 되는 일을 하라.

자신의 의견을 피력하지 않고 묵묵히 일해 봤자 자신에게 손해라고 생각하는 사람이 있다. 하지만 이는 틀린 생각이다. 직장에서 말을 줄

이되 열심히 일한다면 좀 더 쉽게 성공할 수 있다. 성공한 사람은 저마다 성공 노하우를 가지고 있다. 하지만 어떤 성공도 한 번에 이뤄지지는 않는다. 끊임없는 노력을 기울여야만 자신의 운명을 바꿀 수 있는 폭발적인 힘을 비축할 수 있기 때문이다. 아울러 '듣고도 입에 담지 않는 내공'을 터득할 수 있다면 적지 않은 이득을 얻을 수 있을 것이다.

거절

상대를 배려하는
완곡한 표현을 써라

有一故人, 與子由兄弟有舊者, 來幹子由求差遣, 久而未遂. 一日, 來見子瞻, 且雲: "某有望
內翰, 以一言為助." 公徐曰: "舊聞有人貧甚, 無以為生, 乃謀伐冢, 遂破壹墓, 見一人裸而
坐, 曰: '爾不聞漢世楊王孫乎? 裸葬以矯世, 無物以濟汝也.' 復鑿一冢, 用力彌艱; 既久入
, 見一王者, 曰: '我漢文帝也, 遺制壙中無納金玉, 器皆陶瓦, 何以濟汝?' 復見有二冢相連
, 乃穿其在左右者, 久之方透, 見一人, 曰: '我伯夷也, 瘠贏, 面有饑色, 餓於首陽之下, 無以應
汝之求.' 其人嘆曰: '勸汝別謀他所, 汝觀我形骸如此, 舍弟叔齊, 豈能為人也.'" 故人大笑
而去.

소자유(蘇子由, 즉 소철(蘇轍)) 형제와 오래 알고 지낸 지인이 임시로 공무를 돌
봐달라며 서신을 보내왔다. 하지만 소철로부터 오래도록 아무런 소식이 없
자, 지인이 급한 마음에 소철을 찾아왔다. "자네에게 학사(學士) 일을 부탁하
려고 찾아왔네." 그 말에 소식(蘇軾)이 천천히 입을 열었다. "먹고 살 것이 없
어 무덤을 파헤치는 가난한 도굴꾼에 관한 이야기를 들은 적 있습니다. 오래
된 무덤을 파헤치자, 관 안에 벌거벗은 채 앉아있던 사람이 입을 열었답니
다. '나는 한나라의 양왕손(楊王孫)이다. 아무것도 걸치지 않고 장례를 치르라

고 주장한 내가 네게 줄 것은 없다.' 그러자 도굴꾼이 열심히 다른 무덤을 팠습니다. 관 안에 누워있는 황제가 도굴꾼에게 자신의 신분을 밝혔습니다. '나는 한 문제다. 무덤 안에 금은보화는 없고 도자기와 그릇밖에 없으니 도와줄 수 없구나.' 김이 빠진 도굴꾼은 나란히 누워있는 오래된 무덤을 발견하고는 왼쪽에 있는 무덤을 파기 시작했다. 젖 먹던 힘을 다해 무덤을 파자, 누렇게 뜬 얼굴을 한 사람이 나타났다. '나는 백이(伯夷)이니라. 수양산(首陽山)에서 굶어 죽은 내가 어찌 널 도울 수 있겠느냐? 무덤 파는 데 괜한 힘들이지 말고 다른 곳을 찾아 보거라. 내 꼴을 봐서 알겠지만 내 동생 숙제(叔齊)라고 더 나을 것도 없다.' 이야기를 다 들은 지인은 크게 웃고 자리를 떠났다.

《묵장만록(墨莊漫錄)》

...

현실생활에서 누군가가 무턱대고 이런 저런 요청을 제시할 경우, 우리는 어떻게 해야 할까? 인정이나 규범이라는 점에서 볼 때 마땅히 거절해야 옳다. 하지만 그 안의 정이나 대인관계, 혹은 장기적인 이익을 고려했을 때 'No'라고 딱 잘라 이야기할 수 없다. 그렇기 때문에 상대를 곤경에 빠뜨리지 않고 낭패감을 주지 않으려면, 거절할 줄 아는 예술을 배워야 한다.

이른바 거절의 예술이란, 흑백이 분명한 내용을 이도저도 아닌 회색으로 바꾸는 것이다. 'No'라고 말하는 동시에, 어떤 상황에서 'Yes'라고 말할 수 있는지 명확하게 입장을 밝힐 수 있다면 상대의 감정을 상하게 하거나, 상대를 난처하게 만들지 않고도 분명하게 상대의 요구를 거절할 수 있다.

완곡하게 거절한다고 해서 애매모호한 태도를 취할 필요는 없다. 지나치게 사과할 필요 없이 'No'라는 메시지를 제스처로 강조해 보는 것도 좋다. 거절의 이유를 설명할 경우, 상대를 거절하기 전에 반드시 상대에게 자신이 거절하게 된 고충과 미안함을 인식시켜야 한다. 진지한 태도, 온화한 말투, 동시에 거절했다고 해서 상대 자체를 밀어낸 것이 아니라 요청을 거부한 것임도 분명히 알려야 한다.

교묘히 요청을 피한 정판교

—

정판교(鄭板橋, 이름 섭(燮))는 회현(淮縣)에서 현령으로 일하던 시절, 이경(李卿)이라는 불량배가 소동을 일으키자 직접 사건 조사에 나섰다. 이경의 아버지 이군(李君)은 당시 형부(刑部)에서 일하고 있었는데, 아들이 죄를 지었다는 소식에 득달같이 달려와 통사정하기 시작했다. 정판교를 만난 이군은 그의 방에 문방사우(文房四友)가 있는 것을 보고는, 잠시 사용해도 되는지 정중히 묻더니 붓을 들어 '섭은 인재로구나(燮乃才子)'라는 글을 적어 내려갔다. 자신을 칭찬하며 이번 한 번만 봐달라는 이군의 뜻을 눈치 챈 정판교가 '경은 본디 뛰어난 자입니다(卿本佳人)'라는 글로 답했다. 그러자 글을 본 이군의 표정이 환하게 변하기 시작했다.

"정형, 이 말이 사실입니까?"

"군자가 한 번 내뱉은 말은 천리마도 쫓아올 수 없는 법입니다."

"제가 쓴 '섭'이라는 글자는 정형을 가리키는 것입니다. 그렇다면 정형이 쓴 '경'이라는 글자는……."

"그야 당연히 귀댁의 공자를 지칭하는 말이 아니겠습니까!"

"그렇게 봐 주셔서 감사합니다. 제 아들 녀석이 가끔 말썽을 부리기는 하지만 근본은 착하고 뛰어난 재주를 가진 아이랍니다. 그러니 부디 이번 사건을 눈감아 주십시오."

"이 대인, 어찌하여 이리 어두우십니까? 당나라 이연수(李延壽)가 '경은 본디 뛰어난 자이거늘, 어찌하여 도적이 되었느냐(卿本佳人, 奈何做賊)?'라고 말한 것을 모르신단 말입니까?"

정판교의 지적에 무안해진 이군은 더 이상 아들을 풀어달라는 말도 꺼내지 못하고 자리를 물러났다.

정판교는 이경의 '경(卿)'과 이연수의 '경(卿)은 본디 뛰어난 자이거늘, 어찌하여 도적이 되었느냐?'에 등장하는 '경(卿)'이 동음동의어라는 점을 이용해 이군의 요청을 완곡히 거절했다. 이를 통해 정판교는 원칙을 지키는 한편, 거절당한 상대가 마음에 원한을 품지 않도록 조심스레 배려하는 데 성공했다.

그밖에도 다른 사람을 거절하는 방법은 다양하다. 이를테면 보상을 통한 거절, 단호한 거절, 모호한 거절 등이 그러하다. 보상을 통한 거절이란, 상대가 제시한 요구를 만족시켜주지 않지만 보상 차원에서 상대에게 다른 방도를 제시해 주는 것이다. 이러한 방법은 상대가 제시한 요구가 특이하거나 원칙을 위배했을 때 적용될 수 있다. 사람은 일반적으로 일종의 보상심리를 가지고 있다. 상대에게 만족감을 선사하면 실망감을 상당 부분 감소시킬 수 있기 때문에, 제시한 방법으로 원만하게 문제를 해결할 수 있다면 상대는 더욱 만족할 것이다.

단호한 거절은 상대방의 말을 끊거나 화제 자체를 다른 방향으로 전환하는 것을 가리킨다.

모호한 거절은 상대방의 주제와 관련 있지만 다소 모호하게 이야기를 꺼내며 대화 전체에 걸쳐 상대의 요청을 거절하고 있음을 넌지시 알리는 것을 의미한다.

이야기꾼 후백의 거절술

—

수나라 문제 시절, 후백(侯白)이라는 이야기꾼이 있었다. 단순히 재미뿐만 아니라, 인생의 심오한 이치를 담고 있는 그의 이야기에 많은 사람이 열광했는데 재상 월국공(越國公) 양소도 예외는 아니었다. 어느 날, 후백은 양소의 초대를 받아 그의 관저에서 한바탕 이야기를 쏟아냈다. 어찌나 재미있었던지 양소는 시간 가는 줄 모르고 그의 이야기에 빠져들었다. 그렇게 하다 보니 후백이 양소의 관저를 나섰을 때는 이미 해가 뉘엿뉘엿 진 상태였다.

관저 대문을 막 나서는 순간, 후백은 양소의 아들 양현감(楊玄感)과

맞닥뜨렸다. 아무리 말해도 양현감은 후백을 붙잡고 늘어졌다. 재미있는 이야기를 들려주지 않으면 집으로 돌려보내지 않겠노라 협박아닌 협박도 했다. 난처한 상황에 처한 후백은 어쩔 수 없이 길가에 서서 이야기를 시작했다.

"옛날에 호랑이 한 마리가 있었는데 배가 잔뜩 고팠던 모양인지 아침부터 먹이를 찾아 들판으로 나섰습니다. 길가에서 누워있는 고슴도치를 보고 호랑이는 이게 웬 떡이냐 하며 쾌재를 불렀지요. 하지만 한 입에 고슴도치를 꿀떡 삼킨 호랑이가 미처 맛도 보기 전에 고슴도치가 가시를 바짝 세우자, 호랑이는 코가 꿰뚫린 채 아프다며 땅바닥을 데굴데굴 굴렀습니다. 깊은 숲 속으로 간신히 도망친 호랑이는 크게 놀랐던 모양인지 커다란 상수리나무 아래서 잠을 청했습니다. 한참 뒤 잠에서 깨어난 호랑이는 여전히 허기를 참지 못하고 먹이를 찾아 나섰습니다. 그러다가 우연히 상수리나무에 달려있는 과실을 봤는데, 털이 숭숭 난 모양이 마치 방금 전에 잡아먹으려던 고슴도치와 비슷하지 않겠습니까? 그러더니 호랑이가 조심스레 말했습니다. '오늘 아침에 네 아비를 만났는데 이제는 네 놈까지 만났구나. 아직 배를 채우지 못했으니 부디 집으로 돌아가게 길 좀 비켜 주거라.'"

그제야 양현감은 이야기 속의 상수리 열매가 자신이라는 사실을 깨달았다. 이야기를 들려달라고 조르는 바람에 다른 사람을 굶주리게 하다니……. 예의가 아니라는 생각에 양현감은 후백에게 급히 사과하고 얼른 귀가하도록 길을 내주었다.

우스갯소리로 곤란한 상황을 모면한 후백의 기지가 발휘되는 순간이다. 막강한 권력을 휘두르는 양소 부자 앞에서 천하의 후백도 마냥 제멋대로 행동할 수는 없었다. 배가 고팠지만 재상 아들의 요청을 차마 뿌리칠 수 없었던 후백은 재미있는 이야기를 통해 자신의 난처한 상황을 전달했다. 누구나 한 번 들으면 웃고 말았을 가벼운 이야기였기에 양현감 역시 후백의 무례함을 따지지 않았다.

느리게 성장한다고 걱정하지 말고, 오직 멈춰 서 있는 것을 두려워하라.

중국 속담

9장

진정한
강자가 되는
지혜

기다림

결정적인 순간을 위해
조용히 인내하라

諸將幷曰: "攻備當在初, 今乃令人五六百裏, 相銜持經七八月, 其諸要害皆以固守, 擊之
必無利矣." 遜曰: "備是猾虜, 更嘗事多, 其軍始集, 思慮精專, 未可幹也. 今住己久, 不得
我便. 兵疲意沮, 計不復生, 椅角此寇, 正在今日." …… 乃敕各持壹把茅, 以火攻拔之. 一
爾勢成, 通率諸軍同時俱攻, 斬張南 馮習及胡王沙靡柯等首, 破其四十余營.

한 자리에 모인 여러 장수가 마치 약속이나 한 듯 똑같이 입을 열었다. "유비
를 치려거든 처음부터 쳤어야 합니다. 지금 그자는 500~600리까지 들어와
우리와 7~8개월 가까이 대치하고 있습니다. 유비가 각지에 세워둔 군사요
충지의 경비가 원체 삼엄하니 지금 그자를 친다면 결코 승리하지 못할 것입
니다." 이야기를 듣던 육손이 천천히 입을 열었다. "유비는 산전수전 겪은 교
활한 놈이다. 그자의 군대가 막 집결했을 때, 주도면밀한 계획과 집중력으로
무장하였기에 차마 공격하지 못했었다. 허나 지금이야말로 유비를 칠 최적
의 순간이다. 진군한 지 한참 되었으니 병사들은 피로할 것이고 사기 역시
떨어졌으니 마땅히 취할 계획 또한 없을 것이다. 놈을 치려거든 지금 나서야

한다."…… 이에 육손은 병사들에게 볏짚을 유비군 진영에 가져다 놓도록 한 뒤 불을 질렀다. 뜨거운 불길을 끄느라 정신없는 유비군을 보며, 육손은 전군을 끌고 양면공격에 나섰다. 장남(張南), 풍습(馮習)과 오랑캐왕(胡王) 사마가(沙摩柯) 등의 목을 벤 육손은 40여 채에 달하는 유비군의 본진을 모조리 함락했다.

《삼국지 · 육손전(陸遜傳)》

●●●

'이 보 전진을 위한 일 보 후퇴'라는 말처럼, 방어와 기다림은 때로 더 큰 '한 방'을 위한 준비단계에 속하기도 한다. 그런 의미에서 방어와 기다림은 특수한 형태의 공격 방식이라 하겠다. 적과의 격차를 줄이기 위한 시간을 벌려면 상대방의 힘을 효과적으로 소모시킬 줄 아는 지혜가 필요하다.

정 장공의 '지연술'

—

춘추시대 초엽, 정(鄭)나라의 국군 무공(武公)이 승하하자 그의 큰 아들이 왕의 자리에 오르니 그가 바로 장공(莊公)이다. 장공이 즉위했을 당시, 강력한 정적들이 자신을 위협했지만 장공으로서는 선뜻 칼을 휘두를 수 없었다. 그도 그럴 것이 자신의 최대 정적이 다름 아닌 친

모와 친동생 공숙단(共叔段)이었기 때문이다.

장공의 어머니는 큰 아들을 멀리하고 유난히 막내아들을 아꼈는데 그 이유가 무척 황당하다. 막내아들이 어리거나 세상 물정에 밝아서가 아니라 단순히 순산했기 때문에 총애한 것이다. 이에 반해 장공을 낳을 때는 뱃속 아이가 거꾸로 서 있는 바람에, 하마터면 아이를 낳다 죽을 뻔할 정도로 고생했기 때문에 무척 미워했다.

장공과 공숙단이 장성하자, 이들의 친어머니는 큰아들인 장공을 폐위하고 공숙단을 태자로 삼아달라며 무공에게 여러 번 청을 올렸다. 하지만 무공은 장자를 폐위시키고 막내아들을 태자로 삼는 것은 법도에 위반된다며, 아내의 요청을 결코 들어주지 않았다. 국군의 자리를 지켜내는 데 성공한 장공이었지만 언제든지 폐위당할 위험에 처했다. 설상가상으로 무공마저 승하하자, 친어머니는 정권탈취를 위한 본격적인 행보를 시작했다. 막내아들을 국군의 자리에 앉힐 때까지 포기하지 않을 것이 분명했다.

그 첫 단추로, 친어머니는 장공더러 공숙단에게 봉지로 제읍(制邑)을 내려달라고 청했다. 제읍은 정나라의 군사적 요충지인터라, 장공도 차마 승낙할 수 없었다. 그러자 친어머니가 방어하기는 쉬워도 함락하기 어려운 경성을 달라고 청했다. 어머니의 뜻을 더 이상 거스를 수 없었던 장공은 어쩔 수 없이 경성을 주겠다고 약속했다. 경성에 입성한 공숙단이 성벽을 높이고 몇 겹씩 두텁게 쌓기 시작하자, 대신들 사이에서 소란이 일어났다. 그 소식을 들은 조정대신이 장공을 뜯어말렸다.

"자고로 성벽의 높이와 두께는 나라의 규정에 따라 정해지는 법이옵니다. 지금 공숙단이 규정을 무시하고 마음대로 성벽을 짓고 있으니, 불길한 조짐은 아닐지 심히 심려되옵니다. 수습할 수 없는 상황이 생기지 않도록 대왕께서 즉시 공숙단을 저지하십시오."

이러한 사실을 모를 리 없는 장공이었지만 어쩐 일인지 별다른 반응을 보이지 않았다. 오히려 개의치 않는다는 듯 호쾌하게 대답했다.

"어머니께서 그리 하시겠다는데 내가 어찌 막을 수 있겠소? 동생이 마음대로 하도록 그냥 내버려 두구려."

한편 성벽을 다 지은 공숙단은 형으로부터 아무런 간섭도 받지 않자, 한층 방자하게 굴기 시작했다. 서부, 북부 변경 지역의 수비군을 자신의 휘하로 복속시키더니 주변의 성읍을 합병하여 자신의 근거지를 구축한 것이다. 이러한 사실이 알려지면서 정나라 병사들은 혼란에 빠졌다. 현재 상황은 성벽을 고치는 것과 같은 차원의 단순한 문제가 아니었기 때문이다. 공숙단이 자신의 근거지를 마련한 것은 둘째 치고, 군사권을 장악하려는 의도가 뻔히 드러났기 때문이다. 정나라의 대장 공자려(公子呂)는 더 이상 두고 볼 수 없다며 장공을 찾아왔다.

"어서 공숙단을 말려야 합니다. 그렇지 않으면 얼마 가지 않아 대왕의 군대가 그자의 것이 될 것입니다!"

그럼에도 장공은 대수롭지 않다는 듯 그럴 필요는 없을 것 같다며 얼버무렸다.

군사권 장악에 나선 자신을 보고도 장공이 아무런 반응도 보이지 않자, 공숙단은 더 이상 눈치 보지 않고 왕권 탈취를 위해 본격적으로 움직였다. 밖으로는 군량미를 확보하고 무기를 제작하는 한편, 대대적으로 군대를 확충했다. 안으로는 어머니와 내통하며 장공의 세력을 물리칠 준비에 여념이 없었다. 심상치 않은 조짐을 감지한 백성 사이에서 공포와 분노의 목소리가 터져 나오고, 공숙단이 자신을 공격할 것이라는 소식을 접하자 장공이 무겁게 입을 열었다.

"드디어 때가 됐구나!"

장공은 공숙단이 반란을 일으키기로 한 날을 알아보라며 사람을 보냈다. 그런 뒤 기선을 제압하기 위해, 대장 공자려에게 전차 200대를 끌고 가서 공숙단이 머물고 있는 경성을 치도록 했다. 전력 면에서 공숙단은 공자려의 상대가 되지 못했다. 게다가 민심 역시 등을 돌린 지 오래였다. 공자려의 군대가 공격에 나서자, 경성의 군민들도 손에 무기를 쥐고 공숙단의 병사들에게 덤벼들었다. 대세가 기울었음을 직감한 공숙단이 도망치자, 장공은 그의 뒤를 쫓으라는 엄명을 내렸다. 벼랑 끝까지 몰린 공숙단은 혼자라도 살겠다며 아내와 자식을 버리고 다른 나라로 도주했다.

자신을 향한 어머니의 증오, 자신의 자리를 노리는 혈육의 시커먼 속내를 모를 리 없는 장공이었다. 하지만 완전히 등을 돌리기 전까지 장공은 그들의 위협을 보고도 못 본 척 했다. 같은 핏줄이었기 때문에 차마 손을 대지 못한 것이 아니라, 자신의 처지가 여의치 않았기 때문이었다. 선대 때부터 세력을 구축하고 있던 어머니와 달리, 이제 막 보위에 오른 장공에게는 든든히 뒤를 받쳐줄 지원군이 없었다. 이러한 상황에서 어머니와 동생에게 행동을 취해봤자, 자신만 손해라는 걸 잘 알고 있었다. 그래서 장공은 몸을 낮추며 자신을 향한 이들의 적개심이 가라앉기를 기다렸다. 이와 동시에 남모르게 자신의 힘을 키우며 결정적인 순간이 올 때까지 조용히 인내했다. 민심이 공숙단에게서 등을 돌렸을 때가 장공이 최강의 전력을 보여줄 수 있는 결정적인 순간이었다. 이 틈을 놓치지 않고 과감하게 나선 덕분에 장공은 성공할 수 있는 기회를 잡았다.

장공이 동생의 잘못을 바로잡지 않고 내버려둔 것을 두고, 정통 유학자들은 장공을 간사하다고 폄하했다. 개인적인 이익을 위해 교묘한 전략을 세웠다는 것이다. 하지만 수세에 몰린 장공이 막강한 힘을 과시하는 상대를 정면공격하지 않고 품에 안은 자세는 우리에게 많은 교훈을 시사한다. 이러한 방법을 통해 장공은 상대의 적개심을 늦추었을 뿐만 아니라 자신의 힘을 기를 시간과 기회를 얻었다. 그리고 적과의 실력차이를 단축함으로써 끝내 상대를 제압하는 데 성공했다.

위의 이야기에서 양측의 실력 차가 현격할 경우, 시간을 확보하고 자신의 실력을 키우는 데 적극적으로 나서야 한다는 교훈을 얻을 수 있다. 쉬지 않고 달려야만 성공을 움켜쥘 수 있는 법이다. 달리는 걸 멈추는 순간, 다른 사람의 뒤로 밀려날 수 있을 뿐만 아니라 더 나은 자신이 되기 위한 열정과 투지를 잃고 결국 퇴출될 수 있다. 과감하게 달려 나가는 것도 중요하지만, 주어진 시간 안에 잘 달리는 것이 더 중요하다. 방어는 최상의 공격이라는 말처럼, 자신의 자리를 지키면서 상대와의 격차를 줄여라.

융통성

제3자의 힘을
활용하라

子楚, 秦諸庶孽孫, 質於諸侯, 車乘進用不饒, 居處困, 不得意. 呂不韋賈邯鄲二, 見而憐
之, 曰: "此奇貨可居." 乃往見子楚, 說曰: "吾能大子之門." …… 秦昭王五十六年, 薨, 太
子安國君立爲王, 華陽夫人爲王后, 子楚爲太子. 秦王立壹年, 薨, 諡爲孝文王. 太子子楚
代立, 是爲莊襄王. 莊襄王所母華陽后爲華陽太后, 眞母夏姬尊以爲夏太后. 莊襄王元年,
以呂不韋爲丞相, 封爲文信侯, 食河南洛陽十萬戶.

자초(子楚)는 진(秦) 소왕(昭王)의 서출이 거느린 손자로 조나라에서 인질 신
세로 머물고 있었다. 가마를 끌 말이나 여비를 마련하는 게 빠듯할 정도로
자초의 형편은 궁핍하기 짝이 없었다. 한단(邯鄲)에서 장사를 하던 여불위가
자초를 보며 크게 기뻐했다. "진귀한 재화(奇貨)는 사서 둘 만하다. 훗날 비싼
값으로 팔 수 있겠구나." 자초를 찾아간 여불위가 자신이 키워주겠다며 함
께 손을 잡자고 설득했다.…… 56년 동안 재위를 지키던 소왕이 승하하자,
태자 안국공(安國公)이 그 뒤를 이어 왕의 자리에 오르니 그가 바로 효문왕(孝
文王)이다. 안국공은 화양부인(華陽夫人)을 왕후로, 자초를 태자로 세웠다. 그

294

런 뒤 조나라에서 자초의 부인과 아들 영정(嬴政)을 진나라로 호송시켰다. 왕
위에 오른 지 1년 만에 효문제가 승하하니 시호는 효문왕(孝文王)이다. 태자
자초가 이에 제위를 계승하니 그가 바로 장양공(莊襄公)이다. 장양공은 어머
니 화양왕후를 화양태후로 봉하고, 생모인 하희(夏姬)를 하태후로 봉했다. 장
양공 원년(元年), 승상의 자리에 오른 여불위는 문신후로 봉해졌으며, 하남
낙양(洛陽)에서 10만 호에 달하는 식읍을 하사받았다.

《사기 · 여불위전(呂不韋傳)》

•••

《귀곡자(鬼谷子) · 패합편(捭闔篇)》에는 이런 구절이 등장한다.

"상황에 따라 분열했다가 합쳐지는 것(捭闔)은 곧 천지의 도이니라.
천지의 도는 음양의 도이니, 분열했다가 합쳐지는 기술은 음양술이라
하겠다. 사람이 스스로 알아서 나서도록 하는 것은, 마치 사계절이 바
뀌는 것처럼 사물의 발전방향과 발전과정이 변하는 것과 같다."

조왕의 힘을 빌린 사마희

—

전국시대 중산국(中山國)이라는 소국에 왕으로부터 총애를 받는 음
희(陰姬)와 강희(江姬)가 있었다. 왕후가 되고 싶었던 두 여인은 앞뒤 가
리지 않고 치열하게 경쟁했다. 훗날 대사마 사마희(司馬熹)가 음희에게

사람을 보내 은밀한 뜻을 전했다.

"강희를 누르고 왕후의 자리에 오르는 일은 반드시 신중히 처리해야 할 것입니다. 성공하면 대왕 다음으로 높은 자리에 오르겠지만 실패한다면 멸족을 당할 것이 분명합니다."

그 말에 놀란 음희가 황급히 대책을 묻자, 사마희의 사신이 넌지시 입을 열었다.

"왕후의 보좌에 앉고 싶다면, 사마희와 대책을 의논해 보십시오."

음희는 냉큼 사마희를 찾아가 해결책을 알려달라고 청했다. 사마희는 음희의 요청을 받아들이겠다고 한 뒤, 중산왕을 찾아가 강병대국을 위한 방법을 연구하고 싶다며 조나라로 보내달라고 했다. 중산왕은 사마희의 거짓 충정에 크게 기뻐하며 적극적으로 출국을 도왔다. 이렇게 해서 조왕을 만나게 된 사마희는 한담을 나누다가 넌지시 음희에 관한 이야기를 흘렸다.

"들자하니 조나라에 미녀가 많다고 하던데, 우리나라의 음희보다 빼어난 미색을 가진 여인은 보지 못한 듯합니다."

"음희가 그렇게 아름답단 말이오?"

사마희가 음희의 미색에 대해 한바탕 칭찬을 늘어놓자 조왕은 크게 호기심을 드러냈다.

"음희를 우리 조나라에 데리고 올 방도가 그대에게 있소이까?"

자신의 작전에 말려든 조왕을 보며 사마희는 속으로 흐뭇한 마음을 감춘 채, 겉으로는 아무렇지도 않다는 듯 태연히 입을 열었다.

"대왕이 아끼는 애첩을 어찌 마음대로 다룰 수 있겠습니까? 부디 대왕께서는 어디 가서 소신이 이 이야기를 꺼냈다고 말씀하지 마십시오. 그렇지 않으면 소인의 목이 성히 붙어있지 못할 것이옵니다!"

조왕은 알겠다며 고개를 끄덕였지만 속으로는 음희를 취할 방법을 고민했다. 한편 중산국으로 돌아온 사마희가 중산왕에게 이번 방문결과를 보고하러 갔다.

"조왕은 지극히 어리석고 난폭한 자이옵니다. 주색에 빠진 그 자가 대왕의 애첩인 음희에게 음흉한 눈길을 보내고 있다고 하니, 어떻게 서든 못된 수작을 부리지 못하도록 막아야 합니다."

이 이야기에 화가 머리끝까지 난 중산왕을 보며 사마희는 속으로 쾌재를 불렀다.

"대왕, 부디 진정하십시오! 현재 조나라의 국력이 원체 막강하다 보니, 음희를 내놓으라는 그자들의 요청을 거부하면 중산국이 위험에 처할 것이옵니다. 그렇다고 해서 음희를 조왕에게 바치면 대왕은 천하의 웃음거리가 될 것입니다."

더욱 화가 나 길길이 날뛰던 조왕이 사마희에게 묘책을 알려 달라 했다.

"그렇다면 방법은 오직 한 가지뿐이옵니다. 당장 음희를 왕후로 세우시면 됩니다. 제아무리 세상이 어지럽다고 해도 지체 높은 왕후를 자신의 첩으로 거느릴 간 큰 자가 어디 있겠습니까? 설사 그렇게 한다고 해도 열국(列國)의 공분을 살 것이 분명하니 천하를 적으로 돌리게 될 것입니다."

사마희의 건의대로 중산왕이 음희를 왕후로 봉하자, 멀리서 이 소식을 알게 된 조왕은 음희를 취하겠다는 생각을 접고 말았다. 왕후의 자리에 오른 음희는 사마희에게 감사의 뜻을 전했다.

자신이 수세에 몰렸다면 제3자의 힘을 이용해 자신을 강하게 만드는 것 역시 좋은 해결책이 될 수 있다. 사마희는 중산왕이 음희를 왕후로 봉하도록 조왕의 힘을 교묘히 이용했다. 목표를 달성하기 위해 적군을 이용한 융통성 있는 전략 덕분이었다.

유방이 생각을 바꾼 까닭

―

황제의 자리에 오른 지 얼마 지나지 않아 유방은 당초 여후의 아들 유영(劉盈)을 태자로 삼았다. 하지만 마누라가 예쁘면 처갓집 말뚝 보고 절 한다는 말처럼, 훗날 척부인(戚夫人)을 총애하게 된 유방은 그녀의 아들 유여의(劉如意)마저 유달리 아꼈다. 오죽하면 태자를 폐하고 유여의를 태자로 봉한다는 마음을 먹을 정도였다. 하지만 장자를 폐위하고 다른 아들을 태자로 삼는 것은 황실의 예법과 제도에 어긋난다는 군신들이 상소문이 끊임없이 올라왔다. 게다가 태자 책봉 문제를 둘러싸고 황궁 의 내란이 일어날 수도 있다는 생각에, 천하의 유방은 쉽게 마음을 정하지 못했다.

이 사실을 알게 된 여후는 며칠 동안 제대로 먹지도, 자지도 못하고 불안한 시간을 보냈다. 그런 여후에게 누군가가 장량을 찾아가 보라고 슬며시 알려줬다. 당초 태자의 폐위 문제에 참가하지 않았던 장량이 조용히 입을 열었다.

"태자를 세우는 일은 본디 황가의 일입니다. 황상께서 나름 생각하시고 결정하신 일이니, 소인과 같은 자가 백 명이 있더라도 어찌할 수 없는 일입니다."

하지만 여후가 계속 눈물로 사정하며 도움을 청하자, 장량이 한 가지 정보를 알려줬다.

"지금 척부인께서 황상의 총애를 받고 계시니, 제아무리 상소문을 올리고 진언을 올린다고 해도 아무런 소용도 없을 겁니다. 허나, 황상께서 가장 아끼고 신뢰하시는 '상산사호(商山四皓, 한 고조(高祖, 즉 유방)때 섬서성(陝西省) 상산에 은거하던 네 노인, 동원공(東園公), 기리계(綺里季), 하황공(夏黃公), 녹리선생(角里先生)의 은사(隱士)를 가리킨다. 수염과 눈썹까지 희어 사호(四皓)라고 부른다-역주)'가 나서준다면 상황은 달라질 수 있습니다. 과거 황상에게 크게 실망한 상산사호가 상산에 은거한 뒤 여태껏 단 한 번도 조정 일에 참견하지 않으셨답니다. 이 분들의 도움을 받을 수 있다면, 상황을 바꿀 수 있을 겁니다."

여후는 자신의 처지를 눈물로 호소하며 도움을 구한다는 친필 서신을 사람을 통해 보냈다.

어느 날, 궁정에서 열린 연회에서 유방은 태자 뒤에서 오랫동안 볼 수 없었던 얼굴을 발견했다. 놀란 마음을 겨우 진정시키며 어떻게 된 영문인지 묻자, 상산사호가 천천히 입을 열었다.

"인자한데다 특히 효심이 뛰어난 태자를 온 천하가 이리 아끼고 사랑하는데, 저희라고 다를 리 있겠습니까?"

상산사호가 태자를 위해 나섰다는 사실에, 유방은 태자의 능력이 보통이 아니라고 판단하고 폐위시키려던 마음을 완전히 접어버렸다.

척부인이 유방의 총애를 받는 상황에서 태자를 폐위하지 말라고 정에 호소해 봤자, 그 마음을 돌리기란 사실상 거의 불가능했다. 이러한 상황에서 태자를 지킬 수 있는 유일한 길은, 유방을 놀라게 할 만한 일을 찾아내서 이성적으로 태자의 손을 들어주도록 하는 것뿐이었다. 그런 점에서 '상산사호'의 등장은 태자의 지위를 한층 견고히 했을 뿐만 아니라, 태자를 대하는 유방의 태도를 완전히 뒤바꿔놓았다. 이들 은사에게 도움을 구하라는 장량의 지혜 덕분에 태자는 왕위 계승자로서의 입지를 다지는 데 성공한 것이다.

자원 고갈과 수요 증대로 정의되는 현대사회에서, 수요를 만족시키고 약자에서 강자로 우뚝 서려면 자원을 파괴하고 동료를 공격할 수밖에 없다. 하지만 제3자를 자신을 도와줄 수 있는 방패막이 혹은 지원군으로 활용할 줄 아는 지혜가 있다면 사용 가능한 자원을 확보할 수 있을 뿐만 아니라 자신의 목표도 보다 쉽게 달성할 수 있을 것이다.

협력

강자와 손을
잡을 수 있는 용기

太史公曰: "吾適豐沛, 問其遺老, 觀故蕭, 曹, 樊噲, 滕公之家, 及其素, 異哉所聞! 方其鼓
刀屠狗賣繒之時, 豈自知附驥之尾, 垂名漢廷, 德流子孫哉? 余與他廣通, 爲言高祖功臣
之興時若此雲.

태사공(太史公)께서 이렇게 말씀하셨다. "풍읍(豐邑)과 패현(沛縣)을 방문해 그
곳에 계신 어르신들을 찾아뵈었다. 소하, 조삼(曹參), 번쾌, 등공(滕公)의 고택
을 찾아가 그분들의 젊은 시절에 대한 이야기를 들었는데, 그 이야기는 놀랍
기 짝이 없었다! 이들이 손에 칼을 쥐고 개를 잡고 비단을 팔 때는 자신들이
준마의 꼬리에 올라타 한나라의 개국공신이 되었을 줄 어찌 알았으랴? 자신
의 공덕이 자손 후대까지 이어질 줄 어찌 알았으랴? 번쾌의 손자인 번타광
(樊他廣)과는 평소 아는 사이로, 고조의 공신들이 자수성가한 이야기를 나누
었으니 위에 기록한 내용이 바로 그것이다.

《사기 · 번력등관열전(樊酈滕灌列傳)》

• • •

"시대의 흐름을 정확히 읽을 줄 알고 형세를 전반적으로 볼 줄 아는 사람만이 영웅호걸이 될 수 있다."

《양양기(襄陽記)》에 등장하는 구절이다. 여의치 않은 상황에 몰렸을 때, 비교적 직접적이고 효과적인 방법은 강자의 도움을 구하는 것이다. 이를 위해서 강자를 알아볼 수 있는 안목을 기르고, 강자와의 적극적인 협력을 통해 약자였던 자신을 강하게 성장시켜야 한다.

물론 우리가 손을 잡아야 하는 강자는, 단순히 막강한 세력을 가진 사람을 가리키는 것이 아니다. 지금 당장은 우리와 다를 것 없는 평범한 처지에 있다고 해도 우리를 위해 힘과 기회를 제공함으로써 성장의 발판을 마련해 주는 사람이야말로 진정한 의미의 강자라 하겠다. 역사적으로 강자와의 협력을 통해 자신을 강하게 성장시킨 사례는 셀 수 없이 많았다.

저수지를 산 젊은이

—

당나라 시절, 한 젊은이가 출세길을 찾겠다며 도성인 장안(長安)으로 향했다. 하지만 장사를 하자니 밑천이 없고, 관리가 되자니 비빌 언덕이 없었다. 궁리 끝에 젊은이는 우선 비빌 언덕부터 찾기로 했다.

어느 날, 경성 이곳저곳을 떠돌던 젊은이는 우연히 시내에서 멀찌감치 떨어진 교외를 찾았다. 멀지 않은 곳에 으리으리한 기와집을 본 청년은 수소문 끝에 조정 중신이 지내는 별장이라는 사실을 알아냈다.

집 주변을 한 바퀴 돌던 젊은이는 화원 담 밖에 있는 저수지를 발견했다. 작은 하천으로 직접 흐르는 저수지는 맑았지만 관리하는 사람이 없었던 탓인지 주변이 엉망진창이었다. 이를 본 젊은이의 눈이 순간 반짝였다.

"돈 벌 일만 남았구나!"

젊은이는 저수지를 포함한 주변 땅을 사고 싶다며 저수지 주인을 찾아갔다. 특별히 쓸 일이 없어 그저 놀리고 있는 땅이라며, 저수지 주인은 헐값으로 젊은이에게 땅을 넘겼다. 저수지를 구입한 젊은이는 빌린 돈으로 사람을 사서 저수지로 드나드는 물길을 깨끗하게 정리한 뒤 저수지 주변에 기암괴석을 쌓기 시작했다. 연꽃도 심고 금붕어도 몇 마리 풀어놓았다. 전답 주변에 울타리를 치고 그 안에 온갖 향기로운 꽃을 심었다.

이듬해 봄이 되자, 조정 대신이 화원을 거닐다가 우연히 담 밖에서 졸졸 흐르는 시냇물 소리를 들었다. 코를 찌르는 향긋한 향기라니! 도대체 어떻게 된 일인지 발걸음을 옮긴 대신 앞에 수려한 경관을 자랑하는 저수지가 나타났다. 열심히 가꾼 저수지의 모습에 조정 대신이 크게 기뻐하자, 젊은이는 이때다 하며 저수지를 선물했다. 이렇게 서로 주거니 받거니 하며 친분을 쌓은 끝에 두 사람은 친구가 됐다.

어느 날, 이야기 도중 젊은이가 강남을 둘러보고 싶다는 뜻을 무심한 척 내비쳤다. 그러자 조정 대신이 강남에 자신과 절친한 지인이 있다며, 잘 돌봐달라는 서신을 몇 통 써 주겠노라 선뜻 약속했다.

서신을 들고 강남을 찾은 젊은이는 저가로 매입한 물건을 고가로 팔며 커다란 차익을 챙겼다. 게다가 조정 대신의 서신 덕분에 관부로부터 비호를 받는 혜택도 누렸다. 이렇게 해서 얼마 지나지 않아 젊은이는 강남에서 알아주는 부자가 됐다.

조정 대신을 만나기 전만 해도 젊은이는 넉넉한 장사 밑천도 없었다. 조정에서 막강한 권력을 자랑하는 조정 대신이나 경성에 있는 다른 부호에 비하면 그야말로 아무런 희망도, 가능성도 없었다. 하지만 젊은이는 기지를 발휘해 조정 대신이라는 강자와 손을 잡았다. 저수지와 대신의 우정을 바꾼 지혜가 빛을 발하는 순간이었다.

수세에 몰렸다고 좌절할 것이 아니라, 적극적으로 강자와 힘을 합치고 그들의 힘을 빌릴 줄 알아야 한다. 다만, 강자를 정확히 알아볼 수 있는 안목부터 배워야 한다. 강한 힘을 가진 자가 당신에게 무조건 호의를 베풀 것이라고 생각하지 말라.

장한의 어려운 선택

—

진(秦)나라의 장수인 장한(章邯)은 조국을 위해 많은 공로를 세웠지만 성격이 원체 직설적이라 주변에서 잡음이 끊이지 않았다. 특히 당시 조정을 장악하고 있던 권신 조고(趙高)에게 영합하지 않았다. 자신에게 머리를 굽히지 않는 장한을 못마땅하게 여긴 조고가 진 이세

(二世)를 꼬드겨 그를 멀리하도록 유도했다. 혁혁한 공로를 세웠음에도 이세는 장한을 칭찬하기는커녕 제대로 된 상도 하사하지 않았다.

항우가 반란을 일으켰다는 소식에 장한은 황명에 따라 전쟁터에 나섰다. 항우와 여러 번 교전을 벌였지만 연패를 면치 못하자, 장한은 추가 병력을 지원해 달라며 조정에 여러 번 상소문을 올렸다. 하지만 조고는 병력을 파견하기는커녕 이세에게 보고되지 않도록 장한의 상소문을 죄다 빼돌렸다. 훗날 이세가 장한이 실패했다는 소식을 접하게 되자, 곁에 있던 태감(太監)이 조용히 입을 열었다.

"장 장군을 잃으면 진나라가 위험해질 것입니다."

그 말에 이세가 불쾌한 듯 큰 소리로 질책했다.

"장한은 황은을 입고도 명령을 완수하지 못했으니 죽어 마땅하다. 그런데도 살기를 바라다니!"

태감의 권유로, 이세는 간신히 마음을 다잡고 조고와 함께 장한에 관한 일을 논의했다.

"장한은 오만하기 짝이 없는 자로, 조정을 무시한 적이 한두 번이 아닙니다. 이런 자에게 처벌을 내리지 않는다면 어찌 폐하의 위엄을 드러낼 수 있겠습니까?"

여러 대신의 만류에도 이세는 조고의 거짓말에 속아 장한을 크게 질책하는 성지를 내렸다.

이를 받아본 장한은 자신을 헌신짝처럼 버린 이세가 원망스럽다가도 언제 죽을지 몰라 두려움에 떨었다. 마침 조나라의 대장 진여(陳餘)가 보낸 사신이 진나라를 버리라고 권유하는 서신을 보내왔다.

"백기(白起), 몽염(蒙恬)은 모두 진나라의 대공신이었으나 결국 죽임을 당하고 말았습니다. 그대는 진나라를 위해 목숨 걸고 싸우고 있으나 조고의 시기도 모자라 어리석은 군주로부터 의심을 받고 있습니다. 진나라는 멸망할 것이 분명하니, 정세를 잘 살피십시오. 그대를 괴롭히는 자들에게 반격을 가하고, 항우에게 투항하십시오."

주변 사람의 권유로, 장한은 항우와 손을 잡고 함께 진나라에 저항했다.

장한은 흐름을 볼 줄 안 인재였다. 진나라 말엽, 한 치도 내다보기 어려운 난세 속에서 장한은 자신이 처한 상황을 깨닫고 하늘의 이치에 따라 당시 떠오르는 강자 항우를 선택했다. 《삼국연의》에 이런 구절이 등장한다.

"똑똑한 새는 자신이 쉴 곳으로 이상적인 나무를 선택한다. 빼어난 인재 역시 자신의 재능을 발휘할 수 있는 훌륭한 리더를 선택해야 한다."

시대의 흐름을 읽을 줄 아는 사람이 되자. 진흙 속에 묻힌 진주를 찾아낼 줄 알고 과감하게 다듬을 줄 알아야 당신의 머리를 빛나게 해 줄 '왕관'을 쓸 수 있는 법이다.

허허실실

상대의 칼끝을
무디게 하는 법

公與之乘, 戰於長勺, 公將鼓之, 劌曰: "未可."
齊人三鼓, 劌曰: "可矣." 齊師敗績, …… 旣克, 公問其故.
對曰: "夫戰, 勇氣也. 壹鼓作氣, 再而衰, 三而竭, 彼竭我盈, 故克之."

노(魯) 장공(莊公)은 조귀(曹劌)와 같은 전차를 타고 가며 장작(長勺)에서 제나라 병사와 교전을 벌였다. 북을 치며 진격하려는 장공에게 조귀는 아직 안 된다고 이야기했다.

그러던 중 제나라 군대가 북을 세 번 치자, 그제야 조귀는 진격해도 좋다고 답했다. 제나라 군대를 대파하며 전투에서 승리한 장공이 조귀에게 승리의 비결을 물었다.

"싸움이라는 것은, 순전히 용기를 가지고 하는 것입니다. 첫 번째 북을 쳤을 때는 적군 병사의 사기가 가장 높았을 때입니다. 두 번째 북을 쳤을 때는 사기가 다소 꺾였을 때죠. 사기가 바닥났을 때는 북을 세 번 치게 됩니다. 적군의 사기가 바닥으로 떨어졌을 때가 아군의 사기가 가장 높을 때이니, 분명 승리할 수 있을 겁니다."

《좌전(左傳) · 장공십년(莊公十年)》

...

"전투에 능한 자는 상대가 왕성할 때를 피하고, 나약할 때 공격한다. 이것이 사기를 다스리는 방법이다."

《손자병법(孫子兵法)》의 핵심을 담고 있는 이 말은 군사작전은 물론, 현실생활에서도 극적인 효과를 기대할 수 있는 지혜이다. 중요한 순간에 과감하게 행동할 수 있는 능력을 갖고 있다면 자신의 일을 온전히, 완벽하게 마무리할 수 있다. 이를 위한 중요한 점 하나가 바로 자신의 모습을 숨기는 것이다. 자신의 발톱을 감추고 허허실실 상대를 대하면 다른 사람의 날카로운 칼끝을 피할 수 있을 뿐만 아니라 자신을 '공공의 적'으로 만드는 어리석은 실수를 범하지 않을 수 있다.

밀고자를 '죽인' 증국번

—

상군(湘軍)을 훈련시키는 직책을 수행하던 증국번은 매일 정오 후에 막료들을 모아 바둑을 두곤 했다. 어느 날, 한창 바둑을 두고 있는데 부대 내의 어떤 통령이 반란을 일으키려 한다며 누군가가 밀고했다.

밀고자는 반란을 꿈꾸는 통령의 수하였다.

이 이야기를 들은 증국번은 크게 분노하며 수하를 호되게 질책했다. 헛소문을 지어내 애꿎은 사람을 잡으려 한다며, 증국번은 수하를 잡아들여 모두가 보는 앞에서 참수하라는 명을 내렸다.

한편, 남몰래 반역을 꾸미고 있던 통령에게 증국번이 자신을 의심하기는커녕 자신을 밀고한 수하를 참하라는 명령을 내렸다는 소식이 전해졌다. 감사 인사를 하기 위해 허겁지겁 관저로 달려온 통령을 본 증국번의 눈빛이 싸늘하게 변하더니 병사들에게 통령을 체포하라고 명했다. 이러한 상황에 주변의 막료들은 어리둥절했다.

"장군께서는 밀고한 자를 처형하라고 하지 않으셨습니까? 수하의 말이 거짓이었다면 통령을 체포할 이유가 전혀 없습니다. 그런데 어찌하여 체포하라고 하시는지요?"

이번 사건에 대한 주변의 의문을 눈치 챈 증국번이 껄껄 웃으며 입을 열었다.

"이건 자네들이 이해할 수 있는 문제가 아니라네."

말을 마친 증국번은 통령을 참수했다.

훗날 증국번은 이때의 일을 떠올리며 자신의 결정에 대해 설명했다.

"밀고자의 말은 사실이었네. 나 역시 통령이라는 자가 반역을 일으키려 했다고 확신하네. 내가 밀고자를 죽이려는 척 하지 않았다면 그자는 자신이 밀고 당했다는 걸 전혀 알지 못했겠지. 반대로 내가 밀고자를 죽이겠다고 난리법석을 피운 덕분에 그자를 속일 수 있었네."

적군의 공격보다도 평소 믿고 아꼈던 부하의 변심이 더 무서운 법이다. 증국번은 상대를 속인 뒤 함정에 몰아넣기 위해서 반란에 대해서 알고도 모른 척했다. 가짜 목표를 그럴 듯하게 공격하는 척하는 동안, 진짜 상대가 놓친 꼬투리를 몰래 움켜쥐었다가 결정적인 순간에 치명상을 가한 것이다. 약한 자신을 강하게 만들어주는 대표적인 허허실실 전략이라 하겠다.

조조를 탄복시킨 장송

—

삼국시대 서천(西川) 출신의 모사인 장송(張松)은 지도 한 장 달랑 들고 조조를 알현하고 싶다는 청을 올렸다. 서천 각 군의 지리적 특징을 자세히 담고 있는 지도는, 서천을 근거지로 삼으려는 조조에게는 더할 나위 없이 소중한 자원임이 분명했다. 하지만 당시 조조는 천하를 호령하겠다는 애초의 열정은 물론, 상황을 들여다볼 수 있는 날카로운 안목마저 모두 잃은 상태였다. 왜소한 체구, 남루한 복장의 장송을 본 조조는 상대할 가치가 없다고 판단했는지 그대로 몸을 돌려 자리를 떠났다.

조조의 무례한 행동에 장송은 크게 불만을 느꼈지만 아무 말도 하지 않았다. 마침 조조의 주부(主簿)인 양수(楊修)가 그 앞을 지나가자, 장송은 아는 체를 하며 인사했다. 하지만 양수는 거만한 어투로 말했다.

"조조처럼 뛰어난 재주를 지닌 사람을 자네 같은 자가 감히 넘볼 수 있을 것 같은가?"

말을 마친 양수는 장송에게 조조가 지은 병서《맹덕신서(孟德新書)》를 자랑스럽게 펼쳐보였다. 어릴 때부터 암기력이 유달리 뛰어났던 장송은 책을 쭉 훑어보더니 안의 내용을 몽땅 머릿속에 담아두었다.

"하하하, 이보시오, 양수! 이 책은 조조가 쓴 것이 아니라 전국시대의 선인께서 지으신 것이오. 우리 서천에서는 코흘리개 어린아이도 술술 외울 정도로 유명한 것이라오. 조조가 자네들을 속였나 보구려, 특히 자네처럼 책을 멀리하는 이들을 말이오!"

그 말에 깜짝 놀란 양수가 재빨리 장송의 말을 받아쳤다.

"이 책은 진짜 조 대인께서 지으신 것이다. 게다가 줄곧 관저에 남몰래 숨겨두었는데 어떻게 서천 사람이 그 내용을 안단 말이냐? 게다가 안의 내용을 줄줄 외운다고? 헛소리 마라!"

"내 말을 믿지 못하겠거든 이 자리에서 내가 외워 볼 테니 잘 들어보시오."

말을 마친 장송이 한 글자도 틀리지 않고《맹덕신서》의 내용을 거침없이 외워나갔다. 그 모습에 양수는 마치 귀신이라도 본 듯 깜짝 놀라 아무 말도 하지 못하더니, 책을 쥐고 황급히 조조를 찾았다. 양수의 설명을 들은 조조가 부끄럽고 분한 마음에 화를 내며, 옛 선인의 생각이 어찌하여 자신과 같을 수 있겠느냐며 책을 불태웠다. 그런 뒤에 양수에게 장송을 속히 데려오라고 다그쳤다.

자신에 대해서 정확하게 알고 있어야 상대의 진짜 모습도 알아챌 수 있는 법이다. 우선 자신의 실력을 적당히 감춘 뒤에 상대가 잘못 판단하도록 가짜 모습을 만들어낼 줄 알아야 한다. 이를 통해 승리를 거머쥘 수 있는 기반을 먼저 차지할 수 있다는 점에서 허허실실 전략은 상대를 교란시키는 보여주기식 쇼라고 할 수 있다. 하지만 제아무리 눈속임이라고 해도 현실과 지나치게 동떨어져 있어서는 안 된다. 누가 봐도 상식적인 수준을 유지하되, 특히 당사자의 실제 상황과 잘 맞아떨어져야 한다.

장송은 허허실실 작전으로 오만한 조조와 양수를 보기 좋게 무너뜨렸다. 전국시대에도 이런 책이 있었다는 둥, 고향 사람 중에 책에 대해 모르는 이가 없다는 이야기는 사실 모두 거짓이었다. 허나 책을 줄줄 외는 장송의 진짜 실력에 조조와 양수 모두 크게 놀랐다.

당초 책을 집필하던 시절, 조조는 전쟁의 기술을 설명한 선대의 경험을 참고했었다. 게다가 평소에 의심 많은 성격 탓에, 예전에 누군가가 쓴 같은 내용의 책을 봤다는 장송의 말 한마디에 조조 자신도 장송의 말이 사실이라고 확신했다.

허허실실 전략을 취하기 위한 중요한 조건 중 하나가, 제아무리 꾸며낸 이야기라고 하더라도 논리성을 갖춰야 한다는 것이다. 개구리가 하룻밤 사이에 왕자가 되었다는 허무맹랑한 이야기는 설득력을 심어줄 수 없다.

허허실실 전략을 통해 우리는 약자에서 강자로 '업그레이드'할 수 있다. 하지만 그 전에 어떻게 해야 '사실'로 만들 수 있는지 미리 대책을 마련해 놔야 한다. 이를테면 밀고자를 죽이려던 증국번 이야기에서, 증국번은 밀고자를 죽이려는 척하며 배신자를 함정에 빠뜨렸다. '거짓'을 '사실'로 만든 증국번의 지혜가 번뜩인 결과였다. 둘째, 제아무리 '거짓'이라고 해도 지나치게 과장되지 말고 적정한 수위를 지켜야 한다. 그렇지 않을 경우, 상대를 설득하기는커녕 오히려 상대의 불신을 살 수 있다. 마지막으로는 '배짱'이 있어야 한다. 자신의 실력이 당장 별 볼 일 없다고 해도 강한 척 배짱을 부릴 줄 알아야 한다. 위의 세 가지 조건을 만족할 수 있다면 보다 효과적으로 허허실실 전략을 취할 수 있을 것이다.

남에게 좋은 말을 해 주는 것은 포백(布帛, 베와 비단)보다도 따뜻하고,
남을 상처입히는 말은 포격(砲擊, 창으로 찌르는 것)보다도 깊다.

순자

10장

상대를
내 편으로
만드는 지혜

아량

상대가 변할 수 있는
기회를 줘라

(廉頗)肉袒負荊, 因賓客至藺相如門謝罪, 曰: "鄙賤之人, 不知將軍寬之至此也." 卒相
與歡, 爲刎頸之交.

상의를 벗어던지며 웃통을 드러낸 염파가 등에 가시나무를 짊어진 채 문객
의 안내에 따라 인상여의 집 앞으로 가서 자신의 죄를 용서해 달라고 청했
다. "저처럼 비루한 자는 그대가 이토록 너그러우신 줄을 미처 몰랐습니다!"
이렇게 해서 화해한 두 사람은 생사를 함께하는 벗이 되었다.

《사기 · 염파인상여열전》

...

일상생활이나 직장생활에서 자신과 의견이 맞지 않은 사람을 만났
을 때, 위와 비슷한 방법을 동원해 관대한 태도로 대한다면 경쟁자를

친구로 만들 수 있다. 상대가 내게 적대감을 품고 있어 직접적인 소통이 어렵기 때문에 이러한 방법을 사용하게 된다. 그러므로 겉으로는 아무런 내색도 하지 않고 남몰래 상대에게 호의를 보이거나 상대의 적대감을 제거하도록 정성을 기울여야 한다. 그런 뒤 공개적으로 호감을 표출하면 경쟁자를 둘도 없는 친구로 만들 수 있다.

상방금을 자신의 휘하로 끌어들인 주박

—

한나라 시대에 태어난 주박(朱博)은 빈곤한 가문 출신으로, 가장 낮은 직급인 정장(亭長)을 시작으로 자사(刺史)의 자리까지 오른 인물이다. 장릉(長陵)을 다스리던 시절, 현지에 상방금(尙方禁)이라는 자가 있었는데 젊은 시절 어린아이를 해치는 죄를 지었다. 죄상만 보더라도 중죄를 받아 마땅하지만 명문가 출신이었던 상방금은 관부에 뇌물을 건네고 형벌을 면했다. 그러나 제아무리 잘났다 하더라도 죗값은 치르기 마련, 누군가가 휘두른 복수의 칼날을 맞은 상방금은 얼굴에 칼자국을 달고 다녔다.

장릉에 새로 부임한 주박에게 누군가가 이러한 사정을 알렸다. 불의를 두고 볼 수 없었던 주박은 어느 날 저녁 상방금을 불러들였다. 자신이 저지른 추악한 범죄가 드러날 것이라는 생각에, 상방금의 머릿속은 복잡하기 짝이 없었다. 주박을 대면하게 된 상방금은 숨쉬기 힘들 정도로 가슴이 뻐근해 오는 걸 느꼈다. 한편, 상방금의 얼굴을 찬찬히 살피던 주박은 그의 얼굴에서 칼자국을 발견했다. 주변을 물린 뒤 주박은 상방금을 호되게 야단쳤지만 어찌 된 영문인지 과거의 일에 대한 언급 없이 대수롭지 않은 화제만 가지고 이야기하는 것이 아닌가! 결국 상방금은 주박에게 절을 올리며 쥐어짜듯 입을 열었다.

"대인, 제가 잘못했습니다. 그러니 사죄하는 뜻에서 나라를 위해 일하게 해 주십시오."

"네 놈이 어떻게 공을 세우겠다는 것이냐?"

"이곳에서 오랫동안 관리로 일한 까닭에 관리들에 대해서 손바닥 보듯 훤하게 알고 있습니다. 제가 대인의 귀와 눈이 되겠습니다. 관리들의 이야기를 모조리 대인께 보고하고, 조정에 불충하거나 법을 위반한 자를 전부 고발하겠습니다."

한참 동안 망설이던 주박이 냉랭한 어조로 입을 열었다.

"좋다. 네게 3개월이라는 시간을 주마. 이 기간 동안 네가 다시 한 번 잘못을 저지른다면 네 놈은 내가 아니라 염라대왕의 눈과 귀가 되어야 할 것이다!"

그런 뒤 주박은 방금 둘 사이에 나눈 이야기를 누구에게도 털어놓아서는 안 된다고 단단히 못 박았다. 그 기세가 얼마나 흉흉하던지 상방금은 절도 제대로 올리지 못하고 나올 만큼 놀란 가슴을 쓸어내려야 했다.

3개월 뒤, 상방금은 주박을 위해 수많은 탐관오리를 처벌했을 뿐만 아니라 절도사건도 척척 해결했다. 상방금이 백성에게 도움이 되는 일이라면 누가 시키지 않아도 자발적으로 처리하는 등 선행에 앞장

서자, 어느덧 그를 손가락질하던 백성이 상방금을 칭찬하기 시작했다. 하지만 주박은 그런 그가 도통 마음에 들지 않았는지 온갖 궂은일이나 더러운 일을 맡기는 것은 물론, 할 일이 없으면 별의별 심부름을 시키기도 했다. 제아무리 자신이 잘못을 저질렀다고 해도, 주박의 타박에 상방금은 울컥 화가 치솟기도 했다. 하지만 시간이 지날수록 상방금은 주박에게 구박을 받는 자신의 모습에 익숙해졌다.

어느 날, 상방금을 시기한 몇몇 관리가 주박 앞에서 상방금에 대한 온갖 흉을 늘어놓기 시작했다. 이야기를 한참 듣던 주박이 화가 난 척하며 당장 상방금을 잡아들여 처형시키라는 명을 내렸다. 청천벽력과 같은 소리에 상방금은 억울하다며 고래고래 소리를 질렀다.

"대인, 부디 용서해 주십시오. 소신이 비록 공로를 세우진 못했으나 최선을 다했습니다!"

"흥, 네 놈이 공로니, 최선이니 하는 말을 운운할 자격이 있더냐? 탐관오리 몇몇을 고발하고 강도 수십 명을 체포했다고 그것이 최선이더냐? 게다가 백성을 도와 학교를 두 채 짓고 제방을 세운 게 공로더냐? 이 정도 일 가지고 감히 최선을 다했다고 운운하다니!"

그제야 주변 사람은 주박의 뜻을 눈치채고는 상방금을 풀어달라며 앞다투어 무릎을 꿇었다. 이 일로 상방금은 처형당하기는커녕 승진하여 주박과 둘도 없는 친구가 되었다.

상방금의 죄상을 알게 된 주박은 엄한 벌을 내릴 작정이었지만 그가 악인은 아니라는 생각에 3개월 동안 속죄할 시간을 주었다. 하지만 상방금의 죄목은 언젠가 세상에 알려질 터. 미리 준비해 두지 않으면 훗날 상방금을 사면시켜야 할 이유가 없다는 생각에 주박은 3개월 동안 온갖 일을 시킨 것이었다.

경쟁자를 친구로 만들려면 직접적인 행동을 취해서는 안 된다. 특수한 상황에서 남몰래 상대에게 호감을 표시하거나 상대를 도와야 이를 계기로 해묵은 감정을 청산하고 벗으로 거듭날 수 있다.

경쟁자를 친구로 만드는 것은 자신의 무대를 더욱 넓히고 아름답게 가꾸는 지름길이다. 하지만 그 전에 자신부터 넓은 가슴과 관대한 태도를 길러야 한다. 속 좁은 사람은 주변에서 경쟁자만 늘리고 자신을 벼랑 끝으로 밀어 넣을 뿐이다.

'식초를 마신 장수' 임적간

—

당나라 사람인 임적간(任迪簡)은 경조(京兆) 만년(萬年) 출신이다. 진사에 합격한 후 천덕군리(天德軍四) 이경략(李景略) 휘하에서 판관(判官)으로 일했다.

어느 날, 이경략이 성대한 연회를 열었는데 임적간이 부득이한 사정으로 그만 늦고 말았다. 당시 규정에 따라 임적간에게 벌주 한 잔이 주어졌는데, 술을 따르던 시종이 그만 실수로 식초가 가득 담긴 잔을 건네고 말았다. 술잔을 들이켜는 순간, 임적간은 잔에 든 것이 술이 아니라 식초라는 걸 알았지만 차마 뱉어내지 못했다. 이경략이 평소 부하에게 엄하기로 유명하다는 것을 잘 알고 있었기 때문이었다. 혹시라도 이경략 앞에서 입 안의 식초를 뱉어낸다면 술을 따른 시종의 목이 멀쩡하게 붙어있을 리 만무했다. 시종의 잘못을 덮기 위해 임적간은 간신히 식초를 삼키더니, 술이 싱겁다며 이경략에게 다른 술을 내려달라고 청했다.

집으로 돌아온 임적간은 쉴 새 없이 각혈을 쏟아내며 몸져누웠지만 끝끝내 자신이 식초를 마신 일을 입 밖으로 꺼내지 않았다. 어디서 이야기를 들었는지 알 수 없지만, 훗날 이 사실을 알게 된 병사들이 임적간의 인품에 크게 감동했다. 이경략 역시 입이 마르도록 임적간을 칭찬하며, 식초를 따른 시종을 처벌하지 않았다.

관대한 인품을 지닌 임적간은 다른 사람의 잘못을 용서해 줌으로써, 병사들로부터 존경과 사랑을 받을 수 있었다. 이경략이 세상을 등지자, 병사들은 임적간에게 주수(主帥)가 되어달라는 청을 연거푸 올렸다. 이 사실을 알게 된 덕종(德宗)은 임적간을 풍주자사(豊州刺史), 천덕군사로 임명한 뒤 다시 어사대부, 산기상시(散騎常侍)로 승진시켰다. 이것만으로도 성이 차지 않았는지 공부시랑(工部侍郞)에 임명하고 형부상서(刑部尙書)의 자리마저 하사했다. 남다른 관대함과 넓은 가슴으로 유명한 임적간을 추종하는 의미에서 사람들은 그를 '식초를 마신 장수(呷醋節帥)'라고 불렀다.

세상에 실수하지 않는 사람은 없다는 점에서, 다른 사람의 잘못을 이해하고 용서해 주는 것은 관대함의 또 다른 표현이라 하겠다. 다양한 사람을 대할 때는 그 사람의 특징에 맞는 다양한 방법이 필요하다. 사람을 대할 때는 겸손하고 존중할 줄 아는 태도도 중요하지만, 관대하고 후덕하며 베풀 줄 알아야 귀한 인연을 얻을 수 있다.

감화

상대에게 진심으로
다가가라

祜與陸抗相對, 使命交通, 抗稱祜之德量, 雖樂毅, 諸葛孔明不能過也. 抗嘗病, 祜饋之藥,
抗服之無疑心. 人多諫抗抗曰: "羊祜豈鴆人者!" 時談以為華元, 子反復見於今日.

양호(羊祜)가 군사를 이끌고 (진나라와 오나라 변경지역에서) 육항(陸抗)과 대치했
으니, 양측에서는 상대에게 사자를 보내며 왕래했다. 육항은 양호의 인품과
도량을 크게 칭찬하며, 악의(樂毅), 제갈량과 같은 사람도 양호보다 못하다
고 평했다. 양호가 병에 걸린 자신을 위해 약을 보내오자, 육항은 한 치의 의
심도 없이 약을 먹었다. 많은 사람이 약을 먹지 말라고 하자, 육항은 이를 물
리쳤다. "양호와 같은 사람이 약에 독이나 탈 소인배더냐!" 당시 사람들은
화원(華元), 자반(子反)같은 위인이 현세에 나타난 것이라며 칭찬을 아끼지
않았다.

《진서(晉書)·양호전(羊祜傳)》

인격적인 매력은 신비한 힘을 지니고 있다. 뛰어난 인품을 가진 리더는 추종자를 거느릴 수 있을 뿐만 아니라, 경쟁자마저 감화시킬 수 있기 때문이다. 양심, 도량 등이 상대방에게 깊은 울림을 선사하면, 한때 자신을 향해 허연 이를 드러내던 경쟁자를 듬직한 친구나 열렬한 추종자로 변모시킬 수 있다.

그러므로 경쟁자를 친구로 만들고 싶다면 상대를 향한 날카로운 칼날을 거두고 자신의 인품과 도량을 상대에게 보여줘라. 자신의 진심 어린 호의를 상대가 깨닫는 순간, 상대는 더 이상 적이 아니라 벗이 될 것이다. 겉으로 봤을 때는 수동적으로 끌려가는 것처럼 보일 수도 있겠지만 사실상 계속 주도적인 입지를 고수하는 것이다.

후사를 담당할 중신들 사이의 흉노왕자

—

한 무제 하면 흉노족을 절로 떠올릴 만큼, 흉노족 토벌은 그의 위대한 치적으로 손꼽힌다. 한마디로 말해서 한 무제는 평생을 거쳐 흉노족과 불구대천의 원수로 지냈다. 임종을 앞둔 무제는, 태자에 오른 이제 겨우 8살에 불과한 막내아들 유불릉(劉弗陵)을 지켜달라며 중신 네명을 탁고중신(托孤重臣)으로 임명했다. 그런데 그 가운데, 평생 증오해 마지않던 흉노족, 그것도 흉노의 왕자, 김일제(金日磾)가 포함되어 있었다!

김일제는 흉노 휴도왕(休屠王)의 아들로, 열네 살 되던 해 아버지를 잃는 비극을 당했다. 당시 아버지 휴도왕은 혼사왕(混邪王)을 따라 한나라에 투항하려다가 중간에 생각을 바꾸는 바람에 혼사왕에게 죽임을 당하고 말았다. 한나라 대장 곽거병이 휴도왕의 부족을 토벌했는데, 이때 어머니, 동생과 함께 한나라 군사에 의해 포로로 사로잡혔다. 졸지에 전쟁노예로 전락한 김일제는 한나라 황궁에서 말을 기르는 일을 맡게 됐다.

어느 날, 궁정의 어마(御馬)를 살피던 무제의 눈에 말을 끌고 오는 마부의 모습이 보였다. 마부들은 말을 끌고 오면서 궁전 양측에 있는 궁녀들을 훔쳐보느라 정신이 없었다. 하지만 김일제만 눈길 한 번 주지 않고 묵묵히 말을 끌고 왔다. 게다가 그가 사육을 담당한 말은 다른 말에 비해 체격도 좋고 털도 반질반질 하는 등 척 봐도 지극정성으로 관리를 받고 있다는 걸 알 수 있었다. 무제가 호기심에 그의 출신을 물었는데, 뜻밖에도 자신이 평생 무찌르려 했던 흉노족 출신, 그것도 왕족이라는 것을 알게 됐다. 처음에는 남다른 이력에 놀랐지만, 무제는 이내 정신을 수습하고 김일제를 찬찬히 살피기 시작했다. 한때 왕족이었다가 전쟁노예로 전락했지만 적진 한가운데서 묵묵히 자신의 역할을 수행하는 김일제가 보통 인물은 아니라는 사실을 확신했다. 결국 주변의 예상을 깨고 무제는 김일제를 어마총감(御馬總監)으로 임명했다.

한나라를 발전시키겠다는 이상과 남다른 지략을 가진 무제의 모습에 감탄한 김일제는 자신도 모르는 사이 무제의 충직한 신하로 변하기 시작했다. 한결같이 성실하고 충성스러운 김일제를 높이 평가한 무제는 그를 시중(侍中), 부마도위(駙馬都尉), 광록대부에 임명하며 곁에 가까이 뒀다. 김일제에 대한 무제의 총애가 얼마나 깊었던지 황친 사이에서 원성마저 쏟아져 나올 정도였다.

"폐하께서 어디서 굴러먹었는지도 모르는 오랑캐를 어찌 이토록 총애하실 수 있답니까!"이 사실을 알게 된 뒤로, 무제는 오히려 김일제를 더욱 가까이했다.

그러던 중 태자가 황제를 저주했다는 '무고지화(巫蠱之禍)'가 일어나자, 시중복야(侍中僕射) 마하라(馬何羅)가 무제를 암살할 계획을 세웠다. 이 사실을 알게 된 김일제가 죽음을 각오하고 날카로운 검을 쥔 마하라를 몸으로 막아 무제를 보호했다.

임종을 앞둔 무제가 자신을 위해 몸을 던진 김일제를 탁고대신으로 임명한 것은 지극히 당연한 결과라 하겠다.

개인적인 감정으로 보자면 김일제의 아버지가 한나라와의 전쟁에서 숨을 거두었으니 무제와는 불구대천의 원수라 할 수 있다. 하지만 궁궐에서 생활하며 가까운 곳에서 무제의 일거수일투족을 지켜본 김일제는 그의 뛰어난 인품에 감화되었다. 게다가 날 때부터 자신 역시 남다른 인품을 지닌 탓에, 김일제는 탁고중신으로 선발될 정도로 무제로부터 무한한 애정과 신뢰를 받았다. 무력으로 적을 제압하는 것은 일시적인 현상일 뿐이다. 하지만 뛰어난 인품과 도량으로 적을 감화시키면 그 마음을 영원히 얻을 수 있다.

'알 박기'를 처리한 엄양재

명나라 해녕(海寧) 지현(知縣)의 엄양재(嚴養齋)는 평소 성실한 정무처리와 백성에 대한 뜨거운 애정으로 명성이 자자했다. 현성에서 오늘날로 치면 학교에 해당하는 향학(鄕學)을 한 채 짓기 위해, 엄양재는 건물을 지을 땅을 정한 뒤 주변 주민에게 다른 곳으로 이주하라며 비용을 넉넉히 지급했다. 그중에는 술과 두부를 파는 장사꾼이 있었는데, 아무리 설득해도 다른 곳으로 이사하지 않겠다며 으름장을 놓았다. 요새 말하는 '알 박기'의 시조라고나 할까? 시간이 지날수록 건설 작업에 영향을 주자, 현장 책임자는 후하게 보상하겠다며 두부장수를 설득했지만 이들은 조상님이 물려주신 땅이라며 나가지 않겠다고 꼼짝도 하지 않았다.

화가 머리끝까지 난 현장 책임자가 엄양재를 찾아가 그동안 있었던 사정을 고스란히 보고했다. 이야기를 다 들은 후 엄양재가 조용히 입을 열었다.

"신경 쓰지 말고 자네들은 나머지 세 부분부터 짓게."

그런 뒤 공사기간 동안, 공사장에서 매일 사용하는 술과 두부를 골칫거리 두부장수에게 사도록 규정했다. 게다가 계약금도 미리 넉넉히 지불했다!

공사장을 오가는 인부가 늘어나는 만큼, 필요한 술과 두부도 늘었다. 가게가 원체 작은데다, 점원까지 부족했던 두부장수는 물건을 파느라 눈코 뜰 새 없이 바쁜 시간을 보내야 했다.

이 소식을 접한 엄양재가 인부들에게 일손을 돕도록 했다. 인부가 늘어날수록, 술과 두부는 불티나게 팔렸고 두부장수의 집에는 술과 두부를 만드는 기구가 잔뜩 쌓이기 시작했다.

두부장수는 당시 자세한 사정을 알지 못해 이전하라는 명령을 계속 거부한 것이라며, 엄양재에게 죄송하고 고맙다는 인사를 올렸다. 그런 뒤 집을 내놓겠다며 지계(地契)를 내놓았다. 엄양재는 두부장수를 위해 원래 살던 곳 주변에서 더 큰 규모의 집을 수소문한 뒤 두부장수의 집과 맞바꿨다. 엄양재의 호의에 두부장수는 크게 기뻐하며 흔쾌히 이사했다.

건물을 지으려는 엄양재에게 이사하지 않겠다고 버티는 두부장수는 쓰러뜨려야 할 상대일 뿐이다. 하지만 엄양재는 폭력적인 수단을 동원해 두부장수를 강제로 내쫓기는커녕 호의를 보이고 감동을 선사함으로써 골치 아픈 문제를 해결할 수 있었다.

현대사회에서 우리는 때로 우리에게 적개심을 드러내는 사람을 만날 수 있다. 이들이 적개심을 드러내는 것은 우리가 그들의 이익을 위협해서가 아니다. 때로는 별것 아닌 사소한 일, 혹은 말로 설명할 수 없는 미묘한 감정 탓에 그런 것이다. 이러한 적개심에 노출되었을 경우, 적극적인 행동을 통해 자신의 인간적인 매력을 발휘해 보라. 자신의 넓은 도량과 배포를 상대에게 보여줌으로써 상대의 적개심을 누그러뜨릴 수 있다면 자신을 한 단계 성장시킬 발판을 얻을 수 있을 것이다.

외유내강

상대의
동정을 얻어라

孔子適周, 將問禮於老子. 老子曰: "子所言者, 其人與骨皆已朽矣, 獨其言在耳. 且君子
得其時則駕, 不得其時則蓬累而行. 吾聞之, 良賈深藏若虛, 君子盛德, 容貌若愚. 去子之
驕氣與多欲, 態色與淫志, 是皆無益於子之身. 吾所以告子, 若是而已." 孔子去, 謂弟子曰
: "鳥, 吾知其能飛; 魚, 吾知其能遊; 獸, 吾知其能走. 走者可以為罔, 遊者可以為綸, 飛者
可以為矰. 至於龍吾不能知, 其乘風雲而上天. 吾今日見老子, 其猶龍邪!"

공자가 주나라 도성에 들어가 노자에게 예의와 제도에 대해 묻자, 노자가 공
자를 크게 질책했다. "자네가 말한 예의와 제도라는 것은 무엇인가? 그걸 꺼
낸 사람의 몸뚱이와 뼈는 모두 썩어 문드러지고 말만 남았구먼. 군자라는 것
은 운이 좋을 때는 가마를 타고 나가지만, 때를 만나지 못할 때는 부평초처럼
이리저리 떠다니는 신세라네. 장사 수완이 뛰어난 자는 귀중한 물건을 마치
아무것도 없는 것처럼 꽁꽁 숨겨둔다고 하더군. 군자가 뛰어난 덕행을 지녔
다면 겉모습은 우둔한 사람처럼 겸허할 것이네. 그러니 자네의 교만함과 지
나친 욕심을 버리게. 뭔가를 이뤄내겠다는 표정이나 원대한 뜻도 버리게. 자
네에게 아무런 도움도 되지 않는 것이라네." 밖으로 나간 공자가 제자들에게

노자를 만난 감상을 털어놨다. "새라는 것이 난다는 걸 알고 있다. 물고기가 헤엄칠 수 있다는 것도 안다. 짐승이 달릴 수 있다는 것 또한 알고 있다. 달리는 것은 그물로 잡을 수 있고, 헤엄치는 것은 낚싯줄로 잡을 수 있으며, 나는 것은 활로 잡을 수 있다. 하지만 용에 대해서는 아는 바가 전혀 없다. 바람을 타고 하늘로 날아간다고 하지만 실제로는 어떤지 알지 못한다. 오늘 내가 만난 노자는 마치 용과 같은 사람이로구나!"

...

《맹자·공손추상(公孫丑上)》에서는 다른 사람이 고통스러워하는 걸 보면 누구나 동정심이 생긴다고 설명했다. 동정심은 자신의 생명에서 비롯된 일종의 '공감'이라 할 수 있다. 이를테면 다른 사람이 고통스러워하는 걸 보면, 자신도 고통스러운 듯 참을 수 없는 감정을 느끼는 경우를 가리킨다. 동정심을 이용해 우리는 다른 사람에게 도움의 손길을 내밀어야 한다. 당신이 수세에 몰렸을 때, 주변으로부터 이러한 도움을 받는다면 상대는 당신의 삶에서 커다란 울림으로 다가올 것이다. 당신 역시 다른 상대에게 잊을 수 없는 감동을 선사하라.

환관 석현의 환심술
—

한 원제(元帝)는 환관 석현(石顯)을 유달리 총애해 중서령(中書令)에 봉한 뒤 조정의 대소사를 담당하게 했다. 높은 자리에 오른 석현이었지만 원제가 주변의 꼬임에 넘어가 언제든지 자신을 버릴 수 있다는 생각에 항상 전전긍긍했다. 자신을 향한 원제의 신뢰를 더욱 견고히 하기 위해, 석현은 자신의 충심을 드러내는 일에 매달리기 시작했다.

어느 날, 원제는 석현에게 다른 부아(府衙)에 가서 업무를 처리하라는 명을 내렸다. 자신에 관한 대신들의 생각을 알아보고 원제에 대한 충심을 보여줄 수 있는 절호의 기회임이 분명했다.

"일이 너무 늦게 끝나게 되면 미앙궁(未央宮)의 궁문이 닫혀있는 것은 아닌지 걱정입니다. 문을 지키는 병사들이 소신을 위해 문을 닫지 않도록, 폐하께서 성지를 내려 주십시오."

일리가 있다는 생각에 원제는 이 같은 내용의 명령을 구두로 전달했다. 이렇게 해서 미앙궁 밖으로 나가게 된 석현은 일부러 시간을 끌며 버티다가 한밤중이 돼서야 돌아갈 채비를 시작했다. 병사들이 자신을 위해 궁문을 활짝 열어둔 것을 확인한 석현은 크게 기뻐하며 미앙궁 안으로 들어왔다. 하지만 그의 예상대로 얼마 지나지 않아 석현이 함부로 궁문을 열고 다닌다는 상소문이 올라오기 시작했다. 그 내용을 확인한 원제가 껄껄 웃으며 석현에게 상소문을 보여줬다. 석현이 억울한 듯 뜨거운 눈물을 뚝뚝 흘리며 원제에게 하소연하기 시작했다.

"황상께서 소신을 이리 믿어주시는 덕분에 정무를 돌볼 수 있사옵니다. 허나 일부 대신들이 소신을 믿을 수 없다며 황상께 불충을 저질렀다고 손가락질합니다. 게다가 소신을 시기하는 자가 한둘이 아닙니다. 어떡해서든 소신을 모함에 빠뜨릴 궁리만 하는 자들도 있습니다.

소신의 부덕함을 지적하는 상소문은 이게 끝이 아닙니다. 앞으로도 많이 있을 것입니다. 소신은 그저 평범한 사람이거늘, 어찌 모든 사람의 뜻을 만족시킬 수 있겠습니까? 언젠가는 모함에 빠져 죽을 것이 뻔하니, 차라리 관직을 그만두고 후궁에서 청소나 하렵니다. 그리하면 적어도, 목숨은 건질 수 있겠지요……."

자신이 줄곧 믿었던 자가 닭똥 같은 눈물을 펑펑 쏟아내는 걸 보자 원제의 마음도 크게 흔들렸다. 특히 자신을 향해 애정이 묻어나는 석현의 말에 원제는 진심으로 감동했다. 이 일이 있은 후 원제는 오히려 이전보다 더 석현을 아끼며 큰 상을 내리는 등 변함없는 애정을 보여주었다.

황제에게 충심을 보이고 자신의 목숨이 위태롭다는 것을 눈물로 호소한 석현의 전략은 한 마디로 말해서 '고육지책'이라 하겠다. 온갖 수단을 동원해 자신을 '피해자'로 교묘히 변장시킨 석현은 원제를 향한 가식적인 충심을 드러내며 동정심을 얻는 데 성공했다. 음험하기 짝이 없는 석현의 수법은 참고할 만한 가치가 전혀 없지만 다른 사람의 동정심을 이용해 앞으로 일어날 수 있는 위험을 사전에 제거했다는 점은 우리에게 많은 것을 시사한다.

그밖에 우리는 종종 '동네북' 신세로 전락하는 상황에 처하곤 한다. 비슷한 실력을 가진 양측이 한 치의 양보도 용납할 수 없는 조건을 내걸고 팽팽하게 맞서는 것이다. 중간자로서, 우리는 문제를 중재하고 해결해야 하지만 전혀 다른 입장을 고수하는 대상에게 한발씩 양보하라거나 문제를 해결하라고 설득하기란 그리 쉬운 일이 아니다. 문제 해결에 진전을 거두기는커녕 최악의 경우 기존의 갈등이 한층 첨예화될 수 있다. 그런 상태에서 양측에 대해 적당한 수위의 '고육지책'을 실시하면 양측으로부터 동정과 이해를 받아 궁극적으로 문제를 해결할 수 있다.

'주도면밀한' 선주천

만청(晚淸) 정부는 부패하고 무능해 더 이상 백성을 지켜주지 못했다. 오죽하면 '관리는 양놈을 무서워하고, 양놈은 백성을 무서워하나, 백성이 무서워하는 것은 관리다'라는 민요가 크게 유행했을 정도였다. 청나라 정부의 부패로, 서양인이 중국에서 마음대로 활개를 칠 수 있었기에 '관리'는 '양놈'을 무서워한다는 것이다. 하지만 서양인이 백성의 이익을 침범하자 참다못한 백성이 반기를 들고 서양인의 목숨을 위협한다고 해서 '양놈'은 '백성'을 두려워한다고 했다. 불행히도 백성은 여전히 습관적으로 관부를 두려워하니 '백성'은 '관리'를 피한다는 의미다.

청나라 관리에게 가장 골치 아픈 문제는 '교안(教案, 청나라에서 그리스도인과 중국인 사이의 분쟁으로 야기되었던 소송사건-역주)'을 처리하는 일이었다. 청나라 직례총독(直隸總督)인 증국번이 천진교안(天津教案)을 제대로 처리하지 못해 거의 크게 낭패를 본 터였다. 하지만 교안을 처리하는 데

유독 화려한 솜씨를 자랑하는 교활한 관리도 적지 않았다. 청나라 말엽 작가 이백원(李伯元)이 지은 《관장현형기(官場現形記)》에도 '교안' 처리에 능한 관리에 관한 이야기가 등장한다.

호남도대(湖南道臺) 선주천(單舟泉)이 바로 그 주인공이다. 주인공 이름을 선주천이라고 지은 데에서 작자 특유의 해학과 풍자가 느껴진다. 주인공 이름이 '주도면밀함에 능하다(善周全, 중국어 음역으로는 '샨저우취안'이다-역주)'라는 중국어 발음과 똑같기 때문이다.

'주도면밀한' 선주 천씨 이야기는 다음과 같다. 어느 해, 한 양인(洋人)이 선도대가 다스리는 관할 지구를 둘러보고 있었다. 태어나서 한 번도 양인을 본 적 없던 백성들이 무척 신기해했는데, 그중에서도 철없는 어린아이들이 마치 괴물이라도 본 것처럼 그 뒤를 졸졸 쫓아다녔다. 장난스러운 아이들 때문에 짜증이 난 양인이 손에 쥐고 있던 몽둥이로 아이들을 때리기 시작했다. 그러던 중 한 아이가 몽둥이를 제대로 피하지 못하다가, 관자놀이 근처를 얻어맞았다. 이 일이 일어난 지 얼마 지나지 않아, 아이가 죽자 아이의 부모는 가만히 당하고 있을 수 없다며 들고 일어났다. 친척은 물론 친구들까지 죄다 불러들인 아이의 부모는 양인을 붙잡아 관부에 넘기려 했다. 당황한 양인이 몽둥이를 마구잡이로 휘두르다가, 엉겁결에 옆에서 구경하던 행인 몇 명을 구타했다. 그 모습에 더욱 분노한 백성들이 양인을 강제로 붙잡은 뒤 관부에 넘겼다.

한편 까다로운 사건을 담당하게 된 선도대는 난감한 표정을 지었다. 법대로 처리하지 않을 경우 백성이 들고 일어설 것이 뻔하고, 그렇다고 법대로 처리하자니 외국 영사(領事)가 양보하지 않을 것이 분명했다. 결국 선도대는 그 지역에서 높은 명망을 자랑하는 향신(鄕紳, 명나라와 청나라 때, 향촌에 살던 과거 합격자나 퇴직한 벼슬아치-역자)을 찾아갔다. 향신들을 만난 자리에서 선도대는 관부가 직면한 어려움을 부풀려 이야기하더니, 외국 영사를 상대해야 하는 관부의 고생이 보통이 아니라며 호들갑을 떨었다. 그 모습에 향신들은 선도대의 고생이 이만저만 아니라며 동조하기 시작했다. 그 모습에 선도대가 눈을 반짝거리더니 모두 힘을 합쳐 영사와 싸워보자는 의견을 제시했다. 승리하면 백성의 문제를 해결할 수 있을 뿐만 아니라, 나라의 체면을 살릴 수도 있을 터였다. 이 이야기가 몇몇 향신을 통해 알려지자, 백성은 그제야 이번 사건의 원흉이 외국 영사라는 사실을 깨닫고 반격에 나섰다. 당장이라도 양놈을 때려잡자며 백성이 무리를 지어 영사관으로 향하기 시작한 것이다.

백성의 집단적인 행동에 외국 영사는 공포에 휩싸였다. 일촉즉발의 순간, 선도대가 영사부에 위풍당당하게 모습을 드러냈다. 그러더니 이번 사건을 본래 크게 다룰 생각은 없었지만 처벌이 가벼울 경우 백성이 불만을 품고 '민란'을 일으킬 수 있다며 외국 영사를 은근히 압박했다. 민란이 일어나면 관부는 물론 영사관도 연루될 수 있다는 말에, 외국 영사는 구름 떼처럼 모여든 백성을 보며 사태의 심각성을 깨달았다. 도와달라는 외국 영사의 요청에 선도대가 슬며시 입을 열었다.

"그리 두려워할 것 없습니다. 큰 벌을 내리지 않겠습니다. 그리고 밖에 있는 저자들은 제가 처리하지요. 백성이 함부로 날뛰지 못하도록 제가 단단히 단속하겠습니다."

선도대가 나서서 백성을 저지하자, 더 이상의 충동 없이 사건이 순조롭게 마무리됐다. 이번 사건에서 가장 큰 수확을 얻은 것은 단연코 선도대였다. 그에 대한 상부의 칭찬도 끊이지 않았다.

"자신의 생명도 보장할 수 없는 상황에서, 외국 영사를 위해 백성을 진압하는 자네 모습에 크게 감동했다더군. 백성들 역시 자네를 훌륭한 관리라며 칭찬 일색이라네. 그동안 외국 영사로부터 온갖 설움을 받았는데, 백성의 이익을 위해 선뜻 나서는 용기에 탄복했다고 하더군."

현대인의 관점에서 바라본 선도대는 능글거리는 관리일 뿐이다. 백성에게는 외국 영사를 엄하게 처벌하면 숨도 쉬지 못할 정도로 상부로부터 압박을 받을 것이라며 하소연하더니, 외국 영사에게는 백성을 가볍게 벌하면 규탄을 받을 것이라며 속내를 털어놨다. 양측을 오가며 정신없이 하소연하고 비위를 맞추다 보니, 어느새 까다로운 사건의 핵심이 모호해졌다. 자신의 이익만을 추구하는 봉건관리의 무능력함을 결코 배워서는 안 될 것이다.

하지만 다른 사람으로부터 동정심을 받으려면, 자신을 약자처럼 보이게 하고 부드러움으로 강함을 이길 수 있는 방법을 깨우쳐야 한다. 자신을 약자로 위장하는 것은 상대에 대해 패배를 인정하며 머리를 숙이는 것이 아니라, 외유내강의 힘으로 최종 목표를 달성한다는 것을 의미한다. 인생의 지혜이자, 성공을 위한 전략이라 하겠다. 상대에게 약한 모습을 보이면 상대의 불만과 시기를 누그러뜨려 상대와 정면충돌할 수 있는 여지를 최소화시킬 수 있다. 자신의 약점을 장점으로 꾸미고 강점을 단점으로 위장함으로써, 상대의 판단력을 흐리게 만드는 것이 바로 승리의 비법이라 하겠다.

용서

상대의 실수를
기꺼이 잊어라

仆在青山調黃虎臣四百仁護衛蔣宮, 俟風稍息, 卽飭令渡湖之東助剿. 然渡師極是難事, 未可刻期. 湖上風信無常, 到期可慮. 二十三日之逆風人人皆知, 而足下乃云幷無逆風 是日兩中營從南康出對, 更未能開至青山. 秦國祿至今尙未至青山, 足下更不知如何惡 言矣. 足下素畏風波, 須知人人皆畏風波, 足下與彭山屺不過憂其者耳. 不加不一存恕道, 設身而處也.

청산(青山)에서 황호신(黃虎臣)의 병사 400명을 소집해 장영(蔣營)을 지키도록 했다네. 바람이 잔잔해질 때까지 기다렸다가 병사들에게 호수를 건너 동쪽으로 이동한 뒤 적군을 소탕하라는 명령을 내렸지. 하지만 병사들이 호수를 건너는 것이 여간 어렵지 않더군. 예정한 기한에 도착할 방도가 전혀 없었다네. 호수의 바람에 어찌나 변덕스러운지, 예정 시간 안에 도착하지 못할 것 같더군. 23일 그날은 역풍이 불었네. 모두 아는 것이지만, 자네는 그날 역풍이 없었다고 말했지. 이 날, 남강(南康)에서 출발한 두 중영(中營, 즉 중군영中軍營)은 청산에 도착하지 못했네. 진국록(秦國祿) 역시 여전히 청산에 도착하지 않았으니 자네가 어떻게 악담을 쏟아낼지 모르겠군! 자네는 줄곧 풍랑을 무서워하지 않았나. 사람이 모두 풍랑을 무서워하지만 자네와 팽산기(彭山圻)가 유독 무서워한다는 걸 알아야 하네. 세상을 살면서 용서할 줄 아는 도량도 있어야 하는 법. 그러니 자네도 다른 사람을 위할 줄 알아야 하네.

《증국번전집 · 서신 · 이원도(李元度)에게 보내는 답장》

...

《논어 · 자한(子罕)》에서는 "지혜로운 자는 당황하지 않고 어진 자는 근심하지 않으며 용기 있는 자는 두려워하지 않는다"고 했다. '어질지 못한' 사람을 만나도 넓은 마음으로 대할 수 있다면 좋은 인연을 얻을 수 있다. 여기서 말하는 '어질지 못한 사람'이란 누구를 가리킬까? 의도적 혹은 무의식적으로 당신에게 상처를 주거나 치열한 경쟁에서 승리하기 위해 규정된 법칙대로 움직이지 않는 사람, 혹은 아무리 봐도 눈에 거슬리는 사람 등을 의미한다.

고된 시련 속에서 진정한 사랑을 만날 수 있는 것처럼, 어려울 때 드러나는 감정이 진심일 확률이 높다. 쉽게 말해서 '어질지 못한 사람'을 대할 때 드러나는 '어짊' 역시 진정한 의미의 '대의'라 할 수 있다. 이를테면 자신과 사이가 좋지 않은 동료를 대할 때, 따뜻한 미소로 인사하는 경우가 여기에 해당한다. 자신의 경쟁자 혹은 자신에게 상처를 줬던 사람을 정성껏 대하면 더 큰 선의, 더 많은 이들의 신뢰와 응원을 받을 수 있다. 그리하면 좋은 인연이 절로 찾아오게 된다.

왕안석과 소동파의 '은원'

—

왕안석(王安石)과 소동파(蘇東坡, 즉 소식) 모두 중국 역사상 뛰어난 대문호로서 나이, 경력, 지위와 이름을 알리게 된 시기를 놓고 봤을 때 왕안석이 소동파보다 좀 더 높고 앞섰다. 두 사람 모두 조정에서 관리로 일할 때, 정치적 견해가 달라 사이가 좋지 않았다. 왕안석이 변법(變法)을 추진하자, 소동파는 왕안석이 공을 세우는 데 급급해 한다며 비난하는 한편 변법으로 시행되는 '문자통치(文字統治)'가 사상을 옥죄는 족쇄로 변질됐다고 지적했다. 이를 알게 된 왕안석은 화를 참지 못하고 소동파를 황주(黃州)로 좌천시켜 버렸다.

그럼에도 두 사람은 여전히 깊은 우애를 나누었다. 황주에서 돌아오던 소동파가 금릉(金陵)을 지나게 되었는데, 마침 파면당한 왕안석이 그곳에 머물고 있었다. 소동파는 나귀를 타고 왕안석을 만나러 갔고, 왕안석 역시 푸른 옷과 가벼운 모자를 쓴 채 소동파의 배에 인사하러 갔다. 두 사람은 종종 함께 앉아 문장을 지었는데, 왕안석은 소동파가 수백 년 만에 한 번 나올까 말까 한 천재라며 그의 재능을 크게 칭찬했다. 소동파 역시 이소(離騷) 이후 지금에 이르기까지 왕안석보다 더 강직하고 힘 있는 문장이 없다며 감탄을 쏟아냈다. 서로에 대한 진심 어린 칭찬으로, 영혼의 거리를 한결 좁힐 수 있었다.

소동파와 왕안석이 서로를 아낄 수 있었던 것은 문화에 대한 남다른 조예와 한결같이 서로의 진지한 학문적 흥미를 높이 샀기 때문이다. 해묵은 감정에 얽매이지 않고 한때 경쟁자였던 상대를 진심으로 존중하고 인정했기 때문에 두 사람은 여전히 많은 사람으로부터 존경을 받고 있다.

"다른 사람이 베푼 은혜를 결코 잊지 마라. 하지만 다른 사람에게 베푼 은혜는 반드시 잊어라."

《전국책(戰國策)·위책(魏策)》에 등장하는 구절이다. 시시때때로 자신의 '어짐'을 마음속에 담아두어야 넓은 가슴을 지닐 수 있고 다른 사람의 '어짐'도 발견할 수 있는 법이다.

《수호전(水滸傳)》에 등장하는 송강(宋江)은 양산박의 숱한 영웅 중에서 그리 신통치 않은 인물이다. 학문이나 무예 모두 대단치 않은 실력을 지녔지만 동료들로부터 인정받을 수 있었던 것은 옛 원한에 얽매이지 않는 관대함 때문이었다. 호쾌한 송강의 인품에 반한 반란군 장수들이 그를 진심으로 따를 정도였다. 심지어 친근감을 표시하는 송강의 후덕함에 과거 어질지 못했던 사람들도 그의 발아래 무릎을 꿇었다. 이러한 사례는 역사 속에서 수없이 등장한다.

원수를 중용한 당 태종

—

당나라의 명장 이정은 수나라 양제(煬帝) 시절 군승(郡丞)의 자리에 오를 정도로 남다른 신망을 받았다. 이연이 천하를 호령하려는 의도를 품고 있다는 걸 가장 먼저 발견한 이정은 양제에게 이를 직접 보고

하고 이연을 검거토록 했다. 훗날 수나라를 멸망시킨 이연이 이정을 제거하려 하자, 아들 이세민이 이정을 살려달라며 거듭 청을 올렸다. 이세민이 당나라를 세우자, 이정은 사방을 돌아다니며 적군을 몰아내는 등 당나라의 발전과 기반을 닦는 데 지대한 공로를 세웠다.

이세민의 '사람' 중에는 이정처럼 이세민 부자와 개인적인 원한을 가진 자가 여럿 됐다. 이를테면 이세민은 태자 이건성(李建成)에게 자신을 죽이라고 부추겼던 위징을 등용했다. 자신을 알아주는 주군을 만났으니 죽을힘을 다해 일하겠다고 맹세한 위징은 당나라의 통일과 발전을 위해 평생을 바쳤다.

맹자께서는 '하늘의 때가 땅의 이로움만 못하고, 땅의 이로움은 사람의 화합만 못하다'고 하셨다. 사람과의 소통, 협력을 이해하고 화기애애하게 서로를 대하는 과정에서 우리 자신은 물론 다른 사람에게 좋은 인연을 가져다 줄 수 있다. 그러므로 사람과 사귐에서 원칙적인 문제가 아닌 이상, 이것저것 따지지 마라. 대범하게 다른 사람을 받아들일 줄 알고 서로의 다름을 인정하자. 상처를 받았다며 받을 만큼 돌려주겠다고 이를 갈아봤자, 갈등이 더욱 첨예해지는 악순환만 반복될 뿐이다.

예로부터 위대한 지혜를 가진 인물은 자신에게 어질지 못한 사람도 감싸 안아야 한다는 사실을 잘 알고 있었다. 사람이 신이 아닌 이상, 누구나 실수를 저지르기 마련이다. 우리가 누군가에게 잘못된 행동을 했을 때, 상대방이 이해해주기를 바라며 우리의 실수를 잊어주기를 갈망한다. 마찬가지로 우리 역시 다른 사람의 잘못에 관대하고 과감하게 잊어줄 줄 알아야 한다.

석가모니의 말씀처럼 원한을 원한으로 갚으면 원한이 계속될 뿐이다. 하지만 사랑으로 원한을 갚는다면 원한은 절로 사라질 것이다.

천년의 지혜

초판 1쇄 인쇄 2022년 8월 10일
초판 1쇄 발행 2022년 8월 20일

지은이 리슈에청
옮긴이 이지은
펴낸이 임종관
펴낸곳 미래의 서재
편　집 정광희
본문디자인 서진원
등록 제2019-000114호
주소 경기도 고양시 덕양구 도래울1로 80(도내동. 동일스위트)703동 1202호
마케팅 경기도 고양시 덕양구 삼원로73 고양원흥 한일 윈스타 1405호
전화 031)964-1227(대) | **팩스** 031)964-1228
이메일 miraebook@hotmail.com

ISBN 979-11-971089-3-8　03820
미래의서재는 미래북의 출판 브랜드입니다.
값은 표지 뒷면에 표기되어 있습니다.
잘못된 책은 구입하신 서점에서 바꾸어 드립니다.